NERO 2017

LTE MÁS

INTERESANTE QUE "CREPÚSCULO"

¡FELIZ CUMPLEAÑOS!

LURDES

BEST SELLER

Jerónimo Tristante (Murcia, 1969) es profesor de biología y geología en enseñanza secundaria. Su brillante andadura literaria comenzó en 2001 con la publicación de *Crónica de Jufré*. Le siguieron *El rojo en el azul* (2004), *El misterio de la casa Aranda* (2007), novela que inició la exitosa serie del investigador Víctor Ros, y sus secuelas: *El caso de la viuda negra* (2008), *El enigma de la calle Calabria* (2010) y *La última noche de Víctor Ros* (2013). Completan su bibliografía *1969* (2009), *El tesoro de los nazarenos* (2009), *El Valle de las sombras* (2011) y *Océanos de tiempo* (2013), la primera entrega de la trilogía Los diarios secretos del doctor Décimus Lenoir, publicada en formato digital. Sus libros han sido traducidos al italiano, al francés y al polaco.

Puedes seguir al autor en Facebook:
www.facebook.com/JeronimoTristante.Oficial

Biblioteca

JERÓNIMO TRISTANTE

Víctor Ros y el gran robo del oro español

DEBOLS!LLO

Primera edición en Debolsillo: octubre 2016

Printed in Spain – Impreso en España

ISBN: 978-84-663-3475-4 (vol. 946/4)
Depósito legal: B-15.424-2016

Compuesto en Revertext, S. L.

Impreso en Blackprint CPI Ibérica
Sant Andreu de la Barca (Barcelona)

P 3 3 4 7 5 4

Penguin
Random House
Grupo Editorial

A María García, heroína.
Y a Severo y Mari Carmen, ellos saben por qué

PRIMERA PARTE

Asalto al Banco de España

Madrid, otoño de 1883

Es un domingo frío y son las ocho de la tarde. Hace dos horas que oscureció y la gente busca ya el calor de sus hogares ante otro lunes que se avecina. Dos paseantes arrebujados bajo sus capas frenan el paso y contemplan con asombro cómo tres carruajes negros, recios e inmensos, surgen de la plazuela del Ángel para llegar a pararse frente al edificio del Banco de España, sito delante del teatro Romea. Por la plazuela de la Provincia aparecen otros tres coches y dos más se suman al conjunto desde la calle de Esparteros. Son todos iguales. Ocho. Enormes. Aquello llama la atención.

Algunos curiosos se acercan a echar un vistazo, pues la imagen impone. Más de media docena de carromatos fuertemente reforzados con placas de metal, pintados enteramente de negro, tirados por formidables caballos del mismo color y con dos tipos de gran estatura en el pescante: uno que lleva las riendas y otro que vigila con una escopeta recortada. Van embozados. Visten abrigo con elevadas solapas y una gran chistera negra. Ropas de calidad. No hablan ni dicen nada. Apenas si miran a los transeúntes, como el que sabe qué tiene que hacer.

Un paisano da un toquecito con el brazo a su esposa y dice:

—Aquí pasa algo, cariño.

Los dos guardias que vigilan la puerta del banco comienzan a sospechar que, en efecto, algo malo ocurre cuando, sin mediar aviso, empiezan a surgir individuos a toda prisa del interior de los carruajes. Todos visten igual, son fornidos, altos, van embozados y de negro. Uno de ellos se dirige hacia los dos guardias sin mediar palabra y, tras sacar un revólver, los elimina de sendos disparos en la cabeza. No les da tiempo a reaccionar. Los dos agentes caen desplomados ante los gritos de los pocos testigos que han presenciado el incidente.

Los curiosos huyen en todas las direcciones, una mujer grita presa del pánico y se inicia una loca desbandada que es aprovechada por la veintena de hombres para acercarse al inmenso portón. Todo parece estudiado de antemano y dos de ellos, que portan una suerte de inmensa bola, la dejan junto a la entrada y prenden una mecha que sale del artefacto. Todos se apartan diligentemente, sin miedo, como si fueran tipos bragados, quizá militares en un pasado no muy lejano, y esperan la tremenda explosión que sacude los cimientos del edificio. La deflagración hace temblar el suelo de medio Madrid. Hay ruido de cristales rotos, gritos y personas que tiran de la mano de sus hijos para perderse tras una esquina a toda prisa. Parece el fin del mundo.

Aquella bola de fuego ha sembrado el caos más absoluto. Un pilluelo, vestido apenas con andrajos, contempla la escena escondido tras un banco. Parece increíble. Mientras desaparece el humo, cuatro tipos han bajado un pequeño carro de uno de los inmensos carruajes y lo empujan en dirección al edificio donde tiene su sede el Banco de España. Lo tienen todo preparado, no hay duda. Se nota que el golpe está estudiado a la perfección.

El tipo que ha ejecutado a los guardias parece el jefe. Señala aquí y allá, ordena y dirige a los hombres. Lleva un reloj en la mano y grita:

—Tenemos cinco minutos desde ya… ¡Vamos!

Según entran en el edificio, que tiene la puerta hecha añicos, los embozados van disparando a quienes encuentran, tres guardias aturdidos por la explosión y uno que, sangrando por los oídos, con los tímpanos reventados, sube pistola en mano desde el sótano con aire desorientado. Caen sin tener la más mínima oportunidad.

—¡Rápido, rápido! —gritan los asaltantes, que se mueven como un ballet estudiado que es ejecutado a la perfección.

En apenas unos segundos están frente a la caja fuerte. Se oyen pasos por las escaleras y aparecen un teniente y dos soldados que caen abatidos por los disparos de más de ocho de los atacantes.

Afuera, en semicírculo, quedan siete embozados cubriendo la puerta del Banco de España. Llevan escopetas de caza, de gran calibre, y no hay nadie alrededor.

Abajo, siete de los bandidos llevan mochilas a la espalda. Tres individuos colocan junto a la caja fuerte un artefacto similar al que reventó el portón y ordenan a todo el mundo salir de allí. Los artificieros encienden la mecha al instante y se apartan rápidamente.

La deflagración hace temblar de nuevo el edificio.

No se ve nada entre humo y polvo, pero los asaltantes, que llevan la boca cubierta con inmensos pañuelos negros, acceden en unos momentos a la caja fuerte más segura de España.

Los tres artificieros comienzan a introducir paquetes y lingotes en las mochilas de sus compañeros, que suben a toda prisa para vaciarlas en el carro portátil que han introducido en el banco y que espera en la planta baja. A ese paso habrán desvalijado la caja en un santiamén.

—¡Vamos, vamos, dos minutos! —grita el jefe.

De pronto, se escuchan disparos. Se miran. No debería haber más tiros. Eso no entra dentro de lo esperado. Algo está pasando arriba.

El jefe ordena:

—Seguid. Tú, Patillas, conmigo. Nadie debería estar disparando ahí fuera.

Cuando llegan a la planta baja y acceden al recibidor, se encuentran con que cinco de sus compañeros están haciendo fuego hacia el exterior.

—¿Qué pasa? —pregunta el jefe intentando hacerse oír entre el estruendo.

—¡Son policías! —grita uno de los asaltantes, que ha perdido el pañuelo que cubría su rostro—. No sabemos de dónde han salido, han aparecido de pronto; son muchos.

—¡Imposible! No les ha podido dar tiempo —contesta el jefe—. Lo teníamos todo previsto.

—Urdiales, son más de diez —grita otro de los delincuentes que se aparta evitando las astillas que una bala perdida hace saltar del marco de la puerta.

—¡Nada de nombres, copón! Lo dejé perfectamente claro. ¡Nada de nombres! —exclama el jefe que, sin añadir nada más, apunta a la cabeza del díscolo con su revólver haciendo volar sus sesos. Uno menos.

Todos quedan parados mirando al que manda. No se atreven ni a rechistar. El mensaje ha quedado claro. Nada de nombres.

—No quiero más fallos —dice muy tranquilo; es evidente que tiene experiencia y que está acostumbrado a mandar a los soldados en situaciones de combate. Es un tipo despiadado que está allí para cumplir una misión—. Tenemos que salir de aquí, ¡ya! Avisad a los de abajo. ¡Nos vamos!

El teniente Olivares se presenta en el lugar acompañado por treinta guardias civiles del cuartel de Caballero de Gracia. Alguien avisó del golpe y, al parecer, han llegado a tiempo. Una veintena de agentes del Ministerio de la Gobernación de Sol han conseguido llegar antes y ya rodean el inmueble. Hay un par de guardias muertos junto a la puerta, otros cuerpos uniformados se adivinan en la entrada del banco y media docena de embozados yacen aquí y allá, entre charcos de sangre, inmóviles, y alrededor de la entrada principal.

Dentro, tras la oscuridad del portón reventado, se percibe movimiento.

—Gracias a Dios —le dice un agente de paisano—. Vienen efectivos de infantería también. Han ejecutado a los guardias. Me lo ha contado un paisano. ¡Hijos de puta! Ha habido explosiones, han reventado el banco, mi teniente.

—Pero ¿qué es esto? —pregunta Olivares, que no termina de entender qué está pasando.

—Una carnicería —aclara un guardia—. Han entrado a saco. ¡Es un asalto al Banco de España! ¡En el mismo Madrid! ¿Se da usted cuenta? Hay que matarlos como a ratas. ¡Hijos de puta!

—¡Al suelo! —grita un guardia civil con el rifle en ristre.

Los disparos zumban sobre sus cabezas como moscardones.

Un inmenso carruaje irrumpe en la plaza y de él bajan casi una veintena de infantes. El ejército también se suma a aquella fiesta. La cosa se pone fea para los asaltantes que salen en tropel del banco protegiéndose con un carro en que portan el botín mientras disparan en todas las direcciones. Van a la desesperada.

Están rodeados ya por más de cincuenta hombre entre agentes, guardias civiles y soldados que hacen fuego al unísono. Los refuerzos han llegado muy pronto. Resulta evidente que los asaltantes se han visto superados por los acontecimientos; no en vano, todo ha ocurrido muy rápido. Hay disparos que silban en todas las direcciones, es una auténtica batalla. Las balas perdidas revientan cristales, astillan puertas y provocan que los pocos curiosos que quedan en la plaza se escondan como comadrejas. Parece una batalla real. Como si el escenario de que hablan los combatientes de Marruecos, Filipinas o Cuba se hubiera trasladado de repente a Madrid.

En unos minutos todo ha terminado. Ha sido sorprendentemente rápido. Alguien grita que cese el fuego y se detienen los disparos. Un tipo grita de dolor diciendo que se muere, pero parece que los asaltantes ya no disparan. «¡Calma! ¡Calma!», grita alguien desde detrás de un parapeto.

Hay más de una docena de cadáveres junto al portón. Apenas si han podido avanzar unos metros en su alocada salida. Lo han intentado a la desesperada y no han podido escapar de allí. Todos los muertos van de negro. Han caído como moscas.

Los refuerzos han frenado a aquellos tipos que sabían lo que tenían que hacer: salir de aquel escondrijo antes de que llegaran más efectivos. No han podido conseguirlo.

—¡Adentro! —grita Olivares organizando una cuadrilla para ir en busca de los pocos supervivientes que puedan quedar dentro.

Acierta a ver de reojo que algunos hombres calan las bayonetas.

—¡No dejéis a ninguno vivo! —grita fuera de sí un sargento.

La tropa está indignada, pues ya sabe que hay varios agentes muertos, ejecutados, y quiere vengar a los caídos. Todo parece una suerte de extraña pesadilla. La sed de sangre flota en el ambiente y Olivares sabe lo que es eso, lo vio en Marruecos.

1

Víctor apura su vermut mirando relajado hacia el río. Allí, en la orilla, juegan Victítor, Clarita y Eduardo bajo la atenta mirada de su madre, Clara. El pelo de su mujer, dorado como el trigo, brilla al sol. La temperatura es agradable en el sur y el balneario, reformado en los últimos tiempos, un lugar de ensueño. Víctor viste traje de mezclilla color beige y a su lado descansa un bombín marrón oscuro. Sus ojos verdes están entreabiertos por el efecto del sol y luce una cuidada barba en la que comienza a asomar ya alguna cana.

Bajo los inmensos eucaliptos, en la terraza, el detective se siente en paz respirando el aire puro y disfrutando de su familia. Las aguas termales le han venido bien. No en vano hace ejercicio y come mejor; casi podría decirse que se encuentra recuperado tras su cautiverio y tortura a manos de Bárbara Miranda. Casi. Otra cosa son las heridas de la mente, el miedo, la zozobra. Estuvo a un paso de la muerte y lo sabe. Clara insiste al respecto. Quiere que se cuide, que deje el trabajo. Tienen suficiente dinero como para vivir con holgura, viajar y ver crecer a los niños. Pero Víctor necesita el trabajo, la actividad. Ella insiste en que no vuelva a ejercer el oficio de detective porque sabe que su marido aún tiene pesadillas y son muchas las noches en que despierta gritando, asustado y empapado en sudor.

Víctor no quiere rendirse. Se retirará cuando él quiera, no cuando lo decida una loca como Bárbara Miranda. Nunca se rendirá. Acostumbrado a los golpes que depara la vida, recuerda que es un hijo de la Latina y decide no pensar en ello. Seguir adelante. Siempre lo hizo así. Y más, si cabe, después de lo ocurrido con Bárbara tras el traslado de la presa desde Oviedo a Madrid. Su fuga. Prefiere no pensar en ello. Esa mujer está suelta. Por ahí, en algún lugar, preparando su venganza contra él y contra su familia. Y está loca.

Quizá otro vermut le vendría bien. Lo sopesa y mira hacia el camarero, pero una voz le saca de su ensimismamiento:

—¿Don Víctor?

El detective levanta la mirada y saluda al encargado, don Tomás.

—¿Sí? —contesta con una sonrisa en los labios.

—El director, don Miguel, querría verle. ¿Es posible?

—¿Verme? ¿A mí? —contesta Víctor con cara de asombro.

—Sí. —El otro, bajando la voz y la vista, como quien hace una confidencia, añade—: Se trata de un asunto… digamos… delicado. Me ha rogado que acuda usted a su despacho. Le estaríamos muy agradecidos, don Víctor, es una suerte que esté usted precisamente aquí.

—Sea —contesta Ros que se levanta y hace una seña a Clara como diciéndole que ahora vuelve.

En unos minutos, Víctor atraviesa el patio del hotel acompañado por don Tomás. Es un lugar hermoso, no hay duda, un paraíso en mitad de aquel mundo que comienza a moverse demasiado deprisa. Allí puede uno tomar las aguas, descansar, disfrutar de la vida y reponerse. Al ritmo del viejo siglo y no como imponen las prisas del que asoma por el horizonte, ese futuro que tanto seduce al detective con su ciencia, su tecnología y esas nuevas ideologías que prometen un mundo mejor.

Cuando llegan a la recia puerta del despacho del director, don Tomás llama y tras obtener la respuesta esperada, da entrada a Víctor de manera solícita para quitarse de en medio discretamente.

—¡Don Víctor, pase, pase! —exclama don Miguel saliendo de detrás de su enorme mesa de despacho. Es un tipo de mirada noble y rostro rubicundo, que exhibe unos fieros bigotes, una inmensa sonrisa y huele a loción para el afeitado.

—Usted dirá, don Miguel —dice el detective sonriendo.

—Por favor, acompáñeme a estos sillones, estaremos más cómodos. He ordenado un pequeño refrigerio. Sé que a usted le gusta el vermut. Éste es de Ricote, me lo traen expresamente a mí.

—Son ustedes unos auténticos profesionales, aquí se encuentra uno cómodo, de veras. Cuidan ustedes a los clientes como nadie, me siento como en casa.

—Es un honor para nosotros que el mejor detective de España tome las aguas en nuestro establecimiento con su familia. No crea, que hemos hecho un gran esfuerzo para desarrollar aquí un complejo que esté a la altura de los mejores balnearios de Europa. Tras la desamortización, en el cincuenta, esto fue adquirido por don José de Bustos y Castilla, vizconde de Rías. Fue entonces cuando se construyó este hotel.

—El León.

—Exacto, y luego el Madrid, el Levante, la capilla…

—Me encanta su capilla, y no crea, que no soy hombre religioso.

—Pues le he visto en misa.

—Clara, mi esposa, es mujer adelantada pero creyente y alguna que otra misa me cae, aunque tampoco es algo que me haga mal. Está claro que aquí hay de todo, don Miguel. Uno puede venir tranquilo sabiendo que no le faltará de nada, desde buena mesa y excelentes doctores, hasta la atención espiritual que muchos demandan —dice Víctor entre risotadas.

—Hemos trabajado mucho para conseguir que al cliente no le falte de nada, en efecto. Y gracias a eso tenemos huéspedes tan significados como usted. Estamos orgullosos del balneario de Archena.

—Nada, nada, el placer es mío, don Miguel. Pero usted dirá… —apunta el detective probando el vermut que le han servido.

—Mire, don Víctor, sé que está usted aquí recuperándose de…

—Estoy perfectamente ya. Física y mentalmente —miente ocultando las pesadillas que, para él, son sólo cosa suya.

—Ya, ya, pero es que me sabe mal importunarle porque está usted de vacaciones, de retiro.

Víctor mira a su interlocutor arqueando las cejas mientras que sonríe, como ordenando que le cuente por qué está allí. Sabe que le han llamado para eso, así que más vale escuchar lo que ha sucedido y echar una mano.

—Ya —apunta don Miguel—. Supongo que un detective nunca está de vacaciones.

—Exacto. Así que, cuénteme.

Don Miguel se sirve otro vermut y se atiza un trago como para infundirse valor. Entonces, muy decidido, tomando el toro por los cuernos, se incorpora y habla.

—Veamos, tenemos un problema, y grave. Con nosotros se hospeda la marquesa de Vinhais. ¿La conoce?

—Sí, una inmensa fortuna, ¿no?

—En efecto, su difunto marido, antiguo cliente nuestro, hizo mucho dinero con el azúcar de Cuba. No tuvieron hijos, así que ella disfruta de uno de los patrimonios más sobresalientes de España.

—Sí, en Madrid es muy conocida.

—No hace falta que le diga que su estancia en el balneario nos prestigia y que procuramos que vuelva todos los años por aquí. Es una huésped ilustre y nos esforzamos por que su estancia en Archena sea lo más placentera posible. Clientes tan distinguidos atraen, sin duda, a más gente de alto nivel, ¿entiende?

—Claro, claro.

—Bueno, pues ha surgido un problema.

—¿Con la marquesa?

—Con la marquesa.

—Usted dirá.

—La marquesa se hace acompañar por un... individuo.

—Su amante.

—Digámoslo así. Entenderá que he de ser discreto con los clientes.

—Entiendo, sí, pero sin datos no hay investigación.

—Es delicado.

—Hágase cargo, don Miguel; si quiere ayuda, hable claro.

—Comprendo, pero son muchos años de servicio.

—Si quiere que le ayude ha de hablarme con franqueza total. Recuerde, soy un profesional, es como si se lo contara a un cura.

—Sí, entiendo lo que me dice.

—Bueno, no; es más seguro que si se lo contara a un cura, que en estos pueblos de Dios hay cada uno... Pero bueno, volvamos a lo nuestro. Confíe en mí y cuente, no tema.

—Ya, es cierto. Bien, ¡qué diablos! Se llama Blas Radovic y no se sabe muy bien de dónde viene: argentino, rumano... nunca ha quedado del todo claro. El caso es que es un tipo bien parecido de treinta y siete años.

—Un *play boy*.

—¿Cómo?

—Es inglés, perdone. Un mujeriego.

—Sí, eso.

—¿Qué edad tiene la marquesa?

—Setenta y siete.

—Vaya. —Víctor, sonriendo.

—Sí, es lo que hay.

—Una grandísima diferencia de edad, suena mal.

—Aquí estas cosas se ven mucho, el dinero atrae a todo tipo de vividores.

Víctor toma la palabra pues comienza a interesarse:

—¿Y el problema? Es un robo, ¿no?

—Parece que lee usted el pensamiento. Pues sí, es un robo. Los pendientes de Rius.

—¡Vaya! —exclama Víctor muy sorprendido—. Los conozco, una joya extraordinaria que el famoso industrial catalán compró a su primera esposa. Tienen su historia, sí. Hay joyas que, desde luego, parecen malditas. Desconocía que habían terminado perteneciendo a la marquesa.

—Sí, su difunto marido los adquirió en subasta cuando su anterior propietario se arruinó. Desde que Rius murió cambiaron varias veces de manos; es una joya carísima que no puede adquirir cualquiera, claro.

—Y se los han robado.

—No están.

—Ya. ¿Cuándo desaparecieron?

—Pues ése es el caso, que la marquesa no lo sabe. Su doncella los repasó cuando hicieron el equipaje en Madrid, pero aquí no se usaron hasta anteayer en que la marquesa abrió el estuche que los contiene y vio que los pendientes habían volado.

—¿Y cuándo llegaron aquí estos huéspedes tan insignes?

—Llevan quince días en el balneario.

—Don Miguel, eso complica mucho el escenario. Esos

pendientes pueden estar ya incluso fuera del país. Es posible que no salieran siquiera de Madrid.

—La criada jura y perjura que ella misma los metió en la maleta.

—Podría estar compinchada. ¿Trae servicio la marquesa, dice?

—Sí, su doncella y su mayordomo.

—¿Dónde duermen?

—En las habitaciones del servicio.

—Hay que registrar sus habitaciones.

—Ya lo hemos hecho. Discreta pero eficazmente.

—¿Y?

—Ni rastro de los pendientes. Además, son personal de la entera confianza de la marquesa.

Víctor se queda pensativo por unos instantes. Se toquetea la barba.

—El fulano ese, Radovic…

—¿Sí?

—¿Se ha podido registrar su equipaje?

El director baja la mirada, como turbado, y dice:

—Comparte habitaciones con la marquesa. Dos amplios dormitorios comunicados por un saloncito. Comprenderá que es muy delicado registrar aquello. La marquesa montaría en cólera. Sinceramente, esa mujer me da miedo.

—Pues es imprescindible. ¿Tiene algún amigo en el pueblo ese tipo? ¿Ha venido alguien a visitarle?

—¿Se refiere usted a un posible cómplice?

—En efecto.

—No. Y no se le ha visto hablar con nadie a solas. No ha salido de aquí en dos semanas y siempre está con ella. Es como un perrito faldero, ese tipo está enteramente al servicio de la vieja. Ella paga, sí, pero es evidente que es exigente. No se separa de ella y no habla con nadie.

—Ya.

—Además, don Víctor, hay otro problema.

—Dígame usted.

—La marquesa se va mañana.

—¿Cómo? —exclama Víctor dando un respingo en su silla.

—Sí, lo sé. No tenemos tiempo. En cuanto llegue a Madrid pondrá el robo en conocimiento de su compañía aseguradora para hacer efectivo el importe del seguro, y no podemos permitirnos que se sepa que le robaron una joya así aquí. Sería un golpe tremendo para nuestro prestigio. Tenemos huéspedes muy notables. Ahora que somos tan conocidos sería una hecatombe.

—¿Y por qué no los guardó en su caja fuerte?

—Siempre ofrecemos ese servicio a nuestros clientes más distinguidos, pero ella nos dijo que no quería usarla. De hecho, no sabíamos que había traído consigo una joya tan valiosa.

—¿Ha traído la marquesa más joyas con ella?

—Sí, aunque no tan valiosas, pero es bastante inconsciente en ese aspecto. Suele venir muy bien pertrechada y eso es un reclamo para los enemigos de lo ajeno. Se lo tengo dicho.

—Me hago cargo. ¿Y no ha echado nada más en falta?

—No.

—Eso descarta que el ladrón sea alguien de fuera. Si fuera un golpe ocasional, se habrían llevado todos los objetos de valor. Es un golpe preparado, a tiro hecho. Han ido a por esos pendientes, nada más. Eso delata conocimiento previo. El ladrón es alguien cercano a la marquesa. No hay duda.

—¿Y bien? ¿Qué haremos?

—No me lo pone usted fácil, don Miguel. No sabemos siquiera si los pendientes llegaron aquí, desconocemos cuándo fueron sustraídos y encima, no me da usted tiempo apenas para interrogar a los sospechosos...

—Lo sé, lo sé, me hago cargo. Pero ayúdeme, soy un hombre desesperado. El dinero no es problema, por eso no tenga cuidado. No repararemos en gastos, pero ayúdenos, por favor.

—Déjese de tonterías y ni hable de dinero. Haremos lo que se pueda. ¿Tiene un cigarrillo?

—¿Fuma usted?

—Una mala costumbre, pero sólo para pensar y en contadas ocasiones.

El director saca una pitillera de su chaqué y alarga un cigarrillo inglés a Víctor. Hace los honores y el detective aspira el humo con delectación.

Alza la mano para que no se le moleste y pierde la mirada en el infinito.

Don Miguel no sabe si ausentarse o mirar a otro lado, pero aquel excéntrico parece estar como en trance. Se dice que es un tipo raro pero que, de alguna manera, siempre resuelve los casos. Hay quien cuenta que lee en la mente de las personas. El director observa detenidamente al detective: éste mueve los dedos de la diestra como contando. Quizá repasa los acontecimientos. Entonces, transcurridos unos minutos, levanta la cabeza y dice mirando fijamente a su interlocutor:

—Mire, esto es lo que haremos: no tenemos tiempo, así que debemos actuar rápido. Lo primero que tengo que hacer es hablar con la criada, así sabremos si los pendientes llegaron a Archena.

—¿Y luego?

—Luego me entrevistaré con ese pájaro, Blas Radovic. Después, tendremos que registrar los aposentos de nuestra parejita.

—¿Cómo? Eso va a ser imposible.

—Hay una forma.

—No le sigo.

—Sí, hombre, prepare usted una excursión, un picnic, lo que sea. El carruaje se romperá. Que el cochero invente algo, no sé, que el caballo está cojo, una herradura que ha infectado el casco, lo que sea. Ya me entiende usted. Con eso ganaremos tiempo para hacer el registro. Ha de ser esta misma tarde. ¿Entendido?

—¿Cree que lo resolverá?

—Todo depende de un único y crucial punto: que los pendientes viajaran a Archena.

—La criada.

—Exacto, su doncella es la clave por ahora. Cuando hable con ella sabremos si hay caso.

Engracia aguarda en su cuarto visiblemente nerviosa. Está sentada en una silla con las manos entrelazadas y juguetea nerviosamente con los dedos. Mira hacia abajo como asustada, apenas si se atreve a mirar al detective y al director del hotel, que permanecen de pie frente a ella. La escrutan inquisitorialmente, o eso siente la pobre fámula. Viste uniforme negro con delantal y cofia de color blanco. La habitación es austera, con pocos lujos: una cama, una pequeña mesa, una silla y un minúsculo armario. Un crucifijo preside la estancia.

—¿Es usted de Madrid? —Víctor.

—De Tomelloso.

—¿Cuánto tiempo lleva en la capital?

—Siete años.

Don Miguel repara en que el detective observa fijamente las facciones de la joven tras realizar cada pregunta.

—¿La trata bien la marquesa?

La joven desvía la mirada y se ajusta el delantal con nerviosismo.

—Muy bien, muy bien. No tengo queja alguna.

Víctor mira a su acompañante con una sonrisa en los labios y le guiña un ojo disimuladamente.

—¿Tiene novio?
—Me hablo con un joven, sí.
—¿Profesión?
—Caballerizo en casa de los condes de Iniesta.
—¿Tiene buenas intenciones?
—Sí, estamos comprometidos.
—¿Ha sisado alguna vez a sus señores?
—¿Cómo?
—Sí, ¿en cuántas casas ha servido?
—En tres.
—¿Y alguna vez ha sisado al ir a la compra?
—No, nunca —dice ella bajando la mirada de nuevo. Se ha puesto nerviosa otra vez y Víctor sonríe sin mirar a don Miguel.
—¿Son caros los pendientes desaparecidos?
—Mucho. —Ella, mirando franca al detective.
—¿Cuándo notaron que no estaban?
—Anteayer.
—¿Tiene usted hermanos?
—Sí, somos tres, una hembra y dos mozos.
—Cuando salió de Madrid... ¿estaban los pendientes en el estuche?
—Sí, yo los repasé, como todas las demás joyas.
Víctor mira a su acompañante y asiente.
—¿Pudo sustraerlos alguien?
—No, el arcón va sellado y cerrado con varios candados y cerraduras. No me separé de él. Ni siquiera en el tren.
—Gracias, Engracia, ha sido usted muy amable y de mucha ayuda. Don Miguel, salgamos. Ahora mismo me encuentro en condiciones de decirle que sí, que hay caso.

2

La marquesa de Vinhais luce un hermoso vestido azul turquesa con puntillas blancas en mangas y cuello; viste como si tuviera treinta años. Es evidente que quiere parecer más joven, va muy maquillada y exhibe un tocado demasiado llamativo para su edad.

—Diga usted —apunta refiriéndose a Víctor, al que ni siquiera ha tendido la mano al entrar—. Tenemos prisa, nos han programado una excursión.

Se nota que está acostumbrada a mandar: trata a los demás con el desdén del que se cree superior a todo y a todos.

Las habitaciones que ha tomado la marquesa son amplias y disponen de una inmensa terraza que da al río donde ella y su amante, un tipo con aspecto de casanova, disfrutan de una limonada.

—Verá usted, doña Gertrudis —dice Víctor muy seguro de sí mismo—. Estoy aquí para resolver el asunto de sus pendientes.

—¿Eso? —responde ella despectivamente—. Están asegurados. No me preocupan en absoluto, no soy de esas que se aferran sentimentalmente a unas simples piedras. Soy una mujer fuerte. He enterrado a tres maridos.

Víctor mira con cara de pocos amigos al director. ¿Estará arruinada la marquesa? ¿No será todo aquello una treta para cobrar el seguro?

—Sí, y «eso», como usted dice, mi estimada marquesa, es un robo. Y un robo es un asunto serio. Querría hablar con su acompañante, don Blas.

—Hágalo.

—A solas.

—No —sentencia ella—. Es de mi entera confianza. Él no ha sido.

Decididamente la vieja no parece dar muchas facilidades.

—¿Y su criada?

—Tampoco. Y mi mayordomo menos. No siga por ahí.

—¿Entonces...? —pregunta Víctor.

Ella ladea la cabeza y señala al director como insinuando que aquello ha sido una negligencia del hotel.

—¡Cómo! —exclama el director indignado—. ¡El personal del balneario es de absoluta confianza! ¡Éste es un establecimiento elegante!

—¿Y por eso pretenden ustedes culpar a Blas? ¡Qué comportamiento más mezquino de su parte! Esto en Biarritz o en San Sebastián no sucede. No se puede ser más rastrero —dice la vieja.

Víctor echa un vistazo de soslayo al tipo y no le cabe duda: es un macarra, un chispero de Lavapiés que ha evolucionado hasta casi parecer un caballero. Un desaprensivo que vive de las mujeres mayores. Apesta a perfume caro y sus bigotes son excesivos, enrollados hacia arriba y repletos de linimento para darles forma.

—Aquí no se culpa a nadie. Sólo quiero hablar con él a solas —insiste Ros.

—Lo que le tenga que decir se lo dice delante de mí —ordena la arpía—. No me obliguen a telegrafiar a Madrid.

—Sea —responde Ros acercándose a Radovic, que le desafía con el vaso de limonada en la mano, sentado, y con una enorme sonrisa de autosuficiencia.

—Me dicen que es usted de nacionalidad...

—Húngara.

—¿Húngara? —Víctor, muy sorprendido.

—Sí, mis papeles están en orden.

—No he dicho lo contrario.

—Parece que ser extranjero me haga sospechoso, ¡qué país éste!

—¿Ha estado usted casado? —Víctor, cambiando de tema.

—No, nunca.

—¿No será usted químico por casualidad?

Radovic estalla en una tremenda carcajada.

—¿Y éste va a resolver el caso? ¡Jesús! Que me sirvan un jerez, no estoy en condiciones de aguantar algo así con una simple limonada. Pero ¡qué tontería! ¡Menudo charlatán el tipo este! ¿Químico? ¿Químico? Vaya idiotez, amigo.

—¿Sabe usted dónde están los pendientes? —Víctor, imperturbable.

—¡Yo no los he robado!

—No le he preguntado eso. ¡Conteste!

—No.

—¿Sabe dónde están?

—Que no.

—¿Están ya en Madrid? ¿Cómo los sacó de aquí?

—¡No le consiento...!

—¡Basta! —grita la condesa—. ¡Le ordeno que cese en esa actitud con Blas!

Víctor se gira inclinando la testa y esboza una disculpa:

—Perdone usted, doña Gertrudis, me he dejado llevar por un exceso de celo absolutamente reprobable. Don Blas, perdone usted. Este asunto me está alterando pues querría ayudar a mi buen amigo el director y, sinceramente, no sé cómo. La persona que ha hecho esto no ha dejado rastro. Hay que saber aceptar las derrotas. Perdonen ustedes.

A don Miguel no se le escapa que el detective luce una inmensa sonrisa. Parece muy satisfecho, pero, ¿por qué?

—Disculpado —contesta la marquesa.

Entonces, el detective mira a don Miguel y dice:

—Querido amigo, aquí no nos queda nada más que hacer. Les ruego nos excusen y disfruten de su excursión. Por cierto, bonita lámpara.

Cuando salen al pasillo, don Miguel mira a Víctor muy preocupado y dice:

—Me parece que este asunto no tiene arreglo. Estamos perdidos. Vamos a la hecatombe, es el escándalo. El esfuerzo durante años de tantas familias para nada. Tanto luchar, tantas ilusiones…

—Calma, calma. Ahora, cuando se vayan, registra usted con su gente las cosas de ese rufián. Si encuentran algo de interés me avisan.

—¿Los pendientes?

—No, los pendientes no van a estar entre sus pertenencias, eso ya se lo adelanto yo. La conversación ha servido de mucho, créame.

—¿Cómo?

—Lo que oye.

—Pero, entonces, ¿no está todo perdido? Porque, después de lo que ha pasado ahí dentro, yo ya me doy por despedido. Usted mismo ha dicho que…

Víctor Ros se para, observa a su interlocutor con una gran tranquilidad y muy seriamente añade:

—Mire, don Miguel, esto es lo que haremos.

Blas Radovic sale del excusado. Se encuentra un poco bebido y la perspectiva de que la arpía de la marquesa requiera sus servicios aquella noche le asquea, pero se convence de que debe aguantar un poco más. Sólo un poco. Es una mujer repugnante, por su edad y por sus gustos en el tálamo, pero ha merecido la pena el esfuerzo. Aquello es mejor que trabajar en una obra o dedicarse a robar por las calles. Bien comido, mejor vestido y servido, se consuela con que otros caen más bajo que él. Le queda poco y debe aguantar. Está tan cerca de conseguirlo que comienza a sentir miedo. Ha dedicado mucho tiempo al asunto y es cuestión de horas alcanzar el objetivo por el que tanto se ha esforzado. Toda una vida de servilismo, de pequeños robos, de huidas y penurias. Eso va a acabar y todo gracias a sus atenciones con la vieja. Sí, pensando en damas jóvenes, hermosas, mientras que le hacía el amor muerto de asco; pero vale la pena, sin duda. La vida le va a sonreír a partir de ahora. Todo está resuelto, es cuestión de horas.

—¿Don Blas? —Es una voz que le hace girarse para darse de bruces con un pilluelo de unos quince o dieciséis años.

—¿Sí? ¿Nos conocemos?

—No, sígame.

—¿Cómo?

—Sí, venga afuera. Tengo una cosa que contarle, pero sin que nadie nos escuche. Sin testigos.

Radovic está un poco borracho y todo aquello le parece algo irreal. No entiende.

—Tengo una información importante para usted. Pero deberá pagarla.

—¡Anda ya! —contesta el otro girándose decidido para volver al salón.

—Si no me escucha, irá usted a la cárcel. Eso es seguro.

—¿Qué? —Vuelve a mirar al chico y éste le tiende la mano

como indicándole por dónde ha de pasar. El crío conoce la casa, parece evidente.

—Lo que ha oído. ¿Quiere evitar la cárcel? Acompáñeme entonces.

Don Blas sale al exterior medio tambaleándose y espera al pilluelo en la calle. Hace una noche maravillosa, despejada, plena de estrellas, y la temperatura es agradable. Decididamente aquél es un buen lugar para vivir, lástima que tenga que salir huyendo en apenas unas horas.

—Mira, chaval, a mí nadie me extorsiona. Conmigo no juegues que te rajo. No serías el primero.

—Pague antes.

—No puedo creerlo. Pero ¿estás loco? ¿Acaso no has oído lo que te he dicho? —amenaza el chulo dando un paso al frente.

—No le tengo miedo. No puede usted hacerme nada. Su situación aquí es muy delicada. No puede permitirse un desliz más. Por eso le he sacado por detrás, le vigilan. ¿No se ha dado cuenta? Quiero ayudarle.

—¿Me vigilan?

—Pues claro. —El crío suelta una risotada—. En el comedor hay por lo menos hasta cuatro policías de paisano. Pero ¿de dónde ha salido usted? Le siguen, sí. Repito que le quiero ayudar.

—¿Por qué?

El crío se carcajea.

—¿Por qué iba a ser? Por dinero. Mi padre es el secretario del director. Pague y sabrá cómo le vamos a salvar el pellejo. Disponemos de cierta información.

—¿Y si la información no vale nada?

—Lo vale, créame.

Los dos quedan en silencio. Entonces el chulo saca su cartera del bolsillo del elegante chaqué pagado por la marquesa y tiende unos billetes al crío.

Éste los examina y sentencia:

—Está bien.

Otro silencio.

—Escuche. —El crío habla lentamente, como un adulto. Con un aplomo y una tranquilidad que desarman al *bon vivant*—. Van a por usted. Saben que ha robado los pendientes. Ese Víctor Ros es temible. Mi padre ha sabido que mañana a primera hora le detienen. Han dado aviso al cuartel de la Guardia Civil para que vengan a por usted.

—Eso es ridículo. No hay pruebas.

—Mi padre escuchó decir a ese detective que es usted un blando, que a la tercera hostia cantaba seguro. No les hacen falta pruebas, van por las bravas. Conseguirán que confiese, está usted perdido. Tienen la certeza de que es usted el ladrón y van a por los pendientes, saben que acabará hablando. Le van a torturar. Hay un sargento en el cuartelillo, Callejón, que es una bestia. Han pensado dejarle con él unas horas. Ya sabe, a solas. En el pueblo todos le temen. Tiene usted que huir. Mi padre le ha preparado un carruaje.

—¿Huir?

—No tiene usted tiempo que perder. ¿Es que no lo entiende?

Radovic mira al crío con desconfianza.

—¿Y por qué ibais a ayudarme tu padre y tú?

—Por un diez por ciento.

—Un diez por ciento, ¿de qué?

—De lo que saque por los pendientes.

—¡Yo no tengo los pendientes! —exclama fuera de sí Radovic.

El crío se da la vuelta sin mediar palabra y se va.

—¡Espera, chaval! ¿Dónde coño vas?

El pilluelo se gira con mucha parsimonia y dice:

—Ya me avisó mi padre de que usted diría que no, que

desconfiaría. Hemos hecho lo que hemos podido. Si nos va usted a tomar por tontos desde luego que no le ayudamos. La gente como usted no sobrevive en la cárcel. La marquesa es poderosa, las autoridades se asegurarán de ello. Pagarán por su vida y no va usted a durar nada. Eso si sobrevive a lo del cuartelillo, claro. Pero bueno... al menos lo he intentado. Suerte, amigo.

—¡Espera!

—¿Sí?

—Tendría que pasar por mi cuarto a recoger una cosa.

El crío asiente. Radovic no le ve, porque está de espaldas, pero el pilluelo ha esbozado una inmensa sonrisa.

—Pero no pase por el salón, que no le vean. Dese prisa. Le espero en la entrada.

La puerta que da acceso a la suite de la marquesa se abre con sigilo. Una sombra furtiva accede a la amplia estancia sin encender las lámparas de gas. Está claro que el recién llegado no quiere delatar su presencia allí. No pierde el tiempo, y aunque se tambalea ostensiblemente, va hacia una de las sillas del salón guiándose gracias a la luz de la luna que entra por el enorme ventanal. Levanta la silla y la coloca bajo la lámpara. Se sube en ella y alza los brazos para coger algo de la inmensa araña de cristal que suele iluminar el cuarto.

De pronto, se hace la luz y se escucha una voz que dice:

—¿Busca esto?

Blas Radovic, desde lo alto de la silla, se gira y contempla con asombro cómo Víctor Ros le tiende la mano, abierta, con dos piezas que brillan como diamantes. Detrás del detective, con aire inquisitorial, están el director, la marquesa, el mayordomo y la sirvienta.

Doña Gertrudis ladea la cabeza como negando la realidad.

Parece no querer creer lo que ven sus ojos. Radovic da un salto para huir, pero en la puerta aparecen dos fornidos guardias civiles que le reducen al instante.

—¡Hijo de puta! —grita mirando a Víctor con odio mientras intenta librarse de sus captores.

—Yo… te quería, Blas… —gime la marquesa llorando como una colegiala—. ¡Dime que todo es un error, dime que es mentira lo que está sucediendo!

Víctor siente pena por la mujer que cae de rodillas doblada por el dolor. Entre la doncella y el mayordomo la logran sentar y le dan un poco de agua de azahar. Es patético ver a alguien acabar sus días así, sin un atisbo de dignidad. Una gran dama chuleada por un desaprensivo sin oficio ni beneficio.

Entonces, entra en el cuarto el pilluelo que había ofrecido ayuda al ladrón.

—¿Tú? —grita fuera de sí Radovic.

—Le presento a mi hijo Eduardo —dice Víctor—. Ha llevado a cabo una actuación magistral y ha engañado a un veterano estafador como usted como si fuera un niño. ¿Verdad, don Julián?

—¿Cómo? —pregunta el director confundido.

—Sí, amigos, su nombre no es Blas Radovic. Es mentira. Les presento a Julián Llinares, natural de Reinosa, timador, ladrón, chulo y en los últimos años casanova barato. Señora marquesa, aquí tiene sus pendientes.

—Pero ¿cómo ha sabido usted…? —apunta el mayordomo.

—Un mago nunca desvela sus trucos —sentencia Víctor.

—Gracias, don Víctor —dice el director apoyando la mano en el hombro del detective.

—No es nada. Llévenselo al cuartelillo.

Los guardias sacan a empellones a Radovic, que grita como un poseso:

—¡Hijos de puta! ¡Es una trampa! ¡Ros, yo te mato!

—No puedo creerlo, ¿cómo he sido tan tonta? ¡Era un chulo! Y yo que le quería… —exclama la anciana que apenas si puede dejar de llorar.

—Avisen al médico. Que le prescriba un tranquilizante —dice Víctor mirando al servicio; luego se gira y añade mientras toma la mano de doña Gertrudis—: Señora marquesa, siento mucho lo ocurrido, de veras. Espero haber sido de ayuda y deseo, de corazón, volver a verla en otras circunstancias menos luctuosas. En serio que lo lamento. Y ahora, si me disculpa, me espera mi familia. Vamos, Eduardo, hijo.

Víctor disfruta de su vermut, en el patio, bajo los eucaliptos, mientras los niños juegan en la orilla del río y Clara los vigila. Los ve de lejos y se siente relajado. Allí parecen ajenos a las amenazas de Bárbara Miranda. Víctor no quiere recordar, una vez más, que ella escapó y no acierta ni a pensar en la conversación que aquella loca mantuvo con Clara tras los sucesos de Oviedo.

—Don Víctor, ¿puedo sentarme con usted?

Es el director.

—Claro, por supuesto —responde Víctor.

—Quería charlar un momentito, ya sabe, sobre sus honorarios.

—Estoy de vacaciones, ¿recuerda? —dice sonriendo el detective—. ¿De qué honorarios habla usted? ¡Por Dios, estamos entre amigos!

—Pero… nos ha salvado usted de una catástrofe.

—Fue fácil, no tenga cuenta.

—¿Fácil? Es usted extraordinario.

—Nada, nada, una tontería de caso. Hasta me ha venido bien para, ya sabe, desempolvar un poco la mente.

—Pero estamos dispuestos a pagar lo que usted quiera cobrar.

—Olvídelo, don Miguel, estamos en paz.

—Vaya.

—¿Está bien la marquesa?

—Me temo que no. Llegó ayer a Madrid. Según me dicen, la pena está pudiendo con ella. Me telegrafió el mayordomo: padece fiebre cerebral.

—Ha sido un duro golpe.

—Sí, por desgracia.

—Lo he visto otras veces, don Miguel, mujeres que fueron bellas y que no saben envejecer. Eso siempre acaba mal.

—Pero ¿cómo supo usted lo de Radovic?

—¿Cómo? Estaba claro que era él. Hasta usted me lo dijo desde el principio. Son cosas que se repiten, como la sucesión de las estaciones o los días y las noches. Me temo que debe de ser ley de vida. Nos creemos únicos e irrepetibles pero en mi trabajo uno se da de bruces con las mismas tipologías una y otra vez; es como una novela o una obra teatral en que uno reconoce personajes de otras que ha leído.

—Sí, sí, pero ¿cómo supo quién era? ¿Cómo averiguó su verdadera identidad? Me dejó usted de piedra. ¿Y los pendientes? ¡Estaban colgados de la lámpara! Como si fueran dos cristales más. ¡Es usted un genio!

—Ay, don Miguel, qué ingenuos son ustedes los profanos. El caso era muy muy simple; de veras, insultantemente sencillo. La única dificultad estribaba en saber si los pendientes salieron de Madrid y luego, claro está, había una dificultad añadida, que era la falta de tiempo por la inminente partida de la marquesa. Eso era lo que complicaba sobremanera nuestra labor.

—Sí, sí, ¿pero cómo supo…?

—La criada.

—Sí, hasta ahí llego, pero cuénteme, don Víctor, cuénteme. Quiero saberlo todo. No puedo dormir, me pica la curiosidad.

El detective estalla en una sonora carcajada.

—¡Vaya, siempre lo mismo! Le advierto que el razonamiento lógico deductivo al servicio de la labor policial es algo más simple de lo que se piensa. Si le cuento toda la verdad, se decepcionará usted y dirá: «Ah, pues no era tan difícil…».

—No, no. ¡Imposible!

—Sí, hágame caso.

—No, por Dios, le aseguro que no. Es usted un fuera de serie, nunca dejaré de asombrarme, se lo juro. Cuente, por favor.

Víctor sonríe y comienza a hablar:

—Veamos, estamos de acuerdo en que primero debíamos saber si los pendientes habían salido, en efecto, de Madrid.

—Por eso habló con la criada.

—Exacto, su testimonio era clave.

—Pero ¿cómo saber si alguien dice la verdad?

—Ahí es donde entra la experiencia, el saber hacer, los años de interrogatorios, el trato a diario con mentirosos, fuleros, putas, ladrones y estafadores. Vio usted que yo hacía a la joven preguntas triviales, insustanciales, sobre su rutina y su vida cotidiana.

—Sí, y la verdad es que me extrañó porque andábamos muy mal de tiempo.

—Bien, el objetivo es testar, evaluar sus reacciones a preguntas en que yo sé qué va a contestar la verdad, ¿me sigue?

—Por supuesto.

—A continuación, y en mitad de ellas, se incluyen preguntas en las que se sabe que el testigo va a mentir. Por ejemplo, yo le pregunté si alguna vez había sisado a sus señores.

—Dijo que no.

—Exacto. Y yo sabía dos cosas: uno, que todas las criadas lo hacen, es lo normal, ganan muy poco y se ponen de acuerdo con los tenderos para hacerlo. Y dos, que me mentiría al respecto. Así que observé sus reacciones mientras me mentía, sus tics, ¿comprende?

—A la perfección.

—Y antes de eso le pregunté si la marquesa la trataba bien. Ningún criado está contento con el trato recibido, los señores suelen tratar al servicio como si fueran sus siervos y encima, la marquesa es una mujer desabrida y de mal carácter. Una auténtica arpía.

—Y la chica también mintió.

—Correcto. Esas dos preguntas me permitieron saber qué hace cuando miente.

—Y entonces le preguntó usted si había metido los pendientes en la maleta.

—Y supe que decía la verdad.

—Y por eso dijo usted: «hay caso».

—Así fue.

—¿Y Radovic? ¿Cómo supo quién era?

—Ah, ¿eso? —Víctor vuelve a carcajearse—. Eso es muy sencillo. Bajé al pueblo y telegrafié a Madrid, a mi amigo Alfredo Blázquez. Enseguida supe que esa filiación era falsa, no existía Blas Radovic. Un tipo que va por ahí con papeles falsos no es una monja ursulina precisamente. Reparé en que tenía quemaduras en las manos, como de ácido, y recordé un caso de un individuo que me llamó la atención. Hará cosa de tres años, en San Sebastián, salió en los papeles. Un bon vivant que desplumó a una condesa. El tipo usó un ácido para disolver la cerradura del joyero de la dama. Lo cogieron y penó un par de años. Luego escapó. Se hacía llamar Eleuterio Rodríguez, pero mis amigos de Madrid me ayudaron a identificarlo.

—Julián Llinares.

—En efecto, un personaje con un historial impresionante, un vividor.

—Claro, contado así parece sencillo.

—¿Ve?

—No, no, don Víctor, su actuación ha sido extraordinaria. Además, ¿cómo supo que los pendientes estaban colgados en la lámpara?

Víctor vuelve a sonreír ladeando la cabeza y añade:

—Veamos, don Miguel. Una vez identificado el tipejo y sabiendo que el robo se había producido aquí, en Archena, sólo se trataba de encontrar el botín porque estaba claro que el ladón era Radovic.

—Le sigo y es lo más lógico.

—El tiempo iba en nuestra contra. Sabíamos que el tipo no tenía cómplices aquí, así que telegrafié a Murcia, a la policía, a mi amigo Juan Antonio Carreras Espallardo, le llamamos Carris, un gran policía, un enamorado de la ciencia forense. Me carteo con él habitualmente.

—¿Y?

—Le pedí que, con su gente, echara un vistazo por si la joya había llegado a los peristas de Murcia.

—¿Y bien?

—Nada. La joya no había llegado allí. Carris no falla, es un tipo eficaz en grado sumo. Pensé que la joya estaba aquí aún, que no había salido del balneario, pero ¿dónde?

—Eso digo yo, ¿cómo supo dónde?

—Bien, bien, éste es asunto clave. En primer lugar le diré que no hay nada nuevo bajo el sol. Tome nota de esa frase, amigo. ¿Me sigue?

—No.

—Bueno, no pasa nada. Mire, hay dos caso similares: uno en Yalta en el 24 y otro en Boston en el 76. Además, ¿ha leído usted «La carta robada» de Poe?

—No.

—Pues debería. Es genial. Observaría usted que, en la terraza de la suite de la marquesa, hice un par de preguntas muy directas a Radovic sobre los pendientes.

—Y tanto, menuda se montó.

—Yo sabía que los pendientes no podían estar entre sus enseres personales y sé que es un tipo listo, ya sospechaba que podían estar bien a la vista. Así que le pregunté directamente que dónde estaban. Le apreté, le puse en un brete, y ahí cometió un error: miró de soslayo a la lámpara. ¡Una lámpara de cristal ¿Se da cuenta, don Miguel?

—¡Increíble!

—No es para tanto, hombre.

—¡Es usted un genio! Entonces, cuando salimos de esa entrevista, ¿ya había usted resuelto el caso?

—Prácticamente, pero ojo, podía haberme equivocado. Lo demás fue sencillo, acompañarle a usted a los aposentos de la marquesa mientras estaban de excursión y, aprovechando que ustedes registraban, pude comprobar que, en efecto, las dos joyas pendían de la lámpara. El pequeño teatrillo con Eduardo no fue sino la forma de demostrar a la marquesa que el tipo era culpable. Eso era importante, no crea, una mujer enamorada es difícil de convencer.

—*Chapeau* —dice el director inclinando la testa.

—¿Don Víctor Ros? —interrumpe una potente voz que les hace girarse.

Dos tipos gigantes, robustos, ataviados con gabardina les observan. Lucen inmensos bigotes y presentan un aspecto realmente fiero.

—Sí, soy yo, ustedes dirán. ¿No serán ustedes de los Pinkerton? Parecen recién llegados del Oeste americano.

—Acabamos de llegar de Madrid, no hemos dormido. Somos Gutiérrez y Matas, de la Brigada Metropolitana.

—Vaya, mi vieja unidad. Pero siéntense, tomen algo, queridos ex colegas.

—No hay tiempo.

—¿Cómo? —interpela Víctor.

—Tiene usted que acompañarnos.

Víctor vuelve a carcajearse.

—¿Están de broma? Estoy de vacaciones. No me voy hasta la semana que viene.

—Es urgente, órdenes de presidencia.

—El asalto al Banco de España —dice Víctor asintiendo.

—El asalto al Banco de España —corrobora uno de ellos, Matas.

El otro añade:

—Tiene usted que acompañarnos. Es un asunto de seguridad nacional. Su país le necesita, don Víctor.

3

En las instalaciones del Ministerio de la Gobernación, en Sol, el despacho de don Horacio Buendía bulle pleno de actividad. El jefe de la Brigada Metropolitana está en tensión, se nota porque aprieta las mandíbulas como un perro de presa. Se hace evidente que se encuentra en mitad de una crisis, y de las graves. Apodado «el Mastín», frunce el ceño y reparte órdenes y gritos en todas direcciones. Hombres que entran y salen, escoltas a la puerta y dos caballeros muy elegantes sentados frente a la mesa de trabajo de Buendía demuestran que aquello es de suma importancia. Don Horacio fuma impaciente. El problema es de los gordos y toda la comisaría lo sabe. Que los políticos se interesen personalmente por un caso sólo significa una cosa: hay que obtener resultados y rápido. Mal asunto. La prensa suele aparecer en ese tipo de negocios, y la presión termina por hacerse insoportable.

De pronto, el veterano comisario levanta la cabeza y dice aliviado:

—Gracias a Dios, ya está aquí.

Cuando Víctor Ros entra en el despacho alguien cierra la puerta y el Mastín y los dos prohombres se levantan como activados por un resorte. Parecen muy interesados en el recién llegado, al que repasan de arriba abajo con sus miradas. Allí dentro se respira una auténtica humareda, pues los tres estaban fumando a todo trapo.

—¡Víctor! —exclama el comisario Buendía dando un abrazo al detective.

Ros repara en que sigue siendo el mismo de siempre, con menos pelo, pero con esa mandíbula saliente a la que debe su apodo y que demuestra tenacidad y perseverancia. Uno de esos tipos a los que uno no querría nunca como enemigo.

—Don Horacio —responde el detective inclinando la cabeza.

—Le presento a don José de Posada, Presidente del Gobierno, y a don Segismundo Moret, Ministro de la Gobernación.

—Un placer, caballeros —responde Víctor algo azorado ante tan distinguida concurrencia.

El Presidente, hombre delgado, calvo y de pobladas patillas, muy blancas, se dirige a Víctor, hablando con mucha afectación:

—Estamos en un aprieto, hijo. España le necesita.

Algo que, así, dicho de pronto, impresiona al detective. Parece que el problema es de suma importancia. Antes de que pueda contestar nada, le invitan a tomar asiento y Buendía sirve un jerez.

—Ustedes dirán —apunta Víctor—. Pero están comenzando a asustarme.

Don Segismundo Moret, hombre de imponentes bigotes, cerrada barba y despejada calva, como la de su jefe, toma la palabra:

—Necesitamos que vuelva usted a la Brigada Metropolitana.

—¿Cómo? —Víctor, sorprendido.

La verdad es que Víctor no esperaba algo así. Dejó la policía, precisamente, para no tratar con gente como aquélla, harto de sus manejos, sus dimes y diretes, sus corruptelas. En su agencia de detectives él es el jefe, hace lo que le place y no tiene que doblar la rodilla ante nada y ante nadie. No querría volver a la policía ni por todo el oro del mundo. Era su verdadera vocación y se entregó al ciento por ciento a ayudar a los demás, crear una sociedad mejor, ése era su motivo para seguir luchando, pero sus superiores le decepcionaron y el sistema, también.

El Ministro sigue hablando muy resuelto:

—Sí, es imprescindible. Debe usted ayudarnos y para ello debe reingresar en el cuerpo. Tiene usted que coger el toro por los cuernos. Estará al frente de la sección de robos. Sólo responderá ante don Horacio.

—Perdone, don Segismundo, pero tengo un gabinete privado y no albergo intención de...

—Nos han robado, Ros —sentencia el Presidente—. Vamos a la ruina.

—¿Robado? Los atracadores del Banco de España fueron frenados, no lograron llevarse nada. Están todos muertos. Lo leí en la prensa —apunta Víctor pues, hasta donde sabe, el asunto no fue más allá.

Los dos miembros del Gobierno miran al comisario. Éste, que sabe lo que toca, comienza a hablar como si ya tuviera el discurso preparado:

—Mire, Víctor, tenemos un problema. Lo del Banco de España no nos interesa. Sí, unos bárbaros lo intentaron asaltar por las bravas y así les fue; si me apura nos ha servido hasta de escarmiento público. No quedó uno vivo. Quedó demostrado que la policía, la Guardia Civil y el ejército son capaces de resolver cualquier crisis por complicada que sea la situación y que, por las malas, nadie puede con el Estado.

—Tengo entendido que eran gente profesional, muy preparada. —Víctor.

—Razón de más —apunta el Presidente—. Están todos donde tienen que estar: criando malvas. Fue una magnífica lección, un aviso para navegantes.

—¿Entonces? —pregunta Ros intrigado.

Don Horacio continúa hablando:

—El caso es que esa misma noche hubo otro robo en Madrid del que nadie sabe nada y que pone en peligro nuestra pervivencia como nación.

—Ya será menos, comisario —añade Ros, muy acostumbrado al dramatismo con que enfocan los asuntos los políticos de su país.

—Dos tercios del tesoro nacional en lingotes de oro —apunta el Mastín.

—¡No puede ser! —exclama Víctor—. ¡Dos tercios! ¡Qué me dice! ¡Pero si el asalto al Banco de España fracasó!

—Nos han robado, Ros. Con la situación que tenemos en las colonias, esto puede ser el desastre más absoluto —añade el Ministro de la Gobernación.

—Pero no se ha sabido nada... —comienza a decir Víctor.

—Nos hemos encargado de que así sea —tercia el Mastín.

—Pero, don Horacio, no entiendo nada.

—Verá, hijo, el Gobierno estimó que en lugar de guardar todo el tesoro en un solo lugar, era conveniente distribuirlo entre varias entidades. En la calle de Jacometrezo esquina con la calle Montera está la banca de Weissmuller.

—Sí, la conozco, justo donde la fuente de la Red de San Luis.

—Exacto. Es una casa muy solvente que representa aquí a la banca Roschildt. El caso es que se dispuso depositar allí una gran parte de los lingotes, pues es un lugar serio, seguro, y lo más importante, discreto. Nadie lo podía imaginar, nadie lo sabía y se trata de una casa muy muy solvente.

El Presidente, don José de Posada, añade:

—Y hay un cuartel de la Guardia Civil a un paso, en la calle del Caballero de Gracia.

—El caso es que el otro día —continúa el comisario— los dos guardias civiles que hacen guardia en la puerta se ausentaron por el asunto del Banco de España...

—Creo que acudieron más guardias de dicho cuartel al asalto, ¿no? —apunta Víctor.

—Está bien informado, amigo —tercia el Mastín—. Sí, así fue. Todos los efectivos que había en la zona fueron necesarios, hablamos de veinticinco atracadores armados hasta los dientes que fueron a por todas. La respuesta hubo de ser inmediata y contundente. De máxima dureza.

—Y la banca de Weissmuller quedó desasistida.

—Me temo que sí. Cuando volvieron los guardias, más de dos horas después, se encontraron con la puerta abierta y con que los dos vigilantes del banco que hacen el turno de la noche estaban muertos, degollados.

—Y alguien había reventado la caja fuerte del sótano —aclara el Ministro de la Gobernación.

—¿Cómo? —pregunta Ros dando un salto en su silla.

—Creemos que con dinamita.

—¿Y nadie oyó nada?

—Es un sótano muy protegido. Los vecinos notaron un temblor, pero todo el mundo andaba revuelto por lo del asalto al Banco de España. La gente iba corriendo hacia el lugar, a ver. Se habían escuchado fuertes explosiones ya y se decía que había sido una carnicería.

—Una maniobra de distracción —sentencia Víctor.

—No, no, Víctor. Son sucesos independientes —señala el Mastín.

—¿Nadie vio nada? —pregunta el detective.

—Nada, en absoluto. Estamos en blanco. Sólo un carro en

la puerta y unos tipos que sacaron unas cajas. Era un carro de mudanzas. Fue todo muy discreto, así que nadie se fijó en nada.

—Ya. ¿Llevaba algún rótulo? ¿Tenemos algo que pueda identificar a una empresa?

—No. Y a los tipos no se les veía bien la cara, llevaban gorras enormes. Eran tres. No sabemos más. Lo hicieron muy bien, un trabajo discreto y profesional.

Víctor medita por unos segundos y mira a la cara al Presidente del Gobierno. Parece reflexionar.

—Lo veo de forma clara y meridiana. Estamos ante un golpe de relumbrón, amigos. Nunca se había visto algo así, al menos en España.

—¿Cómo? —preguntan los tres al unísono.

—Yo no creo en las casualidades, amigos. Es evidente que lo del Banco de España fue una distracción.

—Pero ¡qué dice! —exclama el Ministro de la Gobernación—. Esos tipos iban en serio. ¿Cómo va alguien a montar algo así tan sólo para llamar la atención? Era un golpe minuciosamente preparado, con veinticinco hombres armados, perfectamente entrenados y muchos medios. Planear algo así es complejo, y caro, nadie prepararía un golpe así sólo para distraer; sería de locos.

—¿Saben ustedes cuál es la probabilidad de que se dé un golpe tan audaz en plena capital del reino? ¿En el lugar donde más policía y contingente militar tenemos? Por Dios, piénsenlo. Esa probabilidad es baja, pero ahora, vayan más allá, piensen, piensen: ¿y cuál es la probabilidad de que se den dos golpes audaces en Madrid el mismo día y a la misma hora? Esa probabilidad es cero. Se lo digo yo.

—Eso es muy enrevesado, Víctor —dice Buendía.

—La realidad supera a las novelas, amigo. Es ciencia, matemática, probabilidad. Es imposible que dos sucesos así coincidan por azar y la existencia del primero facilitó el segundo. Eso demuestra que no es casual.

Los tres prohombres quedan en silencio, mirándose.

—Pero ¿nos ayudará? —pregunta el Presidente.

—Yo estoy retirado, he dejado a mi familia en el balneario de Archena, estoy cansado. Dejé la policía asqueado de politiqueos. El ministerio liberó en su día a Bárbara Miranda en contra de mi criterio y miren, aún sigue suelta. Murió gente a resultas de aquella decisión.

—Fue una decisión que venía de arriba, Víctor —apunta el Mastín—. Política internacional. Había unos acuerdos previos con el Sello de Brandenburgo.

—Pues por eso me fui, Horacio, ¿recuerda?

—No puede usted negarse, hemos de recuperar ese oro, hágalo pos sus compatriotas, es la debacle —insiste el Presidente—. ¿No se da cuenta? Hemos de hacer efectivos unos pagarés de la deuda en apenas tres semanas. La banca Roschildt tiene un seguro, pero hará lo posible por no pagar. El tiempo va en nuestra contra. El tesoro público no aguantará y la banca se desmoronará. En cuanto trascienda la noticia, la gente irá a los bancos a retirar sus depósitos… será el caos. ¡Ayúdenos, Ros!

Víctor se lo piensa por unos instantes. El panorama que le dibujan es, en efecto, preocupante. Pero ¿cómo ha podido ocurrir algo así?

Mira al infinito, a través de la ventana del despacho de don Horacio Buendía. Recuerda los días en que todo empezó, a su vuelta a Madrid desde Oviedo, cuando era joven e idealista.

Entonces, mirando fijamente al Presidente, dice:

—De lo de la banca de Weissmuller no vamos a sacar nada, ya se lo digo yo. Y no, no pongan esa cara. Hay que empezar por el otro incidente, el del Banco de España. Don Horacio, ¿se encuentra de servicio algún agente de los que participaron en el tiroteo?

—¡Abenza! —exclama Víctor echándose en brazos del guardia que, inmenso, sonríe contento al reencontrar a un buen amigo.

—Vuelve usted con nosotros, ¿no? —responde el gigantón de enormes patillas.

—Algo así, algo así. Cesaré en mi excedencia por una temporada, pero creo que será temporal. Tengo mi gabinete muy saturado de trabajo.

—¡Como en los viejos tiempos!

—Exacto, amigo. Me dicen que estaba usted de servicio la noche del atraco al Banco de España...

—Sí, en efecto.

—Pero sentémonos, hombre.

Ambos, junto con el comisario Buendía, toman asiento en la que fue mesa de Blázquez, en mitad de la oficina de la Brigada Metropolitana.

—Cómo lo echo de menos —dice Abenza.

—¿A Blázquez?

—Sí, era un gran tipo.

—Abenza, don Alfredo se ha jubilado, coño, no hable de él como si hubiera muerto. Déjelo disfrutar de su nieta, rediez.

—Tiene usted razón, como siempre, Víctor.

—Sigue usted siendo un aprensivo, ¿no?

—¿Yo? En absoluto.

—Y sigue negando su hipocondría, por lo que veo. Así, mal va.

—Es que yo no soy eso que usted dice... hipomaníaco...

—Hipocondríaco.

—Pues lo que yo he dicho. Sólo es que hay que cuidarse mucho para llegar a viejo.

—Pero si tiene usted casi dos metros de altura, hombre.

¿Y ese olorcillo a eucalipto que noto? Ha estado usted haciendo vahos, ¿verdad?

—Usted es que lee el pensamiento. Sí, tengo una tos que no me gusta un pelo.

Ros estalla en una carcajada, pues hay cosas que nunca cambian y las aprensiones de aquel gigantón son una de ellas.

—Cuénteme usted lo de la noche de autos.

—¿Cómo?

—Lo del atraco —aclaró Víctor arqueando las cejas.

—Sí, estaba de guardia, con Córcoles y Marugán, en la puerta.

—¿Y?

—De pronto, apareció un paisano y dijo: «¡Hay un tiroteo en el Banco de España! ¡Corran!».

—Y eso, ¿a qué hora fue?

—Ocho menos cuarto.

Víctor mira a Buendía inclinando la cabeza y con una sonrisita en los labios.

—¿Seguro?

—Sí, porque me tomo las píldoras para la circulación a las ocho y estaba atento a ello.

—Es usted fantástico, Abenza. ¿Y cómo era el tipo? Ese que vino a dar el aviso.

—No sé, corriente. Bigote, vestía pantalón gris, chaleco y un gabán. Era pobre, no hay duda.

—¿Alguna característica distintiva? En su aspecto, su acento…

—No. Un tipo de lo más corriente.

Víctor Ros mira a don Horacio Buendía, el Mastín, y afirma:

—Lo dicho. Una maniobra de distracción.

Don Horacio se tironea de la barba y contesta:

—¿Pero de verdad cree, Víctor, que alguien iba a montar ese circo para distraernos?

—En efecto, don Horacio, en efecto. He leído en la prensa que el asalto se inició de manera precisa y milimétricamente preparada a las ocho en punto. Los testigos que vieron llegar los distintos carruajes a la vez desde distintos puntos así lo atestiguan. ¿Y no le parece curioso que, quince minutos antes, un paisano avisara ya del tiroteo? ¿Acaso ese tipo era vidente, futurólogo quizá?

—Sí, en eso no le falta razón —responde el comisario.

—¿Podría usted hacer una comprobación? —apunta Víctor.

—Sí, claro, ¿de qué se trata?

—Necesitaría que hablara usted con el oficial al mando del cuartel de la Guardia Civil de Caballero de Gracia.

—¿Para saber a qué hora les avisaron del asalto al Banco de España?

—Exacto.

—Voy a decirle a mi secretario que se acerque. Les dejo.

Víctor mira entonces a Abenza y le dice:

—Cuénteme el asalto.

—Salimos de aquí en tropel, todos los hombres disponibles. Llegamos por la calle Carretas, por detrás del Romea. Un paisano nos dijo que habían ejecutado vilmente a los guardias. Había seis coches, inmensos, negros. Disparamos a los tipos que vimos en el pescante sin mediar palabra. Recuerdo que había media docena de embozados guardando la puerta; hicieron fuego y nosotros también. Cayeron un par de compañeros, pero ellos tuvieron que meterse dentro porque se vieron sorprendidos. Éramos muchos y les pillamos desprevenidos. Entonces rematamos a los que aún estaban fuera y a los cocheros.

—Mal hecho, Abenza, nos quedamos sin testigos. Podíamos haberles sacado información.

—No se ofenda, don Víctor, pero usted no ha estado en la guerra. Aquello me recordó Filipinas. En esas situaciones hay que apostar duro, esos tipos no se andaban con chiquitas. O matas o te matan, y cuando la sangre te ciega uno no puede controlarse, créame, se pierde el control. Además, iban muy bien armados. Aquello no era negocio fácil y supimos que nos jugábamos el pescuezo. Menos mal que enseguida llegó la Guardia Civil.

Víctor sonríe.

—Sí, demasiado pronto.

—¿Cómo?

—Nada, nada, siga.

Don Horacio vuelve y se sienta con ellos.

—Aurelio va para allá. Pronto tendremos noticias y comprobaremos si usted está en lo cierto, Víctor.

—Perfecto —contesta Ros, que mira a Abenza como indicándole que siga con su relato.

—No hay mucho más. Entramos a saco. Éramos muchos.

—¿Diría usted que no tuvieron oportunidad?

—Hombre, de inicio eran veinticinco tipos armados hasta los dientes y con el golpe muy preparado, eso se notaba. Pero quedaron atrapados, aquello era una ratonera. Estamos en el centro de la capital de España, ¿quién en su sano juicio cree poder asaltar el Banco de España por las bravas? ¡A tiro limpio! Aun así, si se me permite decirlo, tuvieron mala suerte porque el golpe estaba muy bien preparado. Llegamos muy a tiempo, se lo aseguro. Ellos intentaron abrirse camino pero cayeron como chinches. Y, no crea, que cada vez acudían más fuerzas, soldados, más guardias... Se les complicó el negocio, no hay duda, y palmaron todos. Éramos muchos.

—Sí, providencial. Dígame, Abenza, ¿hay algo que recuerde usted que le llamara la atención? No sé, algún detalle.

—No, había mucho humo, gritos, confusión. El olor dulzón de la sangre lo impregnaba todo.

—Ya.

—Pero ahora que lo dice sí hubo una cosa… —dice Abenza poniendo cara de pensárselo.

—¿Sí?

—Uno de ellos… estaba herido. Había perdido el pañuelo que le cubría el rostro. Le reconocí, era Darío Vigueras.

—¡Vigueras! —exclama Víctor—. Menudo elemento. Un tipo peligroso. Le recuerdo de mis tiempos aquí, en la Brigada. ¿No había pasado a Francia?

—Por lo visto, no.

—Yo le detuve varias veces, un tipo muy violento, mal encarado. Un hombre que no se podía controlar —abunda Víctor.

—Sí, una bestia.

—¿Y qué paso con él?

—Me acerqué a él. Tenía una herida muy fea en la barriga. Lo miré y le dije: «Hijo de puta, nos volvemos a ver». Él sabía que estaba listo de papeles, respiraba con dificultad. Noté que intentaba hablar pero apenas si podía susurrar, se le iba la vida en un suspiro. Me agaché y acerqué mi oído a su boca y entonces susurró…

—¿Qué? —Víctor, expectante.

—… susurró algo… algo así como… no recuerdo las palabras exactas… pero creo recordar que era algo como… «ha sido una encerrona»…

Víctor mira a Buendía como diciendo «¿ve usted?», pero Abenza, que sigue hablando, añade:

—Y luego dijo: «Maldito Aldanza».

Ros se gira y mira a Abenza con cara de loco. Parece ido. Los ojos como platos, las cejas levantadas y la boca abierta.

—¿Cómo? —exclama Víctor dando un salto que le hace levantarse de la silla.

—¡Repita eso, Abenza! ¡Repita eso!

—¿El qué?

—¿Se da cuenta, don Horacio? ¡Está vivo, está vivo! —exclama Ros poniéndose en pie.

—¡Cálmese, Víctor, por favor! —ordena el Mastín.

Víctor Ros mira con más calma a Abenza, respira profundo; es evidente que hace un esfuerzo por serenarse.

—Repita eso, es importante… ¿Qué dijo?… —insiste el detective que camina de un lado a otro como un león enjaulado. Parece totalmente fuera de sí.

—«Maldito Aldanza.»

—¿Seguro?

—Seguro.

—¿Está seguro de que ese tipo dijo «Maldito Aldanza»?

—Segurísimo.

El detective se gira y mira al comisario con determinación. Éste niega con la cabeza y afirma:

—Está muerto, Ros. Alberto Aldanza está muerto.

—¿No ve que no?

—Víctor, razone usted. La casa ardió, vimos sus restos.

—Sí, un cuerpo carbonizado.

—Era de su altura. Llevaba su anillo.

—Pudieron colocar otro cuerpo; don Horacio.

—No puede ser, Alberto Aldanza está muerto, se lo repito.

Víctor se pasa la mano por la barba, como pensando, la mirada perdida. Entonces afirma:

—La verdad es que estaba enfermo de sífilis, terminal. Hablé con su médico y me lo confirmó. Si hubiera sobrevivido al incendio, con lo avanzado de la enfermedad, a estas alturas debería estar muerto. No me lo explico.

—¿Y no podría ser otro Aldanza? —pregunta Abenza.

—No, no —contesta rotundo Víctor—. Todo esto lleva su marchamo: un golpe espectacular, milimétricamente preparado, teatral, para desviar nuestra atención lo suficiente como para dar otro golpe más audaz pero discreto. Es él.

—Es una locura, Ros —dice el Mastín—. Razone, por favor.

—Es él, es él —repite insistentemente el detective—. Pero ¿cómo sigue vivo? ¿Cuántas vidas tiene ese tipo? No puede haber escapado de la sífilis.

4

De veras crees que puede estar vivo? —dice Clara mientras se cepilla su larga melena rubia frente al tocador.

Víctor, que la espera en la cama, tumbado y mirando al techo, contesta:

—Sí, no tengo la menor duda.

Ella se gira y le mira sonriendo:

—Eso no parece muy racional, cariño.

—Sí, ya lo sé, es ridículo que yo siga un pálpito, pero hay evidencias... yo no creo en casualidades. Aquello, lo del Banco de España, fue una encerrona, una trampa, una maniobra de distracción. Mira, cielo: el asalto se inició a las ocho de la noche, ¿no?

—Sí, eso me cuentas.

—Y un tipo pasó por Sol diciendo que había disparos a las ocho menos cuarto.

—Ya, parece evidente.

—¿Y sabes otra cosa? Hemos sabido que el aviso al cuartel de la Guardia Civil de Caballero de Gracia se produjo a las ocho menos veinte, ¿te das cuenta?

—Sí, alguien quería que todas las fuerzas disponibles se personaran en el Banco de España para poder dar un golpe mucho mayor en la banca de Weissmuller.

—Exacto, y Darío Vigueras, antes de morir, fue consciente de ello y musitó el nombre del tipo que se la había jugado a él y a su compañeros.

Clara sonríe dejando el cepillo sobre la mesita y se gira:

—Y suponiendo que sea verdad que Aldanza esté vivo, ¿qué vas a hacer?

—Cazarlo. Me he encargado de que nadie diga nada, sólo lo sabemos Abenza, Buendía y yo. Si huele que sabemos que está vivo, volará.

—¿Y cómo vas a localizarlo?

—He mandado a todos mis hombres a las calles, tabernas y cafés, a los burdeles y a los teatros. Tienen que apretar a sus confidentes. Necesito saber dónde se alojaba Darío Vigueras; luego tiraré del hilo. Te aseguro que mañana sabremos algo.

—Sigues haciendo que todo parezca fácil. Eres un genio.

Él la mira con cara de pícaro y dice:

—No lo sabes tú bien. Anda, ven a la cama.

Víctor y Abenza entran en la Posada del Dragón, sita en la Cava Baja, preguntando por la dueña. Al momento aparece una señora mal encarada, de pelo cano, recogido en un destartalado moño y fea como un demonio.

—¿Qué tripa se les ha roto?

Víctor la mira despectivamente y le suelta:

—Señora, soy Víctor Ros, de la Brigada Metropolitana, y éste es el agente Abenza. O cambia usted ese tonito o me la llevo al cuartelillo. ¿Entiende?

La mujer encaja el golpe sorprendida; es evidente que no esperaba tanta contundencia.

—Perdone, perdone —dice adoptando un tono servil—. ¿Quieren tomar algo? ¿Anís, un café, vino?

—No. Sólo tengo que hacerle unas preguntas. Queremos hablar con usted de Darío Vigueras.

—¿Quién?

—Un tipo alto, recio, con muy malas maneras, moreno y con un flequillo que le caía por el rostro. Muy fuerte.

—Ah, ése... Se hacía llamar Héctor, Héctor Suárez.

—Ya. ¿Qué puede contarnos de él?

—Que hace varios días que se fue y no ha vuelto. Su habitación ya está alquilada, aquí hay mucho trasiego de gente, ¿saben?

—¿Venía alguien a verlo?

—No. Sólo venía a dormir, ni siquiera a las comidas o a cenar. Siempre solo. Bueno, una vez lo vi hablando con otro tipo, muy alto, como él. Recio también.

—¿Tiene sus cosas aún?

—Sí, en una caja. Síganme.

Los dos hombres caminan tras la arpía atravesando una amplia cocina y un patio donde, al fondo, se ve la caseta del excusado. Allí, en un lateral, se abre una puerta que da acceso a un trastero. Una vez dentro la mujer revisa unas estanterías y les entrega una caja:

—Esto es lo que hay. Tenía una capa, una camisa y dos calzones que ya están en manos de otros propietarios. Ya saben, aquí el que no corre, vuela.

Víctor inspecciona el interior de la arqueta de madera, una vieja caja de puros que contiene los papeles del delincuente, dos cartas de su madre y una vieja Biblia.

—Vaya —dice el detective levantando una fotografía de una corista con una dedicatoria—. «Para Darío, con amor.» Tendremos que buscar a esta chica, igual puede decirnos algo.

—Yo sé quién es —dice la vieja.

—¿Sí?

—Claro, es Encarnita la Caracoles; vive de los hombres y del cabaret. Actúa todas las noches en el Café España, en la plaza de la Paja. Allí podrán hablar con ella. Es una pájara de cuidado.

Víctor y Abenza se miran.

—Vamos, no quiero perder tiempo —anuncia Víctor—. Nuestro hombre puede volar. Avisaré a don Horacio para que me acompañe.

Son las diez de la noche cuando Víctor y el Mastín se presentan en el Café España que, a esas horas, está atestado de caballeros que charlan, ríen y asisten al espectáculo.

Víctor se dirige al encargado y tras enseñarle su placa dice:

—Queremos hablar con Encarnita la Caracoles.

El hombre, que parece acostumbrado a ese tipo de situaciones, les indica con un gesto de la mano una puerta situada a la derecha del escenario.

—La tienen en el camerino del fondo.

Cuando Víctor y el comisario Buendía se encaminan hacia la puerta, el encargado hace un gesto con las cejas a un joven camarero, que entiende el mensaje y sale rápidamente del local. Los policías, de espaldas, quedan al margen de dicho movimiento.

Los dos agentes de la ley llegan al camerino y encuentran a Encarnita maquillándose para el espectáculo. Dos caracolillos negros, como su pelo, caen a ambos lado de la cara de la cantante. Sin dejar de aplicarse polvos les habla mirando a través del espejo no sin cierto aire de desprecio.

—Vaya, un par de sabuesos —dice entre risotadas.

—Víctor Ros y el comisario Buendía, somos de la Brigada Metropolitana y queremos hablar con usted, es sobre Darío Vigueras o quizá le conozca usted como Héctor.

La chica da un respingo en su silla y se gira para mirarles a la cara.

—No sé nada de él desde hace días. Creo que debe de haberle pasado algo. Estoy preocupada, la verdad, así que no puedo contarles nada.

—Está muerto —le suelta Víctor de golpe.

Ella encaja el impacto como buenamente puede. Su cara ha empalidecido pese al maquillaje. Unas incipientes lágrimas intentan asomar a sus ojos que se tornan vidriosos, pero ella aguanta el envite. Es evidente que es una mujer maltratada por la vida y no se doblega tan fácilmente.

—Vaya, veo por su reacción que le quería usted —dice Ros.

—Eso a ustedes no les importa. Tengo que actuar en unos minutos.

—Hábleme del golpe que preparaban. ¿Quién era su jefe? —Víctor, que no ceja en su empeño.

—No sé nada. Nunca me hablaba de sus cosas.

Víctor da un paseo por la estancia. Echa un vistazo aquí y allá. Mira un frasco que hay sobre el tocador y le quita el tapón. Lo huele. Sonríe.

Ella se pone visiblemente nerviosa.

El Mastín impertérrito, observa fijamente a la joven sin mediar palabra. Es obvio que la quiere intimidar. Se mantiene en segundo plano consciente de que su planta, imponente, amedrenta a los delincuentes.

—Querida Encarnita, permítame que me exceda haciéndole una confidencia —dice Víctor—. Pero creo que lo tiene usted mal.

—¿Cómo?

—Sí, esas ojeras que a duras penas oculta usted bajo el maquillaje, su extrema delgadez, y ese tembleque de manos me han indicado algo, y ese algo me ha hecho reparar en ese frasquito.

—Es mi medicina, para los mareos.

—Ya. Don Horacio, aquí Encarnita la Caracoles es adicta al láudano.

—Pues sí que lo tiene mal —dice por primera vez el comisario.

Víctor toma la palabra de nuevo:

—Querida amiga, va usted a contarme todo lo que sabe.

—Les digo que no sé nada.

—¿Cuánto cree usted que aguantará en una celda? ¿Sabe el frío que se pasa en los calabozos? En veinticuatro horas sin contacto con el opio, su cuerpo comenzará a hacerle sufrir la más horrible de las pesadillas. ¿Acaso no sabe usted qué es eso?

La joven asiente, sumisa. Ya no parece tan segura de sí misma.

—Supongo que sí, claro. Como todos los adictos. En cambio, si usted me cuenta lo que sabe, nos iremos por donde hemos venido sin hacerle más preguntas. Usted elige: un infierno de semanas de abstinencia en frías celdas o seguir con su vida, si es que a esto se le puede llamar vida.

La joven se lo piensa. Víctor lee el temor en sus ojos.

—Usted no lo entiende... si le digo algo, estoy muerta.

—Se trata de Aldanza, ¿verdad?

—¿Quién?

—El hombre que encargó el trabajo a Darío y sus compinches.

—No conozco su nombre pero sé que es muy peligroso. No se imagina usted cómo se las gasta.

Víctor recuerda a las prostitutas muertas en los duros tiempos en que volvió a Madrid, piensa en Lola la Valenciana y siente que el dolor comienza a invadirle de nuevo.

—¿Le vio usted? Era un tipo distinguido, canoso, muy elegante...

—Sí, con gafitas redondas.

—Debe de ser por la edad —apunta el Mastín—. Antes no llevaba gafas.

Encarnita sigue hablando:

—Vino aquí un par de veces. Se reunió con Darío en este mismo camerino. Era un tipo muy discreto. Siempre llevaba guantes.

Víctor mira a su jefe y apunta:

—Las lesiones de la sífilis deben de ser ya visibles en sus manos. Es él. No hay duda. Por eso lleva guantes siempre, por las pústulas, ¿comprende?

Ella prosigue contando:

—Era un tipo muy meticuloso, insistía mucho en los detalles. Quería que todo se hiciera a su manera y se notaba que hasta Darío le tenía miedo. Me dijo que era un hombre terrible. Que nunca hablara de él.

—Necesitamos saber algo. Si es el hombre que yo creo, es muy peligroso. Tendió una trampa a Darío y sus amigos. Todos murieron para que él pudiera dar otro golpe. Condenó a la muerte a tu hombre y a veinticuatro más, ¿comprendes?

—Sí. Quiero que cojan a ese hijo de puta, pero si les digo lo que sé estoy muerta. Usted mismo lo ha dicho.

—No si le cogemos antes. Además, es probable que ya esté lejos de aquí.

Ella ladea la cabeza. No parece muy convencida.

—Encarnita, ¿sabes algo? —pregunta el Mastín.

—Sé dónde se hospeda —dice ella de pronto.

—¿Cómo que «se hospeda»? —Víctor—. ¿Está aún en Madrid?

—Esta misma mañana fui a verle. Estaba preocupada por Darío pero no me atreví a hablarle. Me faltó valor. Le vi entrar a su hotel.

—¿Su hotel? ¿Has dicho que lo viste esta mañana? ¿Qué hotel? ¿De veras que está en Madrid?

—El Hotel de los Príncipes, en Sol.

—¡Ha estado enfrente de la Brigada todo este tiempo! ¡Hijo de puta! Y nosotros sin saberlo —exclama Víctor.

—No tenemos ni un segundo que perder —dice Buendía.

Los dos hombres salen a toda prisa del cuarto sin reparar en que las lágrimas han asomado, al fin, al rostro de la joven y se desbordan sin remedio.

Víctor Ros, el comisario Buendía y una docena de guardias, irrumpen en el recibidor del Hotel de los Príncipes causando un gran revuelo. El comisario se dirige al jefe de conserjes y le espeta:

—Buscamos a un tipo, Alberto Aldanza. Es muy peligroso. Distinguido, un caballero, viste muy elegante, canoso, lleva gafitas...

—Siempre lleva guantes —tercia Víctor.

—El conde Arezzo —contesta el encargado, un tipo alto, espigado y de finos bigotes que no tarda en reconocer a su huésped con la descripción que le proporcionan los policías—. Está en el tercer piso, en la suite imperial.

Víctor hace un gesto y todos corren escaleras arriba.

Cuando irrumpen en la habitación fuertemente armados descubren que su hombre ha volado.

—Miren —dice Víctor señalando los resto de un puro sobre un cenicero—. Aún está caliente. Le han avisado. Salgan a la calle. ¡Busquen!

—Debía tener a alguien siguiéndonos.

—Sí, no hay duda. Envíe a alguien inmediatamente con la Caracoles, ¡rápido! Me temo que esa joven corre peligro. Observe, los armarios llenos; ha dejado aquí toda su ropa. Casi le cogemos. ¡Maldita sea!

—Sí, ha escapado por los pelos.

Víctor se revuelve los cabellos y dice:

—¿Cómo es posible que esté vivo? En caso de sobrevivir al incendio que supuestamente le mató, a estas alturas debía haber muerto carcomido por la sífilis. No lo entiendo.

—Puede no ser él.

—Reconozco este bastón. ¿Ve?, una mariposa en una empuñadura de sílex. Me contó la historia de cómo la adquirió en Chile. Es suyo.

—Vaya. Va a resultar que está vivo —dice Buendía dando su brazo a torcer.

Víctor se encamina hacia el escritorio. Parece muy alterado.

—No hay un solo papel. Es muy listo.

—Se los habrá llevado.

—Es probable que tenga un lugar de trabajo aquí en Madrid, un escondite. Registremos todo esto, igual encontramos algo.

Entonces, Buendía repara en que Ros se encamina hacia una pequeña bombona que hay junto a la cama. Está conectada por un tubo a una suerte de máscara.

Víctor abre la espita y observa, huele y aspira el gas.

—¿Qué hace usted, loco?

Entonces Ros deja la máscara, mira unos viales que hay sobre la mesilla de noche y toma uno de ellos echándole un vistazo.

Víctor queda parado por un momento y exclama:

—¡Hijo de puta!

—¿Cómo? —pregunta el comisario—. ¿Qué pasa ahora?

—Qué hijo de puta.

—¿Quién?

—Aldanza.

—No le sigo, Víctor.

—Que ya sé cómo ha logrado aguantar con vida.

—¿Sí?

—Sí —contesta Víctor dando unos golpecitos en la bombona y señalando los inyectables—. Esto que ve aquí, querido amigo, es ozono.

Cuando Víctor baja las escaleras se encuentra cansado y desmoralizado. Aldanza se le ha adelantado una vez más. Ha volado. Ha llegado tarde por unos minutos pero seguro que ese monstruo ya está lejos de Madrid. Es un tipo muy listo y habrá puesto tierra de por medio. Sigue sin poder creer que esté con vida y evoca los días de su vuelta a Madrid, cuando el conde del Râzes le acogió como a un hijo enseñándole todo lo que sabe sobre ciencia forense. Recuerda a Lola y jura que le dará caza. Todo aquello parece un extraño sueño. Como si las cosas volvieran a suceder como antaño. La zozobra y la angustia de aquellos días reaparece con fuerza, como si no pudiera luchar contra un destino que se impone inexorable. ¿Acaso aquello no había terminado hacía ya muchos años? ¿No era todo un asunto del pasado?

Un caso cerrado, una brillante actuación de un gran detective sumada a una fantástica hoja de servicios, eso era Alberto Aldanza para él. Alguien a quien tuvo que borrar de su memoria pues le convirtió, muy a su pesar, en una especie de heredero suyo. Aquellas lecciones tuvieron un precio muy alto. Por un momento se siente como aquel joven subinspector inexperto que siguió las enseñanzas de un tipo horrible y malvado para convertirse en un gran policía. Sabe que ese estigma siempre le perseguirá. Ironías del destino, Aldanza lo consiguió: Víctor Ros es, en parte, hijo suyo, una creación de la mente de un villano, de un loco, de un asesino. El hijo del monstruo.

—¿Don Víctor?

El detective se vuelve y ve al jefe de conserjes que pasa su brazo sobre el hombro de un botones perfectamente uniformado. Apenas es un crío.

—¿Sí? —responde Ros.

—Aquí, Nicolás, que me ha contado una cosa que igual podría interesarle.

—¿A mí?

—Sí, es sobre el conde.

Víctor mira al chaval con interés:

—Claro, hijo, dime, dime. ¿De qué se trata?

—El conde… —dice titubeante—. Esta mañana pidió un coche de punto. Yo salí a esperarlo y cuando llegó le avisé. Le acompañé para subir al carruaje y le abrí la puerta. Siempre da buenas propinas, es un caballero.

—¿Y?

—Que escuché la dirección que daba al cochero.

—Pero luego volvió aquí, ¿no?

—Sí, sí, a comer y a cenar. Después subió a sus habitaciones un poco antes de que llegaran ustedes.

—¿Y dices que escuchaste adónde se dirigió esta mañana?

—Sí, dijo al cochero: a las oficinas de la Transatlántica, junto a la Puerta de Toledo. Lo recuerdo perfectamente.

—¡Muy bien, chaval! ¡Toma! —dice Víctor tendiéndole unas monedas. Entonces mira al jefe de conserjes y, con disimulo, le tiende un billete para añadir—: Y en efecto, caballero, tenía usted razón, era una información relevante, muy relevante.

5

Víctor llega a primera hora de la mañana a las oficinas de la Transatlántica. Están situadas en la Puerta de Toledo, junto al matadero. Una vez dentro le recibe una joven muy amable que dice ser «compañera» de Clara; al parecer, le ha reconocido al instante. Víctor sonríe para sus adentros pensando en la tenacidad de aquellas sufragistas. Clara le dio muchos quebraderos de cabeza con sus manifestaciones y detenciones cuando era policía. Ahora que ha regresado a la Brigada Metropolitana, es posible que se vuelva a ver en la misma situación.

Echa un vistazo a la oficina. Aquello parece atestado de papeles, carpetas y archivos que ocupan metros y metros de unas estanterías que tapizan enteramente el lugar. Huele a polvo y papel. Debe de estar infestado de ratones. De inmediato, la joven le conduce al despacho del encargado, un tal Jesús Huete, un tipo algo pasado de peso, de amplias entradas y enormes bigotes.

—Usted dirá, señor…

—Ros, Víctor Ros. Quería preguntarle en relación a unos billetes que debe de haber comprado aquí un sospechoso al que seguimos la pista. Es un hombre peligroso, no crea.

—Es probable, nosotros operamos desde Cádiz, Santander

y Barcelona, somos una compañía sólida y vamos desde las colonias a Inglaterra pasando por Italia y Egipto. ¿Sabe su nombre?

—Pues usted verá, es que el tipo debe tener decenas de documentaciones falsas: podría hacerse llamar Alberto Aldanza, conde del Râzes, conde Arezzo... No lo sé.

—No me suenan esos nombres.

—Vino ayer por la mañana.

—Don Humberto Carcelén.

—Es muy distinguido, de origen noble...

—Carcelén.

—... Lleva siempre puestos los guantes...

—Carcelén, le digo, no hay duda. Canoso, con gafitas redondas, delgado, todo un *gentleman*.

—Sí, es él, no hay duda —apunta Víctor—. ¿Lleva siempre guantes?

—Lleva siempre guantes —afirma el otro—. Se le nota que es hombre de posibles.

—¿Y compró algún billete?

—Sí, estaban encargados y ayer mismo los recogió.

—¿Podría usted decirme adónde se dirigía?

—Sí, claro; recogió dos pasajes para Inglaterra, en el *Soledad*, un barco nuestro que sale de Santander en una semana.

—Vaya, Londres.

—Sí, hablamos de ello. No en vano yo residí en la City unos años y don Humberto me contó que era su ciudad favorita...

—Sí que lo era —confirma Víctor.

—... me contó que mantenía casa allí. Hablamos de lo magnífica que es la temporada de ópera, de los parques, de lo agradable que es vivir en la capital del mundo.

—¿Le contó algo? ¿Le dijo dónde tenía esa vivienda?

—No. Hablamos del centro, ya sabe, de los ambientes elevados. Me da la impresión de que conoce a todo el mundo allí. Debe de llevar unos años residiendo en Londres.

—Sí, desde el 76 —dice Víctor recordando los sucesos del caso que la prensa bautizó como «El misterio de la casa Aranda»—. ¿Y le contó qué le había traído a Madrid?

—Negocios.

—¿En algún momento le habló de si mantenía abierta alguna oficina en Madrid o España?

—No, sólo sé que se hospedaba en el Hotel de los Príncipes.

—Ya. Bueno, don Jesús, me ha sido usted de mucha ayuda. Y ahora, si me disculpa, he de continuar con mis pesquisas —dice Víctor levantándose para estrechar la mano de su interlocutor.

Encarnita la Caracoles despierta algo confusa. La luz del sol entra por la ventana de la habitación del hotel Ritz y adivina a Arturo, que se está cambiando frente al espejo del recibidor. Vuelve a cerrar los ojos y siente que él se acerca y la besa en la mejilla. Prefiere hacerse la dormida. Imagina que tendrá trabajo en el ministerio a primera hora, como siempre.

Escucha los pasos de su amante que se dirige a la puerta y cómo ésta se cierra tras su salida. Se siente segura teniendo hombres así a su lado. Un ministro no sólo proporciona dinero sino también protección e influencia, y Encarnita tiene miedo. Abre los ojos y mira a través de la ventana. Es un día soleado. Espera que los policías que la visitaron en el Café España capturen a ese tipo. Su vida va en ello. Ella sabe que una pobre corista no importa a nadie, y menos a la policía. Por eso se esconde de ellos. Y de todo el mundo. Por eso no ha dormido en su casa sino en el Ritz con uno de sus muchos amantes.

Cierra los ojos de nuevo. Está cansada.

Escucha la puerta abrirse y oye unos pasos.

—¿Qué se te ha olvidado, Arturito? —dice la corista muy revoltosa.

El recién llegado no contesta. Entonces ella abre los ojos, pues intuye el peligro. Frente a ella, a los pies de su cama, se ha situado un tipo alto, imponente, vestido de negro y de rasgos meridionales. Es guapo.

Antes de que la joven pueda reaccionar, el tipo da un salto lanzándose sobre ella, que no llega siquiera a poder levantarse. Lo último que acierta a ver la joven es el brillo de un inmenso cuchillo y un zarpazo helado que secciona su garganta dejándole sin posibilidad de gritar, de pedir ayuda. Siente la sangre caliente que brota a borbotones desde su cuello y baja por el pecho, mientras que se le cierran los ojos para hundirse en la más absoluta oscuridad.

En el despacho del comisario Buendía se reúnen el Ministro de la Gobernación, don Segismundo Moret, y el detective Víctor Ros.

Don Horacio abre fuego:

—Bueno, don Segismundo, hemos identificado a nuestro hombre, Alberto Aldanza.

El Ministro, que fuma un inmenso habano, se incorpora con parsimonia para arrojar la ceniza del mismo en un cenicero y comenta con aire incrédulo:

—Me dicen mis asesores que el tipo al que ustedes se refieren está muerto.

—Es él, se lo seguro —apunta Víctor.

Moret le mira con cara de pocos amigos.

—¿Tiene pruebas?

—No.

—¿Le ha visto? ¿Ha sido identificado por algún testigo?

—No. No disponemos de ninguna fotografía suya. Es muy inteligente y muy cauto.

—¿Y bien?

—Don Segismundo, debe creerme, todo esto es obra de Aldanza, lleva su marchamo.

—¿Y qué tiene, Ros, dígame?

—Sé que es él.

—¿Intuición? Sé que no es usted de ésos, precisamente por ese motivo le mandamos avisar. Me aseguraron que sus métodos eran científicos.

—¡No, no! No es intuición, hay indicios. Se lo aseguro. Uno de los asaltantes del Banco de España, que ya ha quedado aclarado que era una trampa, dijo antes de morir: «Maldito Aldanza». Luego le seguí la pista; una joven que le vio me confirmó que el tipo que ideó el golpe encajaba con sus características. En la habitación de su hotel había un bastón que yo reconocí como suyo, ¿se da cuenta?

—¿No pudo ese tipo haberse hecho con él en una subasta? No sé, o con uno similar.

—No, no, era único, créame.

—Y me dicen que quiere usted seguirle a...

—Londres.

Moret mira a Buendía con cara de pocos amigos y añade:

—¿Soy el único que ve claro que Aldanza, de ser él nuestro hombre, ya no viajará en ese barco? Porque es algo que me parece harto evidente.

—¡Lo sé, lo sé, don Segismundo! Conozco a Aldanza y sé que, al verse descubierto, habrá cambiado de planes. A estas horas habrá salido ya de España por Portugal o Francia. Pero estoy seguro de que va a Londres.

—¿Sí? —Moret irónico—. ¿Por qué?

—Dijo al tipo de la agencia de viajes que vive allí. Le contó cosas sobre la temporada de ópera. Yo lo conozco, hacía muchos años que no pasaba por allí, y Londres es la capital del Imperio, la ciudad más importante del mundo y, lo mejor, un lugar inmenso en el que esconderse, pasar desapercibido.

—¿Y cree usted que va a encontrarle allí? ¡Es ridículo!

—Ya, sé que suena mal —dice Víctor bajando la mirada. Sabe que aquel burócrata no se lo va a poner fácil.

Se hace un silencio.

Buendía dice entonces:

—Es lo único que tenemos. Hemos localizado las cuadras donde guardaban los carruajes los asaltantes del Banco de España, muchos se alojaron allí. Gente bragada que vino de fuera. No hemos podido identificar a ninguno, salvo a Vigueras. Todo estaba minuciosamente preparado y no hay rastro.

Moret da otra profunda calada a su habano.

—¿Y el robo de la banca de Weissmuller?

—No sabemos nada, no dejaron prueba alguna; fue un golpe limpio. No sabemos si el oro ha salido de España. Tenemos vigiladas las aduanas, los puertos, pero ignoramos dónde puede estar el tesoro.

—Yo sé adónde lo llevarán, a Londres —dice Ros.

—¡Qué tontería! Aldanza ya no acudirá allí —responde Moret.

—No, don Segismundo, hágame caso. Londres es su escondite. Será como buscar una aguja en un pajar y él lo sabe. Tenemos que hablar con las autoridades británicas, podrían ayudarnos, intentar detectar la entrada del tesoro allí.

—No creo que nos interese que nadie sepa de nuestra posición de debilidad. Y los ingleses, menos. Nada de revelarlo a potencias extranjeras.

Víctor insiste:

—Es lo único que tengo: Aldanza y Londres. Usted me pidió ayuda. Reingresé en el cuerpo para esto. Tengo que ir allí y cazarle, así recuperaré el tesoro.

—Es imposible, Ros.

—El no lo tenemos por delante. No pierdo nada. Aquí las vías de investigación están cegadas con la muerte de los asaltantes y la desaparición de Aldanza. No me necesitan para cerrar fronteras y apretar a peristas. Lo haré de cualquier modo. Puedo ir a Londres como miembro de la Brigada Metropolitana o solo, en excedencia. Usted decide.

Moret sacude la cabeza.

—Veamos, Ros, a ver si lo entiendo. Me dice usted que pretende dejar la investigación aquí para irse a Londres, a buscar a un tipo que no sabemos si está vivo, un fantasma. En una ciudad de…

—Tres millones de habitantes.

—… ¡de tres millones de habitantes! Para buscar, si se me permite decirlo así, una aguja en un pajar. Mientras aquí nos encontramos en una situación de emergencia nacional porque, si no recuperamos el dinero, en tres meses no podremos hacer frente a nuestras deudas y quebrará el Estado. ¿Es correcto?

—Exactamente como lo ha dicho.

—¿Y cómo diantres piensa hacerlo?

—De momento, con la ayuda de un par de amigos.

—Pero ¿qué dices? ¿Yo en Londres?

—Te necesito, Alfredo —contesta Víctor mientras los dos amigos caminan por el Retiro cogidos del brazo.

La tarde es fría pero soleada y se encaminan hacia un lateral, más apartado, cubierto por la umbría de unos inmensos ficus.

—¿Qué vas a necesitarme? Estoy jubilado —señala Alfredo Blázquez, para el que se diría que no pasan los años. Con sus gafitas, su pelo cano, sigue pareciendo más un contable que un policía—. Yo no estoy ya para esos trotes y lo sabes, Víctor.

—¡Pero si estás hecho un chaval!

—Qué va, qué va. Me gusta estar tranquilo. Vivo bien, sin sobresaltos: el vermut y la partidita, la comida y la siesta, el paseo de la tarde con mi santa esposa y mi cama; ésa es mi vida ahora.

—¿No te aburres?

—¡No!

Víctor lo mira sonriendo y el otro añade:

—Bueno… ¡sí! Me aburro, rediez. Me aburro y echo de menos la acción: los chorizos, investigar, seguir las pistas y sentirme vivo. Pero ése no es el caso. Tengo familia, responsabilidades, mi mujer y mi hija están contentas de que me jubilara y, sobre todo, no estoy en forma, sería un lastre para ti, hijo.

—Sabes que tú y yo cazamos a Aldanza una vez. Y podemos hacerlo otra.

—Yo no sé inglés, ¿recuerdas?

—Yo sí, y nos ayudará mi amigo Martin.

—¿Roberts?

—Sí, es un gran policía. Ya le he telegrafiado. En Scotland Yard sí que saben hacer bien las cosas. Él es un tipo preparado y conoce el terreno, nos ayudará.

—¿Entonces?

—Te necesito.

—Estás loco. No seré de ayuda.

—Eres mi hombre, Alfredo. Sabes que peco de impulsivo, que mi mente me lleva siempre un paso más allá, y tú eres mi compañero ideal: racional, con la cabeza sentada, los pies en el suelo… Tú y yo, juntos, hacemos un detective genial. Perspicaz, brillante y adaptado a este mundo. Sin ti no podré hacerlo, amigo.

—No sabes lo que dices, joder.

—Alfredo, ¿sabes qué posibilidades hay de resolver esto? Sin pistas, en un país extranjero, una ciudad inmensa y un tipo políglota y millonario escondido en ella.

—Pues lo que digo, que estás como una cabra.

Víctor se para y mira al suelo. Está comenzando a cansarse de aquel caso y apenas lleva unos días con él. Entonces escucha a su amigo, que dice:

—Y yo más loco que tú por acompañarte.

—No estás recuperado —dice Clara muy airada mientras los niños juegan al fondo del jardín. Víctor, sentado junto a ella, sujeta sus manos.

—Es mi deber, cariño. La situación es de extrema urgencia, hablamos de un problema que atañe al mismísimo Estado. Entiéndelo, por favor.

—¿Y me hablas de Estado, tú? Mira, Víctor, he accedido a que llevaras algunos asuntos del gabinete para que estuvieras distraído, pero después de lo ocurrido en Oviedo, sé que no estás preparado para volver a la acción. ¡Y encima Alberto Aldanza! ¿No teníamos bastante con esa loca de Bárbara Miranda? ¿Acaso no recuerdas lo que me dijo en mi última entrevista con ella? ¡Quiere matarte! ¿Tengo que recordarte que escapó de nuevo? ¿Que está por ahí fuera, en algún lugar, rumiando su venganza? Vive obsesionada con matarte.

—No se puede vivir con miedo, Clara.

—Víctor, no estás bien.

—Me he recuperado físicamente al cien por cien.

—Tú lo has dicho, físicamente. Tienes pesadillas, ¿sabes? Tú no te has oído, no te has visto por las noches.

—Tengo que hacerlo, Clara, es mi deber.

—No vayas, por favor.

—Es importante para mí que me apoyes, siempre lo has hecho. No sé muy bien adónde voy ni a qué. Tampoco puedo tener la certeza de que el culpable sea Aldanza, de que esté en Londres. Ni siquiera sé si está vivo. Va a ser difícil encontrarle en una ciudad de tres millones de habitantes. Si tú no estás conmigo no puedo hacerlo; si tú me apoyas, Clara, podría vencer a quien fuera. Eres el viento en mis velas.

Ella lo mira y sonríe con cierta amargura.

—Prométeme que no harás ninguna locura, que serás prudente, que no arriesgarás la vida. Piensa en los niños.

Él miente y contesta:

—Lo prometo, amor.

A don Segismundo Moret, ministro de la Gobernación,
con copia a don Horacio Buendía, comisario de
la Brigada Metropolitana

Escribo estas líneas justo antes de embarcar en el *Soledad* rumbo a Londres, acompañado por mi fiel amigo don Alfredo Blázquez. El dispositivo planteado por el Ministerio ha sido espectacular. Era previsible que Aldanza no se presentara y así ha sido. A estas horas creo que debe de estar fuera del país, de camino a Londres. Espero cazarlo allí. Por lo pronto, tengo una idea de por dónde empezar, espero que funcione. Les iré manteniendo informados con despachos que cursaré, como hemos convenido, a través de la Embajada. De momento, podemos afirmar que Alberto Aldanza no ha subido a este barco.

Reciban un cordial saludo,

Víctor Ros,
Inspector jefe de la Brigada Metropolitana

SEGUNDA PARTE

La desaparición de Cornelius Hall

1

Cornelius Hall despierta sobresaltado. ¿Has escuchado al búho? No, no puede ser. Son tonterías suyas. No quiere creer que su pasado vaya a perseguirle siempre, no. No es posible. Lo ha soñado. No está, se fue. Supo que se había ido al extranjero, al fin. Y espera que no vuelva.

A su lado, Mildred duerme como un niño roncando profundamente. La mira y no puede creer que la bella jovencita con que se casó se haya convertido en aquella mujer, viva imagen de su madre. Recuerda a aquella maldita bruja borracha y desea que se pudra en el infierno. Repara en que ahora, ironías del destino, ha de vivir con una réplica de aquella arpía junto a él.

Vuelve a escucharse. Sí, es la señal. El canto de un búho. Como en los viejos tiempos. ¿Ha vuelto a Londres?

No quiere creerlo. Siente que le da un vuelco el corazón y toma una vela que enciende mientras baja por las escaleras, que crujen como si fueran a hundirse de un momento a otro. Quizá sea un búho de verdad, pero ¿en plena ciudad?

Descalzo y recogiendo las faldas del camisón con la zurda, avanza iluminando la planta baja de la vivienda con la palmatoria que sujeta con la diestra. Sus sentidos están alerta, como en los viejos tiempos. Hay algo en el ambiente que le hace desconfiar.

No tarda mucho en llegar al almacén que, como siempre, huele a ginebra, a vino y a ron. Un olor rancio que le acompaña desde hace muchos años.

Es entonces cuando escucha su voz:

—Hola, Viruelas.

Sí, ha vuelto. Aparece desde la oscuridad, como un fantasma, junto a la puerta del almacén de Ginebras Hall.

«¿Cómo ha podido entrar?», piensa para sí el dueño del almacén.

—¡Cómo me alegro de verle! —miente Cornelius. No quiere problemas e intenta parecer cordial. Hay que tenerle miedo y lo sabe.

—Necesitaba verte, ¿sabes?

—Sí, pero es arriesgado. Mildred duerme como una ceporra, pero es arriesgado que venga usted aquí.

—¿Te has hecho cobarde, a la vejez?

—No... no es eso.

—No pareces el hombre que yo conocí. ¿Recuerdas aquellos tiempos?

En ese momento, dos figuras surgen de detrás del marchante de ginebras. Estaban amparados en la sombra que crean los barriles del fondo y Cornelius Hall sabe con certeza que ha cometido un error.

Cuando Clara da por terminada la reunión de las sufragistas en el pequeño local de la calle de los Caños, comprueba que una joven se adelanta para hablar con ella personalmente. La chica espera paciente su turno mientras las demás activistas felicitan a la ponente.

La conoce. Se llama Helena y es oficinista en la Transatlántica, una chica soltera, instruida y muy capaz. Clara sabe que necesitan a muchas como ella para lograr su objetivo en una sociedad anacrónica y vetusta como aquélla.

—Hola, Helena, ¿qué tal?

—Muy bien. Clara, muy bien. Te felicito, has estado brillante. Como siempre. Me anima mucho venir aquí, el contacto con todas vosotras. Comprobar que no estás sola y que hay más compañeras que piensan como tú es realmente reconfortante.

—Bueno, aquí todas formamos parte de lo mismo, compartimos un ideal y unas veces actúa una y otras otra. ¿No es así?

—Sí, por supuesto, sabemos que esto no será fácil. —Entonces haciendo un aparte añade—: ¿Podríamos hablar a solas?

—Claro, vamos aquí al lado, al café de los Ángeles.

Una vez en el local, las dos mujeres toman asiento y Clara ordena chocolate con picatostes para las dos.

—Esto irá a mis caderas. Directamente —dice Helena.

—Hay que merendar, querida. Además, si estás flaquísima...

Entonces, bajando la mirada, la joven dice:

—Deseaba hablar contigo de un asunto delicado. No quería que nadie se enterara. Se trata de Víctor...

—¿Víctor?

—Sí, Clara, no sé cómo decírtelo, pero creo que hay otra mujer.

—¿Cómo?

—Sí, el otro día vino a la oficina, a comprar unos billetes.

—Sí, para Londres. Está allí por un asunto oficial.

—Bueno, pues el caso es que nada más salir él... Entró una mujer.

—¿Sí?

—Me preguntó que adónde iba. Yo le dije, claro está, que

eso era confidencial. Entonces ella me dijo: «No tenga cuidado, tenemos un asuntillo y he de viajar con él».

—¿Y tú qué hiciste?

—Le dije que se fuera. Ella me miró con odio, no te haces una idea, una mirada que me hizo temblar, y me dijo: «Jovencita, necesito saber adónde va mi hombre».

—Vaya.

—Yo me mantuve firme y salió airada de la oficina. No creas, que bufaba como una gata. Me pareció una mujer de armas tomar, de las que no se arredra ante nada ni ante nadie.

—¿Cómo era? Descríbela.

—Muy guapa, morena, cutis delicado, con unos ojos enormes, negros, preciosos. Tenía unas pestañas que eran un primor. Pero su mirada daba miedo.

Clara Alvear no se inmuta. Se gira, toma de la silla de al lado el inmenso cartapacio que siempre la acompaña a sus reuniones y, abriéndolo, extrae una pequeña carpeta de cartulina. Saca una fotografía de la misma y la tiende a Helena.

—Mírala bien, ¿es ella?

Helena contempla el viejo daguerrotipo y sentencia:

—Sí, sin duda. ¿Quién es?

Clara queda en silencio por unos instantes, parece como encajar un golpe imaginario. Cierra los ojos y respira profundo. Entonces, se recompone, mira a su amiga y dice muy resuelta:

—Bárbara Miranda. Y ahora, si me disculpas, tengo prisa.

Eduardo entra en la habitación de su madre con un vaso de leche en la mano.

—¿Me has llamado? —dice para dejar caer el recipiente de cristal al suelo que estalla en mil pedazos—. Pero ¿qué has hecho, mamá?

Justo delante, junto a su tocador, Clara Alvear tiene unas

tijeras en la mano. El suelo, a su alrededor, aparece cubierto de pelo. La hermosa mujer se ha cortado la inmensa y profusa melena. Parece un chico, mucho más joven, con el pelo corto, medio trasquilado.

—Tenemos un problema, cariño. Victítor y Clarita están con mi madre. Prepara tus cosas, ya sabes, tu disfraz de pilluelo y todo lo que necesites. Nos vamos en media hora, tenemos que ayudar a tu padre.

—¿Nos vamos? ¿Adónde?

—A Londres, Eduardo, a Londres.

—¡Vamos, Alfredo, déjate eso y ven! —ordena Víctor asomando la cabeza por la puerta del camarote.

—Hombre, Víctor, estoy desayunando —dice el bueno de Blázquez, que moja una tostada con mantequilla en un tazón de leche gigante.

Antes de que se pueda dar cuenta, el pobre Alfredo se ve empujado fuera del camarote, ascendiendo por las estrechas escaleras que llevan a la cubierta del *Soledad.* Una ráfaga de aire frío, con olor a mar, les sacude el rostro mientras Víctor, señalando al fondo, dice:

—¡Mira, Alfredo, mira! ¿Acaso no es algo imponente?

Blázquez levanta la cabeza y mira. Contempla la inmensa embocadura de la gran estela que lleva a la metrópoli más importante del mundo civilizado. Hay cientos de barcos que se dirigen hacia allí y los dos amigos quedan en silencio. Parecen dos palurdos mirando al horizonte, embargados por la grandiosidad de aquel momento, de la luz, el frío y la sensación de que todo va hacia ese Londres que ya les espera. Poco a poco el barco avanza junto a otros. Blázquez ya no recuerda ni qué es eso del desayuno. Al fondo, en Sheerness, se ven los imponentes barcos de guerra fondeados.

—Eso sí que es una marina, Alfredo, ¡eso sí que es una marina de guerra! —dice Ros.

Observándolo todo como niños, los dos amigos se conmueven ante el mar de banderas, las idas y venidas de vapores repletos de viajeros, las largas filas de barcos de cabotaje y de pesca que lo ocupan todo y que abastecen el Mercado de Billingsgate. Cuando van a darse cuenta, el barco ha llegado a la zona de Greenwich, donde fondea. Inmediatamente el equipaje de los viajeros es descargado con diligencia a una inmensa barcaza a vapor que les trasladará río arriba. La operación llevará un buen rato, así que todos aprovechan para estirar las piernas o acercarse a alguna taberna.

Sentados en un ribazo, mientras esperan, los dos amigos fuman un cigarro tras otro contemplando el panorama: barcos de heno y paja que van río abajo y, justo a su lado, el Hospital de Greenwich que acoge a multitud de ancianos renqueantes y cascarrabias que pasean bajo los soportales. Muchos de ellos viejos héroes de aquel imperio que domina el mundo. Añosos desperfectos humanos de esa maquinaria implacable que ha conquistado el orbe. Aquello es hermoso, aunque Blázquez observa que no tiene la luminosidad de Madrid. Todo es gris, oscuro y la actividad, febril.

—¿Y por dónde dices que vamos a empezar?

Víctor, observando cómo un vapor de pasajeros sortea hábilmente a las demás embarcaciones, contesta:

—Por el ozono.

—¿Cómo dices, hijo? ¿El «ozoqué»?

Víctor ríe ostensiblemente. Alfredo es hombre de otra época que siempre se sorprende con esas cosas. Un tipo campechano, sin muchas vueltas, que le mantiene siempre con los pies en el suelo.

—El ozono, Alfredo, el ozono. Sabemos que Aldanza era enfermo terminal de sífilis, ¿recuerdas?

—Sí, claro.

—Así que, cuando apareció su nombre en el caso, lo primero que pensé es que era imposible. En el supuesto, muy remotamente probable, de que hubiera sobrevivido al incendio de su mansión, tenía los días contados. ¿Cómo podía haber sobrevivido estos años?

—Eso digo yo. ¿Cómo?

—El ozono.

—El ozono —dice Blázquez, que repite como un loro y asiente aunque, en el fondo, no termina de saber qué es eso.

—Sí, en su habitación del hotel encontré una botella de un gas, ozono. ¿Sabes lo que es la ozonoterapia?

—No, pero tengo el pálpito de que me lo vas a contar.

—Muy gracioso. Pues sí, te lo voy a contar. La ozonoterapia consiste en el uso de una sustancia, el ozono, con fines exclusivamente terapéuticos. Junto a la bombona que tenía Aldanza en su habitación del hotel, encontré un vial. Se utiliza intramuscularmente. Al parecer también lo respiraba. Era de un proveedor londinense, Hughes and Brothers; ése será nuestro primer paso. Resulta que este compuesto es un potente oxidante por lo que parece tener un cierto efecto antimicrobiano, cicatrizante y dicen que estimula las defensas naturales del cuerpo. Ésa es la respuesta, amigo, a cómo Aldanza, que se sabe sentenciado, ha logrado alargar su vida para planear este golpe. Por eso lleva guantes; las pústulas cubrirán sus manos, sin duda. Es evidente.

—¿Y por qué dar un golpe así? ¿No era rico ya?

—Quizá perdió su fortuna, se ha consumido, o simplemente quiso volver al juego. Es un loco, ¿recuerdas?

—Sí, pero ¿no has pensado que igual lo hizo para meterte en el asunto? ¿Para que tú tuvieras que investigar el caso? Querrá volver a medirse contigo.

Víctor echa un vistazo al muelle donde dos marinos, suspendidos por cuerdas sobre una tabla, pintan sentados el casco de un inmenso velero. El tráfico de embarcaciones no decrece, desde la policía del Támesis hasta los pequeños barcos marisqueros, aquello da una idea de por qué Inglaterra es una potencia naval, y por ende, un imperio.

—Esa perspectiva que me apuntas, querido amigo, no me gusta. Pero bajemos al río, Alfredo, creo que embarcamos ya hacia la City.

Alguien dijo que el Támesis es la arteria principal que alimenta a Londres y los dos detectives comprueban asombrados que así es. En el trayecto entre Greenwich y el Puente de Londres, Víctor y Alfredo se maravillan por el espectáculo que no cesa. Las aguas del río son feas con avaricia, ocres, fangosas, y las flotas de barcos daneses o italianos quedan situadas en el margen derecho.

Allí fondean los barcos que traen cereales de Oriente, las flotas transoceánicas, y crujen las grúas que descargan pieles, fardos, sacos y cajas entre gruñidos y maldiciones de los estibadores.

Se hace evidente que aquella ciudad es un ente con vida propia entregado de lleno al beneficio mercantil, al trueque y al negocio. Tiene un aire mundano, financiero si se quiere, que reduce el romanticismo de una urbe que es a la vez fea y maravillosa.

Víctor repara en que el margen derecho es un auténtico bosque de mástiles, una telaraña de aparejos, de escaleras achacosas que descienden desde aquellas anidadas viviendas hasta el río. Auténticos hormigueros, construcciones superpobladas por gente que sirve a diario a aquel inmenso cauce de mercancías y viajeros.

Cuando la barcaza a vapor, ancha y funcional, como todo

lo inglés, atraviesa las escaleras del viejo túnel bajo el Támesis, aparece la Torre de Londres. A lo lejos se distingue el ajetreo de Billingsgate y la embarcación se ve obligada a disminuir la velocidad. Hay que luchar por cada metro de río; se cruzan remos, velas y hélices, los prácticos se injurian y se gritan desde las popas de los barcos. Es increíble que no colisionen las decenas de embarcaciones que se cruzan pero, maravillosamente, como en una danza caótica y a la vez calculada por un Dios extraño, todo acaba en su lugar.

Los dos amigos comprenden que aquélla es la ciudad más sorprendente que verá su siglo y apenas si pueden cerrar la boca por el asombro. Cuando llegan al Puente de Londres, comprueban que éste cruza el río de una orilla a otra. Detrás de esta mole se asoman las cúpulas de San Pablo.

El puente está siempre atestado de gente: curiosos, pilluelos, carteristas, marinos y desocupados que esperan para ganarse unas monedas acarreando unos fardos o unas maletas. Todos buscan algo y todos tienen algo que ofrecer.

Hay muchos pilluelos que escarban en el fango rebuscando objetos que puedan haber caído de los barcos que vienen y van. Así es la miseria que se respira en aquella ciudad donde conviven la opulencia más descarada y el hambre más atroz de los más desfavorecidos.

Víctor repara entonces en que el inglés medio no cuida en demasía su indumentaria. Es curioso pero todas las clases sociales visten igual, sólo que la ropa de los pobres es vieja, raída, y de tercera o cuarta mano, por lo que ha perdido su dignidad primigenia y se la hace perder al desgraciado que la lleva. Ropas que pasaron de un marqués a un comerciante, de éste a un trabajador y de éste, a su vez, a un indigente. Todo se aprovecha en Londres.

Observa a un tipo que espera un vapor. Alto, de inmensas patillas y pelo abundante. Lleva bastón y una cesta en la zurda.

Chistera, muy alta, vieja y descolorida. El cuello de la camisa, sucio como un callejón de Marsella; la levita, ajada y mugrienta, y se cubre a modo de capa con una suerte de manta que lleva una gran cantidad de mugre y se encuentra parcheada hasta el extremo de producir repelús. «Es mejor una buena cena que un abrigo elegante», dice el proverbio inglés. Eso es Inglaterra, el pueblo llano, el músculo del Imperio. Pese a ello, el hombre conserva cierta dignidad en su porte, como si fuera un lord paseando por sus posesiones de la campiña.

Los ciudadanos dicen que el puente está construido sobre fardos de lana, porque fue erigido gracias a los impuestos sobre la misma. Es una mole de piedra impresionante, sólida e indestructible. Una vez que el barco llega al pantalán, se tiende la pasarela y una legión de rostros famélicos se agolpa sobre los viajeros para llevarles las maletas, sisarles la cartera o hacer de cicerone.

—¡Aquí, Víctor! —dice una voz en inglés.

Frente a ellos aparece Martin Roberts acompañado de dos pilluelos. Viste un traje de tweed con un bombín que lleva en la diestra mientras que, con su bastón, azuza con la otra mano a los muertos de hambre que molestan a sus amigos.

Es un hombre alto, de complexión recia, rubio, con el pelo muy corto y de ojos azules. Parece un militar, un tipo de aspecto espartano consagrado al ideal de la lucha contra el crimen.

Se funde en un abrazo con Víctor y saluda a don Alfredo que, al no entender el idioma, no se entera de nada.

—Por aquí —dice Martin—. Os he reservado unas habitaciones fantásticas.

2

Mildred Hall comienza a preocuparse cuando regresa de hacer sus compras matinales en Upper Thames Street, una arteria que discurre paralela al río y que da paso a minúsculas callejuelas que bajan al Támesis, repleta de pequeñas tiendas donde uno puede comprar de todo: desde especias exóticas hasta ostras o pan de centeno. Después de colocar las cosas en casa, vuelve a bajar a la calle y echa un vistazo a la puerta del local de su marido en Old Fish Street. El aprendiz, Barney, y el encargado descargan barriles de un carromato y los apilan antes de meterlos en el local.

—¿Habéis visto a Cornelius? —pregunta algo extrañada pues la mañana está bien entrada y su marido es hombre muy trabajador.

—No, no le he visto en todo el día —contesta Richard, el encargado—. Esta mañana tuve que abrir yo porque él no estaba. Pensé que estaría durmiendo o que habría salido a pescar.

A Mildred aquello le parece raro y retorna al interior de la casa. Sube las escaleras, atraviesa el recibidor de su vivienda y alcanza el dormitorio. Entonces repara en algo que no había visto antes. Las ropas de Cornelius están depositadas sobre la butaca que hay junto a la cama. Ella siempre las deja ahí cada noche, perfectamente colocadas para que él, que se le levanta temprano, se vista con las primeras luces del alba.

—Esto es raro, muy raro. ¿Adónde puede ir un hombre sin ropa? ¿A qué hora se levantó? ¿Dónde está mi Cornelius? —dice la mujer hablando en voz alta.

Decide llegarse a la estación de policía que hay a menos de dos manzanas, en Queen Street, y hablar con el sargento Deep.

El bueno de Martin Roberts ha tomado unas amplias habitaciones para sus amigos en Gloucester Street, no muy lejos del centro y en una zona relativamente moderna y cómoda comparada con el ajetreo que han contemplado en las callejuelas cercanas al río. Es una espaciosa casona regida por una viuda, la señora Smith, que parece una madre y habla un inglés perfecto de manera pausada, lo que demuestra que tiene experiencia con huéspedes extranjeros.

Después de asearse y bajar al luminoso salón, Víctor y Alfredo se encuentran con Martin para tomar una taza de té y ponerse al día.

—Hice las gestiones que me pediste —comenta el detective de Scotland Yard refiriéndose a Víctor, que ha de traducir a su amigo todo lo que les dicen.

—¿Y?

—La empresa está situada cerca de los muelles de Surrey. Mañana iremos, si te parece bien.

—¿Y no podríamos ir hoy mismo?

—Pronto anochecerá, amigo, ésa no es zona recomendable para ir a estas horas. Es más, puede que esté cerrado.

—El tiempo es oro para nosotros, Martin. Si salimos ya, igual llegamos a tiempo.

—Veo que no te vas a rendir —contesta suspirando el inglés—. Pediré un coche de punto.

Don Alfredo, que no se entera de nada, no quita la vista de los pasteles de la señora Smith y lamenta tener que salir en aquel preciso momento. Hace mucho frío en Inglaterra y allí, al calor de la chimenea y rodeado de pasteles, se está mucho mejor.

Los tres hombres bajan por Hoxton Street en un coche de alquiler. Los dos forasteros se maravillan del trasiego de paisanos y carruajes junto a la Great Eastern Railway Station y tras atravesar una serie de callejas en un trayecto que se les hace largo, llegan a la zona de Limehouse por la amplia Commercial Road East, una arteria larguísima. Entonces, a la orilla del río, toman un vapor para pasar a los muelles comerciales de Surrey. En el otro lado del Támesis el ambiente ha cambiado: las mujeres parecen descaradas y se ven grupos de marineros y estibadores que derrochan la paga a manos llenas. Es otro ambiente, no hay duda.

—Esta gente vive al día —aclara Martin—. Y no titubean en malgastar en una sola noche los buenos dineros que ganan en los mares de Norte o en el Báltico. Gente dura.

Como está oscureciendo y no se ven coches de alquiler por la zona, los tres hombres atacan a paso vivo Rotherhithe Street, otra calle que a don Alfredo le parece demasiado larga, y pasan junto a los Surrey Gas Works, con sus inmensas cisternas. En unos minutos llegan a Adam Street donde se emplaza el almacén de Hughes and Brothers, un local pequeño y miserable con una oficina de madera situada en alto. Dos hombres que se afanan con unas bombonas les dicen que el dueño, Michael Hughes, está en una taberna a apenas un paso, en Paradise Street.

—Mejor, estoy sediento —dice don Alfredo cuando le traducen lo que han dicho los operarios.

Cuando llegan a la taberna, casi es noche cerrada y la calle está muy oscura. Las ventanas del tugurio arrojan una luz brillante al exterior, donde se afanan una veintena de sombras entre borrachos, putas y marinos que cantan.

—¡Vaya, qué buen ambiente! —dice Víctor irónico.

Justo cuando van a entrar un marinero empuja a otro, al parecer, porque rivalizan por una meretriz. El primero arrea un sopapo al segundo y antes de que los tres detectives puedan darse cuenta se ha montado una batalla campal. A toda prisa buscan la seguridad de la taberna, donde, tras entregar unos chelines al dueño, identifican a su hombre: un tipo orondo, de recias patillas y rostro porcino, que bebe solo en una mesa del fondo.

Cuando llegan a su altura, Martin dice:

—Buenas noches, amigo. Scotland Yard, queremos hablar con usted.

Víctor lee el temor en los ojos enrojecidos de aquel tipo que, como todo el mundo en los barrios pobres, abusa a diario del alcohol. Allí huele a ginebra y a ron. Algunos comen una especie de guiso en platos de barro que tiene un aspecto horrible aunque parece caliente.

—¿Qué tripa se les ha roto? —dice Michael Hughes mientras una camarera con aire de fresca trae tres pintas.

—Estos amigos son de la policía española y van a hacerle unas preguntas. Debe usted contestar lo mejor que sepa; el asunto es importante y no estamos para tonterías, ¿comprende?

El otro asiente. Es evidente que no le agrada tener negocios con la policía.

—Verá —dice Víctor intentando pronunciar lo mejor posible—. Sabemos que usted sirvió unos pedidos a un tipo al que buscamos.

—¿Se llama?

—Puede tener cualquier nombre: Alberto Aldanza, conde del Râzes, conde de Arezzo…

—¿Es extranjero?

—No es inglés, no.

—¿De dónde?

—Nació en Francia pero ha vivido en medio mundo. Tiene acento norteamericano, vivió allí muchos años. Puede pasar por español o italiano perfectamente.

El otro asiente y Víctor continúa:

—Enfermo de sífilis, siempre lleva guantes y es un tipo muy distinguido. Viste bien, canoso, con gafitas...

—Sé quién es —sentencia Hugues.

—¡Fabuloso! —exclama Víctor.

—... pero eso les costará muy caro —añade el comerciante.

Antes de que puedan darse cuenta, Martin Roberts se levanta agarrando al tipo por el cuello con una mano mientras que con la otra alza su bastón, recio y con el pomo recubierto de plomo.

—¡No hagas que te reviente la cabeza, gusano! —grita.

Todos los presentes se giran y el policía mira enrededor alzando de nuevo la voz:

—Soy de Scotland Yard. ¡Todo el mundo a sus propios asuntos!

Aquella panda de tunantes vuelve a sus conversaciones y chascarrillos demostrando que no quieren problemas y que Hugues está solo frente a los policías.

—No lo sé, pagó por adelantado —confiesa el comerciante de ozono—. No hice preguntas, imaginé que tenía sífilis. Hay muchos sifilíticos que se tratan con ozono, cualquier ayuda es poca. Le serví varias bombonas y muchos viales. Un tipo venía a recogerlo todo en un carromato y traía el dinero. Hace un par de meses hizo un pedido más fuerte y no volvió.

—¿No sabe dónde vive nuestro hombre? —pregunta Víctor.

—No.

—¿Y ese tipo, el recadero?

—Ése sí, se llama Schwan y creo que trabajaba en los muelles de St. Katherine.

Roberts y Ros se miran.

—¿Nada más? ¿Una dirección? ¿Algo?

—No. Sólo sé que Schwan venía en nombre del tipo al que buscan ustedes y se llevaba los pedidos.

—¿Cómo le dijo nuestro amigo que se llamaba? El señor elegante.

—Me dijo que era español y que se llamaba Víctor Ros.

—¡Hijo de puta! —exclama Víctor.

Martin Roberts no puede evitar reírse.

El policía inglés tiende una tarjeta a Hugues y le dice:

—Si apareciera por aquí mándeme avisar, es urgente.

Y deja unas monedas sobre la mesa.

Después de cenar en sus habitaciones de Gloucester Street, don Alfredo decide acostarse mientras que Roberts y Víctor acuerdan acercarse a tomar unas pintas de cerveza a The Guardian, una taberna situada en Ashford Street, junto a la vivienda del detective inglés.

Es un lugar cálido y muy diferente a la taberna que han visitado aquella misma tarde al otro lado del Támesis. Varios parroquianos departen amigablemente en un local con inmensa chimenea y cómodos asientos. Las paredes están forradas en madera, es un establecimiento acogedor.

Los dos amigos toman asiento y tras pedir dos cervezas negras, se ponen al día sobre sus cosas. Víctor explica los pormenores del caso a Martin, que pregunta y repregunta hasta el último detalle.

—¿Y crees que Aldanza está vivo? —insiste el inglés muy asombrado.

—No me cabe duda. ¿Has oído a Hughes? Ese tipo que le

encargó el ozono llevaba guantes, coincide con su descripción y, además, en la habitación del Hotel de los Príncipes vi un bastón que era de Aldanza, lo reconocí al instante.

—¿Y no has pensado, querido amigo, que bien podría ser una treta de alguien que quiere hacerte creer que Aldanza vive?

Víctor sonríe:

—Sí, podría ser, pero me parece muy complejo: el ozono, el golpe al Banco de España... Demasiado enrevesado, ¿no?

—Esa mujer que te odia...

—Bárbara Miranda.

—Sí, ésa. Escapó, ¿no?

—En efecto. Nada más salir de Oviedo, una partida de embozados asaltó el carruaje en que era trasladada, no tuvieron piedad con nadie. Todos los escoltas fueron ajusticiados.

—¿Y dónde está ella?

—Se esfumó. No creo siquiera que esté en España.

—Bien podría ser ella. Te hace creer que Aldanza vive y te atrae a Londres, una ciudad extraña, populosa, lejos de tu casa y tu entorno donde podría atacarte con total impunidad.

—No, Martin, no creo que sea eso lo sucedido.

—Pero Londres es muy grande, amigo.

—Lo sé.

—Ya. Sabes que estás buscando una...

—Una aguja en un pajar. Es un refrán español.

—Recuerda que me lo enseñaste tú. ¿Y Clara y los niños?

—Bien, Victítor tiene ocho y Clarita siete.

—¿Y ese joven que adoptaste?

—Eduardo, catorce. Está hecho un hombre. Será un gran detective.

—Mañana iremos a los muelles de St. Katherine a buscar a ese Schwan.

—Es inmenso aquello. ¿Lo encontraremos? Recuerdo que

me llevaste en mi primera visita a Londres. Recuerdo la Pipa de la Reina.

Roberts estalla en una carcajada:

—Sí, sí. Allí se queman todos los decomisos.

—Ese tipo llevaba el ozono a Aldanza. Podría llevarnos a su escondrijo, aunque visto lo visto, no creo que haya descuidado un flanco así.

—Si encontramos a Schwan, lo sabremos. Saldremos de dudas.

—Espero tener suerte, es mi única pista. Y tú, ¿cómo vas de amores? ¿Sientas la cabeza?

Roberts sonríe.

—Algo tienes, amigo —dice Víctor.

El inglés niega con la cabeza.

—Y no puedes contarlo... —dice Víctor repasando mentalmente—. No es casada porque tú no eres de ésos. Pero mujeriego sí eres un rato. Es raro que no me hayas contado nada. ¿No será tu patrona?

—Te odio cuando haces eso, ¿sabes?

—Acerté, ¿verdad?

—¡Maldita sea!

Víctor sonríe:

—Vámonos, tengo sueño.

—Te acompaño.

—No, no, te espera Mrs...

—Arch, Meredith Arch.

—Estarás deseando volver, ¿no?

Martin sonríe:

—Es viuda, pero el decoro me hace tener que ser discreto. No en vano me alojo en su casa como huésped.

—¿Y es guapa?

—Mucho, y ardiente. Me encuentro muy bien con ella.

—Vaya, ¿el cazador cazado?

—No, estoy bien, pero nunca pienso en ir más allá.

—¿No piensas nunca en pasar por la vicaría? ¿En tener hijos? ¿A tu edad?

—No soy tan viejo.

—Treinta y nueve, ¿no?

—Sí, y necesito sentar la cabeza, lo sé. Otra cosa es que lo vea claro. De momento me apaño. Es una mujer notable, amigo, extraordinaria. Pero nada más. No creo que pase nunca por el altar, al menos en esta vida.

—No digas de esta agua no beberé.

Roberts se ríe y añade:

—Nunca, Víctor.

—Ya veremos, pero no se hable más, me voy solo.

—Te acompaño.

—No, amigo, no. Estoy a un par de calles. Sé volver. Recuerda que ésta es ya mi cuarta visita a Londres.

—Todos los palurdos sois iguales. Venís dos veces de visita y os pensáis que conocéis la City como la palma de vuestra mano —bromea Martin sonriendo a su amigo.

Asfhord Street está cerrado en uno de sus extremos, es un callejón ciego, pero Víctor sale de él girando hacia la izquierda para pasar a Ask Street. Son calles estrechas y está oscuro. Alcanza la más angosta East Street para acceder a Hoxton que está más iluminada, cuando escucha unos pasos que se aceleran tras él. Cerca, muy cerca. No ha oído a nadie caminar tras él, así que desconfía un instante. El instinto le hace girarse ágilmente y ve un brazo armado con un revólver que le apunta directamente a la cabeza. Movido como por un resorte, acierta a golpear al agresor con el bastón que, al mismo tiempo, hace fuego.

La detonación, a apenas un palmo de su rostro, le deja sordo, aturdido. Escucha pitidos y se marea. Todo se tambalea y se apoya en la pared. Apenas si acierta a ver que el otro amartilla el arma de nuevo. Víctor ha hincado la rodilla. Levanta la cabeza y ve al agresor, encapuchado, que va a disparar. Está perdido.

De pronto, alguien arrolla al agresor tirándolo al suelo. Son dos pilluelos. Uno más pequeño que el otro. Entre los dos han conseguido tumbar al asaltante que es un tipo recio.

—¡Policía! ¡Policía! —grita una voz que dobla la esquina.

Es Roberts, que hace sonar un silbato. Los dos jóvenes salen huyendo en direcciones opuestas mientras que el embozado, que ha perdido su pistola, comprueba cómo Roberts se lanza sobre él para reducirle.

Víctor, que apenas oye nada, acierta a alzar su sólido bastón y descarga todo su peso sobre la cabeza del enmascarado, que queda inconsciente.

Se oyen silbatos, y en escasos segundos aparecen hasta tres guardias urbanos en el lugar.

Martin Roberts, esposando al sospechoso y sentado a horcajadas sobre él, mira a Víctor y sonríe diciendo:

—Con que podías volver solo, ¿eh? Esos dos pordioseros te han salvado la vida.

3

Víctor y Alfredo desayunan copiosamente. No en vano, la señora Smith los trata como una madre. Ros aprovecha para contar a don Alfredo su aventura de la noche anterior.

—¡Madre mía, Víctor! No volveré a dejarte solo en esta ciudad —dice sin descuidar sus huevos fritos con beicon.

—Sinceramente, Alfredo, no sé cómo puedes comer eso a estas horas.

Alfredo levanta la vista y sonríe.

—No me gusta esta ciudad, no me entero de nada, y casi te matan a la primera, pero esta señora Smith es una bendición del cielo que no pienso desaprovechar.

—Se te nota, sí.

—¿Sabes? Me dijeron que en Inglaterra se comía horriblemente mal y bien es cierto que ésta, es gente sencilla. No son amigos de artificios ni de rimbombancias en la mesa, pero esta señora cocina como los ángeles.

Víctor sonríe mirando con ternura a su amigo y Blázquez vuelve a lo suyo, para enfrascarse en un nuevo ataque, esta vez a un bollo:

—Pero volviendo al tema que nos ocupa, no te dejaré solo, sabes que necesitas a alguien que te cubra la espalda. Aldanza ha ido a por ti —añade don Alfredo.

—¡Qué va! —miente Víctor—. Fue un simple robo.

—No me tomes por tonto. Yo era policía ya cuando tú llevabas pañales. Por lo que me has contado era una ejecución, un tiro en la nuca. Te salvaste porque tu instinto te hizo girarte al oír pasos a la carrera y por esos dos pilluelos cuya aparición fue providencial.

—Sí, me salvaron la vida. Ellos, primero, y luego Martin.

—¿Y se sabe quiénes eran?

—Se esfumaron en mitad de la noche.

—¿Crees que los envió alguien?

—¿Cómo? No, no, creo que fue algo casual. Vieron que el tipo iba a por mí y se arrojaron sobre él.

—¿Dos pilluelos? ¿Dos delincuentes?

—Sí, ¿por qué no? Y al escuchar que sonaban los silbatos huyeron. Ese tipo de chicos siempre tiene cosas pendientes con la ley.

—En tus tiempos de chirlero… —dice Alfredo con cara de pocos amigos.

—¿Sí?

—¿Te habrías jugado la vida por salvar a alguien o habrías esperado a ver si podías llevarte su cartera?

—Pues no lo sé, amigo. Hace mucho de eso.

—¿Y tu agresor?

—Está en Scotland Yard, lo iban a interrogar. Ha llegado un mensaje de Martin, quiere que vayamos allí, pues le pedí que me dejara hablar a solas con el tipo.

—Ya le habrán sacado lo que sabe.

—¿Crees que fue Aldanza, Alfredo?

—No me cabe duda, hijo.

—Entonces nos ha estado siguiendo desde que llegamos aquí.

—Es lo más probable, sí.

—Pues termínate eso, que tenemos que acercarnos donde

Martin. Quiero hablar con ese desgraciado que casi me mata.

Don Alfredo asiente, mira a Víctor y añade:

—¿Te vas a comer ese bollo?

—Pero esto es maravilloso —dice Blázquez mirando por la ventanilla del coche de alquiler.

—Sí, Alfredo, todo esto está lleno de edificios oficiales, sedes de grandes empresas y por supuesto Scotland Yard. ¡Mira ahí! Es el Puente de Waterloo y esto es el Victoria Embankment, un terraplén que enlaza la City of Westminster con la City of London. Estamos en la orilla norte del Támesis.

—Hasta ahí llego.

—Eso son los Whitehall Gardens, y ahí detrás se adivina el Nuevo Foreing Office y las Nuevas Oficinas de la India.

—Vaya, si que te conoces esto.

—Me gusta perderme por las ciudades que visito, pero mira, ya estamos.

—¿Y por qué se llama Scotland Yard? ¿Son escoceses los agentes?

Víctor suelta una carcajada.

—No, no, Alfredo. Fue fundada en 1829 y su nombre viene de la primera ubicación que tuvo. Estaba en el número cuatro de Whitehall Place, y fíjate que allí había una puerta trasera que daba a la calle Great Scotland Yard. Con el tiempo, el pueblo llano acabó identificando el nombre de la calle con el de la policía metropolitana.

—Vaya, sí que estás informado.

—Es el mejor cuerpo policial del mundo, tenemos mucho que aprender de ellos.

—Oye, ¿y cómo conociste a Martin?

—Comencé a escribirle. En principio quería cartearme

con otros colegas de distintos lugares y así, de paso, practicar mi inglés. Luego vine a visitarle un par de veces y en dos ocasiones el Yard me llamó como asesor.

—Sí, eso lo sé; todos nos sentimos muy orgullosos de ti, hijo. Ojalá que don Armando pudiera verte.

El carruaje se detiene y ambos amigos bajan para contemplar asombrados la belleza de las nuevas instalaciones del Yard.

Es un edificio gótico construido por Norman Shaw. Hay dos inmensas construcciones, con altos torreones, unidas por una especie de puente de comunicación. La base de los edificios es gris pero a partir del segundo piso los ladrillos son de color rojo arcilla con amplias bandas blancas intercaladas. Los tejados son de pizarra negra y aparecen interrumpidos por sólidas chimeneas. El conjunto está coronado por hermosas torres terminadas en punta que dan al conjunto un aire de castillo de cuento infantil

—¡Es imponente! —dice Blázquez.

—La mejor policía del mundo. ¡Vamos!

Ya en la verja de entrada se identifican y son dirigidos a la oficina de Roberts en el edificio de la derecha, en el tercer piso. Un despacho amplio con hermosas vistas al Támesis.

—Pasad, pasad. Los chicos han hecho un buen trabajo. Lo han curtido bien.

—¿Puedo verle? —pregunta Víctor.

—Claro. Pero te advierto que ya lo ha contado todo.

—Soy puntilloso, lo sabes.

—Ese tipo es un matón, un asesino a sueldo. Se llama Jonathan Bush. Uno más de los muchos que pululan por los muelles dispuestos a hacer lo que sea por dinero. Tiene un historial terrible: robos, extorsiones, proxenetismo y se sospecha que varias muertes que nunca se le pudieron probar. Lo tiene mal. De ésta acaba, como mínimo, en Australia.

—¿Puedo, entonces? —Víctor.

—Pues claro, amigo.

Roberts avisa a un guardia y tienen que esperar unos minutos en los que el policía inglés intenta farfullar unas palabras en castellano para comunicarse con Blázquez.

—¿Señor?

Los tres se giran.

Dos inmensos guardias, de pulcros uniformes repletos de brillantes botones, traen cogido por los hombros a un hombre que luce la cara amoratada.

—¡Le han *dao* la del pulpo! —exclama Blázquez santiguándose.

El tipo es empujado a una silla y Roberts se acerca a él con aire amenazante.

—Éste es un amigo mío al que anoche intentaste matar. Es policía, como yo. Te va a hacer unas preguntas y las vas a contestar, ¿entendido?

El tipo asiente. Es un hombre grande, malencarado, la tez oscura por la vida a la intemperie; lleva la barba y el pelo largos, muy moreno.

Víctor toma la palabra:

—Bush, ¿quién te contrató?

—Se lo he dicho a ellos, una mujer. En una taberna, en Dean Street, junto al río. Suelo ir por allí.

—¿Quién era?

—No lo sé, alguien le habló de mí en las calles y tenía un encargo. Pagaba bien y era un asunto sencillo.

—Matarme, ¿no?

—Hago mi trabajo. No era nada personal. Estoy dispuesto a cooperar en todo.

—Pues ayuda, hombre, ayuda. ¿Cómo era?

—Morena, ojos negros.

—¿Vestía bien?

—Sí, muy bien. No era inglesa.

—¿Cómo? —Víctor.

—Que no era de aquí. Hablaba mal inglés. Era española.

Víctor mira con asombro a sus amigos y traduce a Alfredo lo que acaba de averiguar mientras que Roberts sonríe diciendo:

—Te dije que nos lo había contado todo.

Ros mira al preso y añade:

—¿Qué más me puedes contar? ¿De dónde venía? ¿Dónde se hospeda?

—Ni idea.

—¿Y no quedaste con ella para después del trabajo? Ya sabes, para dar parte de que todo había ido bien.

—No, cumplir es mi mejor garantía. Ella me dijo que se enteraría de si lo había hecho bien y que de no ser así, me buscaría. Daba grima.

Víctor queda pensando por un momento. Entonces abre su cartera y extrae un sobre donde hay varios expedientes y una fotografía:

—¿Es ésta?

Bush asiente:

—No hay duda, era ella.

—Bárbara Miranda —dice Víctor mirando por la ventana hacia el Támesis.

—Éramos pocos y parió la abuela —añade Blázquez con cara de preocupación.

El coche de alquiler llega a Upper East Smithfield y los tres amigos descienden para darse de bruces con el muelle de St. Katherine. Pasan entre dos inmensas construcciones y acceden a las dársenas donde se encuentran fondeados los barcos que traen mercancías de medio mundo. La actividad es febril.

Víctor observa que hay dos grandes muelles, el del Este y el del Oeste; más adelante, junto al río, hay otro abrigo que llaman Basin. El conjunto es impresionante: tres fosos rectangulares ganados al río, repletos de barcos y rodeados de construcciones imponentes, de hasta cinco pisos de altura.

«El valor de lo almacenado en estos muelles debe de ser astronómico», piensa para sí Blázquez, que apenas acierta a decir:

—Al lado de esto Madrid parece un pueblucho. ¿De dónde sale tanta gente, tanto barco y tanta mercancía?

Roberts, como el que sabe adónde va, los dirige a una construcción que hay entre los tres *Docks*, como llaman los lugareños a los muelles. Cuando entran ven una nave inmensa, de techos muy altos, con cientos de hombres atareados que van de aquí para allá.

Es de madera y en el lateral, bajo una especie de arcada, se acumulan toneladas de mercancías de lo más variopinto. Tienen que caminar entre fardos, sacos de trigo, pieles, cestos y maderas. Hombres fornidos tras años de trabajo duro pasan junto a ellos llevando pesadas cajas, y el murmullo, el rumor de tantos y tantos hombres trabajando, se hace ensordecedor. Un secretario con aire remilgado los adelanta pluma en ristre seguido por varios marineros de aspecto patibulario. Los agentes de aduanas lo vigilan todo y chirrían las vagonetas y las poleas por doquier.

—Nunca he visto algo así en España. Esta gente trabaja duro. Por eso son una potencia —sentencia Víctor no sin cierta amargura.

Roberts, que sabe con quién tiene que hablar, se dirige hacia un tipo que da órdenes a unos y a otros. Víctor repara en que, junto a un cuarto de madera, acristalado, hacen cola varias decenas de marinos con su gorro característico esperando la paga de un contable barbudo, de aspecto miserable y que no se quita su chistera pese a estar a cubierto.

Allí hay cuatro mil pies de muelles y se mezclan las tripulaciones de los inmensos clípers australianos con marineros indios, portugueses, jornaleros hambrientos, negros y franceses. Aquello es un crisol de mercancías, de caras y razas. Pero, curiosamente, todo está en su sitio. El tipo con el que habla Roberts asiente y señala en dirección al este. Es evidente que hay un orden interno en aquel caos. Aunque parezca increíble, aquel hormiguero no funciona solo, hay muchas pequeñas piezas que controlan el proceso, miles de minúsculos engranajes que contribuyen a que todo acabe en su sitio. Milagroso.

—Lo conoce —dice Roberts que ha vuelto—. Dice que debe de estar en Limehouse, descargando carbón de un carguero enorme que llegó ayer.

Los tres hombres esquivan la multitud, las vagonetas y los carros caminando paralelos al río. Es un paseo de unos treinta minutos que proporciona a Víctor y Alfredo una visión colorista del Londres más comercial. Aquélla es, sin duda, una ciudad para los negocios.

—¿Y esa Bárbara Miranda? —pregunta Roberts—. La detuviste cuando los sucesos de Barcelona, aquello del endemoniado, ¿no?

—Sí, en efecto, el endemoniado de la calle Calabria.

—Y me contaste que está loca.

—Como una cabra.

—¿Y es un... hombre?

—Sí, Martin, nació varón. Pero se siente mujer y viste como tal; es bella.

Roberts, muy pudoroso, pregunta con cierta reserva:

—¿Pero tiene...?

Víctor se frena de golpe y mira a su amigo sonriendo.

—Tiene de todo, sí.

—Pero viste de mujer.

—Créeme, pasa por una mujer perfectamente.

—¿Y puede vestirse de hombre y escapar?

—Claro, eso es lo que la hace especial. Además, tiene una habilidad innata para obnubilar a los hombres; hace con ellos lo que quiere y no creas, se busca tipos rudos, delincuentes violentos. Le gustan y los maneja a su antojo para que cumplan sus designios.

—Es la mujer que te...

—Sí, me secuestró y torturó. Iba a matarme.

—Cuando los sucesos de Oviedo.

—Sí, y Clara me salvó.

—Vaya. Y luego, volvió a escapar.

—En efecto, Martin. Unos bandidos, asesinos a sueldo, asaltaron la diligencia en que era trasladada a Madrid. La liberaron y me temo que me sigue la pista para vengarse.

—¿Y por qué te odia tanto?

—Yo la descubrí en Barcelona, destapé su negocio y acabó en la cárcel. No creas, se iba a hacer con un buen pellizco con el asunto de Borrás, y tenía otros negocios.

—¿Qué clase de negocios? —pregunta Roberts.

—No quieras saberlo.

—¿Cómo?

—Niños, prostituía niños, y más... Creía que era medio bruja. Está como una cabra, loca de atar. Es muy peligrosa. No te contaré lo que hacía con ellos cuando ya estaban muy vistos. Tenía clientes importantes y buenos contactos. Yo le estropeé su modus vivendi.

—¿Y no tienes miedo?

Víctor se vuelve a parar. Han llegado a otro muelle espectacular, el Limehouse Basin:

—La que debe tener miedo es ella, Martin, miedo de mí.

Cuando llegan junto al *Society*, el inmenso clíper australiano, Roberts enseña su placa al encargado y éste señala a un tipo alto, rubio, de abundante cabellera, que se afana enrollando unas sogas al fondo.

Los tres amigos se encaminan hacia él y Roberts grita:

—¡Eh, Schwan!

El rubio se gira, los mira, vuelca un tonel impidiéndoles el paso y echa a correr en dirección al Millwall, río abajo. Roberts sale en su persecución mientras que el otro arroja al suelo todo lo que encuentra a su paso.

—¡Alto, policía! —grita Roberts, que ya hace sonar un silbato.

Don Alfredo, más lento, va detrás y repara en que Víctor ha desaparecido.

Schwan es rápido y gana metros. Corre por Pore Street, que gira hacia la izquierda haciendo una curva. Cuando Roberts dobla la esquina, choca brutalmente con una vagoneta que viene de frente y sale volando por los aires para estamparse contra un puesto de pescado.

Blázquez se apresura a socorrerle.

—¡Estoy bien, estoy bien! —dice en su idioma intentando reponerse mientras se quita de encima al propietario de aquel puestecillo, un viejo desdentado que maldice en inglés.

Al fondo, Schwan, que se ha girado, les mira burlón haciendo un gesto con la mano para despedirse.

—Se escapa —maldice Roberts.

Entonces, cuando el rubio se vuelve y sale trotando en dirección a Limehouse Station, una sombra que surge como un rayo de un callejón lateral le arrolla dando con él en el suelo.

—¡Es Víctor! —grita Blázquez, que corre ya en aquella dirección.

Antes de que Schwan pueda darse cuenta, Ros le ha propinado una patada en la entrepierna que le dobla en dos, para hacerle perder el sentido de un cachiporrazo en la testa.

—¡Este Víctor es el mejor! —grita Roberts que se duele de un chichón en la frente.

4

No sé nada —dice Schwan, esposado a una silla en el despacho de Roberts en el Yard—. El miércoles por la noche estaba con mi novia, en su casa. Ella podrá asegurarlo.

Los tres amigos se miran sonriendo.

—¿Qué habrá hecho este pájaro? —pregunta Blázquez en español.

—Está claro que cree que le hemos detenido por otra cosa.

Roberts mira al tunante con una sonrisa, como el gato que se va a comer al ratón.

—Luego hablaremos de eso, Schwan. Pero primero queremos que nos cuentes una cosa. Sabemos que te has dedicado, durante una temporada, a acudir a un almacén al otro lado del río, un lugar que pertenece a un tal Hughes donde venden ozono.

Schwan da un respingo en su silla. Víctor y Alfredo lo perciben.

Martin Roberts sigue a lo suyo.

—Te encargabas de llevar a un tipo unos pedidos de ozono, bombonas y viales. Ya sabes quién es, un hombre sofisticado, rico, no sé qué nombre usa.

—No sé quién es.

Roberts da un paso al frente, pero Ros le frena, le hace a un lado y se acerca al reo.

—Mira, Schwan, Roberts tiene malas pulgas y no le aguantarías ni un asalto, pero quiero protegerte de este otro —dice señalando a don Alfredo que no entiende nada de inglés—. Venimos de España por un caso importante y me lo han colgado, pero no me gusta, es un maldito sádico, ¿verdad?

Blázquez sonríe cuando su amigo le mira. No tiene ni idea de qué dicen.

—En España, ya sabes, un país rudo y atrasado, se le conoce como el Doctor Muerte. ¿Ves ese maletín? —dice señalando al de Roberts, que está colocado sobre una silla—. Pues ahí lleva sus instrumentos «de trabajo», como los llama él. Tiene pinta de funcionario de Correos, cualquiera diría... Si no nos cuentas nada, quiere que Roberts te suelte; tiene a tres tipos esperándote fuera. Tiene orden de meterte en un carromato y llevarte a la Embajada Española, donde dará cuenta de ti en un sótano.

Schwan traga saliva.

Blázquez les mira beatífico por encima de la montura metálica de sus gafitas. Aquello no hace sino asustar más al reo.

—Danos lo que queremos. No podría soportar otra «sesión» de las suyas, estoy harto, créeme. Luego me paso días sin poder dormir... ¡ni comer!

—No sé cómo se llama. Me dio un nombre falso, seguro. Dijo que se llamaba Jenkins y se nota que no es inglés.

—Es un nombre falso.

—Vino a buscarme a una taberna. Me conocía de oídas, dijo. Pagó bien, yo sólo tenía que recoger esos pedidos una vez al mes y llevarlos a un sitio. Pero me consta que él no vivía allí. Me dijo que dejara el cargamento y no hiciera preguntas. Hace unos meses me dieron un pedido más grande y ya no volví a saber nada de él.

—¿Sabes dónde localizarle?

—No, me dijo que siempre sería él quien me buscaría a mí, yo sólo tenía que llevar los pedidos al lugar convenido.

—¿Y dónde era eso, Schwan? —interrumpe Martin Roberts.

—A Old Fish Street, a Ginebras Hall.

El policía inglés sonríe a Víctor. Su treta ha funcionado y observan a Blázquez que, ajeno a aquel juego, mira absorto por la ventana, hacia el Támesis.

La casa de los Bradbury, en Dartmouth Street, a un paso de la Abadía de Westminster, bulle plena de actividad antes de la cena. Los criados vienen y van siguiendo las instrucciones de un ama de llaves adusta y severa, incapaz de sonreír aunque la vida le fuera en ello. La señora dice que la cena ha de estar siempre preparada por si lord Bradbury aparece con quien sea, ya se trate de un embajador, un simple amigo o un primer ministro. La casa ha de responder siempre a las más elevadas expectativas. Todos los días. Es una máxima que ha de cumplirse a rajatabla.

Esa noche acude a cenar un americano muy notable, Mr. Davis, un tipo que puso casa en Londres hará unos cuatro años y que goza de la simpatía más absoluta de Henry Bradbury, que ostenta el título de duque de Calney, primogénito de una de las casas más celebradas de la vieja Inglaterra, lord y hombre destacado en la sociedad londinense.

Mr. Davis es un hombre viajado y amante del progreso, así que lord Bradbury, al que le agrada ser considerado un adelantado, enseguida hizo migas con él, apoyando incluso su ingreso inmediato en su club de caballeros, el Reform Club.

Lady Bradbury baja por las escaleras ataviada con un hermoso vestido de noche color salmón, pasando por delante de los añosos cuadros que representan a los aguerridos antepasados de su marido.

—¡Vamos, vamos! —ordena—. Ya son casi las seis. Judith, avise al señor, ah, y a los chicos.

Cuando suena la campanilla de la entrada, a las seis en punto —Mr. Davis es puntual como si fuese británico—, la familia al completo espera en el salón azul, donde tomarán un jerez para abrir el apetito antes de la cena. Es el momento del día que, en el Londres más granado, constituye la máxima expresión de sociabilidad e interrelación entre pares, entre iguales, un espacio en el que hacer negocios, ascender socialmente o urdir alianzas matrimoniales. Por supuesto, sólo entre las clases más altas, porque los pobres comen cuando y como buenamente se puede.

—Mr. Davis. ¡Ya está usted aquí! —dice lord Bradbury levantándose para estrechar la mano del recién llegado. Un hombre de elegante talle, bien vestido, con frac, excelentes modales y un encantador acento americano pese a que esto último resulte extraño.

—Siempre puntual. Es usted encantador. —Lady Bradbury tendiéndole la mano para que se la bese.

—¿Existe otra posibilidad? Con tan agradable compañía no se puede sino llegar a tiempo.

Todos ríen la ocurrencia del recién llegado.

—¿Recuerda a nuestros hijos? —dice la dama—. Margaret y John.

—Por supuesto, por supuesto. Nos conocimos en las regatas del año pasado.

—Tomemos un jerez, Davis —ordena el dueño de la casa.

Mientras toman asiento, lady Bradbury hace un gesto a su hija, que se sienta al piano y comienza a tocar.

—Ay, la sonata número catorce en do mayor, de Mozart —dice Davis—. Me encanta.

La dueña de la casa sonríe. Es difícil encontrar un americano de gustos tan refinados. No hay duda de que es hombre viajado, de mundo, leído y por ende, cultísimo. Se lamenta para sus adentros de que no tenga quince años menos. Sería un gran padre para sus nietos.

—Y bien, ¿cómo van sus cosas por Norteamérica? —pregunta ella. Sabe que hacer una referencia a los negocios de su invitado puede ser considerado de mal gusto pero, por otra parte, está vivamente interesada en que el americano siga viviendo en Londres.

—Bien, bien. Apenas casi despacho con Chicago. Tengo un buen pasar y disfruto de la temporada en Londres. No volvería a embarcarme de vuelta a casa ni por todo el oro del mundo.

—¿Y por qué? —pregunta John, un joven de veintidós años, guapo, alto y bien plantado—. ¿No añora su país?

—En absoluto, joven. Aquél, si se me permite decirlo, es un país poco refinado... Sí, sí, lord Bradbury, sé lo que va a decir, que estamos en la vanguardia del mundo civilizado en la ciencia y en la tecnología, no se lo discuto, pero aquí, en la vieja Inglaterra, uno vive y disfruta de la cuna de la civilización occidental. Esto es otra cosa, amigos, el ritmo, la educación, las maneras y la historia.

—¿Y no ha valorado trasladarse a vivir al centro? —pregunta lady Bradbury.

—Querida señora, soy hombre que busca la vida tranquila y en mi residencia de Hampstead estoy a un paso de la City pero disfruto de la tranquilidad que me proporciona cierta independencia, poder leer sin molestias, sin ruidos...

—Su laboratorio —interrumpe lord Bradbury.

—En efecto, es una casa amplia, tengo espacio para mis cosas, mis colecciones y mi laboratorio. Disfruto mucho allí y estoy a un paso, como quien dice, de Londres. Puedo dedicar tiempo a mis experimentos sin que vengan a molestarme visitas no deseadas.

—Me fascina su amor por el progreso, amigo, su afán por la ciencia, por estar a la última. Ahí donde le ves, querida, Mr. Davis pasa horas y horas en su laboratorio entre potingues y ácidos. Observarás que siempre lleva guantes; es debido a unas quemaduras que sufrió haciendo experimentos, ¿verdad?

—Así fue, querido amigo, y poco pago me parece a ese gran ideal que es la Ciencia. Tuve suerte de que aquel ácido no me salpicara a la cara o me dejara ciego. Unas leves quemaduras, algo desagradables a la vista, no suponen nada para el hombre que ama el progreso y la ciencia como yo.

En ese momento se abre la puerta del salón azul y aparece el mayordomo, Gordon, un antiguo ordenanza del ejército que sirvió con lord Bradbury en la India:

—Si me disculpan, la cena está servida.

Los tres policías caminan por la sinuosa calle que lleva desde el Temple a la Torre y que circula paralela al río. De ella salen multitud de pequeños callejones que llegan hasta los mismos muelles. En ellas se puede comprar de todo.

—Es cierto que Londres puede tener un aspecto un tanto lúgubre ante el visitante —dice Martin Roberts—, pero si es así es porque aquí se trabaja duramente.

—Pues a mí me parece un lugar maravilloso —apunta Víctor.

—¿Qué decís? —pregunta Blázquez que sigue sin entender nada.

—Este Alfredo necesita unas lecciones de inglés urgentemente. Digo: que esto es maravilloso. Mira, en cada esquina hay algo que es digno de resaltar —aclara Ros a su compañero en su idioma.

Y así es. En efecto, mientras caminan por las estrechas callejas que llevan al río, se mezclan en el ambiente denso de la City el olor de la fruta y los almacenes de pescado en unas calles umbrosas con los adoquines siempre húmedos.

Hay puentes que comunican unos edificios con otros por los que circulan los encargados de las oficinas con sus libretas en la mano, mientras que hombres rudos bajan y suben pesados fardos con poleas siguiendo las instrucciones de los carreteros que cargan y descargan su mercancía. Todo aquello es un hervidero de actividad, de transacciones y de flujo de mercancías.

Al fondo, se ve el bosque de mástiles que supone la línea del Támesis y hombres de pelo grasiento y ropas raídas vociferan para vender sus productos. Por algunas calles no se puede transitar, apenas si se puede pasar en fila india, porque las mercancías se acumulan a ambos lados de la misma, en inmensos sacos, esperando cambiar de manos por unos chelines.

—Está aquí al lado —dice Roberts.

Los tres amigos suben desde Upper Thames Street hasta alcanzar Old Fish Street, donde se encuentra el almacén de Ginebras Hall. Nada más llegar preguntan por el encargado, un tipo de aspecto bonachón que les atiende amablemente.

—Huy, no sé. ¿Un pedido de «o... qué», dicen ustedes?

—De ozono —aclara Víctor—. Lo traía un tipo rubio, Schwan.

—Sí, una vez al mes o así, pero es cosa de mi jefe, él lo guardaba para no sé quién.

Víctor y sus amigos se miran. Están cerca. Al fin alguien que tiene trato directo con Aldanza. Hall les llevará hasta él, no hay duda.

—¿Podríamos hablar con él? Con su jefe —pregunta Roberts mientras Ros va poniendo al día a Blázquez.

—No, imposible.

—¿Y eso? —Víctor.

—Mi jefe desapareció hace unos días. De hecho, creí que venían por eso.

Víctor y Roberts se miran con cara de pocos amigos. Aquello supone un contratiempo, sin duda.

—Vaya, menudo jarro de agua fría. ¿Y con quién podríamos hablar? —Roberts.

—Su esposa, Mildred, está arriba —contesta el encargado—. Esperen.

El hombre entra en el almacén y sube unas escaleras que chirrían como si fueran a desmoronarse en cualquier momento. Por ellas se llega a una suerte de voladizo, un balcón de madera conectado a una oficina acristalada y a una puerta que, al parecer, da acceso a la vivienda.

El encargado reaparece al poco y dice:

—Síganme.

En un momento los tres amigos están en la vivienda de Hall, donde una mujer entrada en carnes solloza mientras hace ganchillo sentada junto al fuego.

—¡Gracias a Dios! Es que no me hacen caso.

—¿Cómo? —pregunta Martin.

—Sí, ustedes. Fui a la policía enseguida, a ver a un amigo nuestro, el sargento Deep. Él me tomó en serio. Sabe que Cornelius es hombre de costumbres fijas, que no apareciera por aquí no era normal. De inmediato vino un detective, del Yard...

—¿Cómo se llama? —pregunta Roberts.

—Cooper.

—Es bueno. Continúe.

—Me hizo bastantes preguntas. No crean, cosas raras, que si mi Cornelius tenía alguna amiga, si bebía, si jugaba. En fin, una sarta de disparates sin sentido. Cosas horribles. Me pareció un hombre muy desagradable. La verdad, más que ayudar parecía querer culpar a mi marido de algo. Ya ven, ¡a mi Cornelius!, que es un santo. Su único esparcimiento es su barca de pesca, salir cuando puede y relajarse pescando en el Támesis, ya ven. Y eso los domingos, porque el resto de la semana se la pasa trabajando aquí, en el almacén.

—Veamos, señora —dice Víctor sacando su libreta para tomar notas—. ¿Cuándo dice que desapareció su marido?

—Hará unos cuatro días.

—¿Cómo fue? ¿A qué hora?

—Por la noche.

—¿Por la noche?

—Sí, y algo le ha pasado, estoy segura.

—¿Por qué dice eso, Mildred?

—Porque nos acostamos a dormir como todos los días, no noté nada raro. Cuando me desperté él no estaba. No me extrañó. Fui de compras y al volver reparé en que no estaba en el almacén. Pregunté a nuestros dos empleados y no le habían visto. Entonces me di cuenta de algo… —La mujer, llegada a este punto, comienza a sollozar.

—Diga, Mildred, ¿qué vio? —Víctor.

—Sus ropas. Todas las noches le dejo colocado lo que se ha de poner al día siguiente, como debe hacer una buena esposa, claro. Siempre lo llevo muy limpio, ¿saben?

—¿Sus ropas? —Roberts.

—Sí, ¡estaban allí! Intactas. No se había vestido, ¿comprenden? Debieron de llevárselo de nuestra propia cama.

Víctor toma notas enfrascado en sus propios pensamientos. Parece interesado vivamente en el suceso.

—Perdone, Mildred —apunta muy serio—. ¿No pudo llevarse otra ropas?

—No, en absoluto, lo he repasado todo y no falta nada.

—Ya.

—Y digo yo, ¿adónde iría un hombre en camisón de dormir? No tiene sentido —dice la mujer muy convencida.

—Sí, eso que dice es cierto. ¿Podríamos ver el dormitorio?

—Sí, claro —contesta la mujer levantándose.

Enseguida se encuentran en el cuarto de los Hall. Un dormitorio con una amplia cama con colchón de lana y hermosa colcha con bordes de ganchillo. Sobre la butaca, un chaleco, una levita y un pantalón. En el suelo unas botas. Víctor ve que todo es de buena calidad. Es evidente que los Hall tienen un buen pasar, no en vano, vender ron y ginebra en Londres debe de ser un buen negocio. Los ingleses son gente laboriosa, pero a la hora de beber no pierden el tiempo. Hay dos mesitas a ambos lados de la cama. En la de él, una pipa.

—¿No tienen ustedes hijos? —pregunta Ros.

—No, el Señor no quiso bendecirnos con algo tan hermoso.

En el cuarto hay un armario, un arcón situado delante de la cama y una mesa con una silla. No hay papeles.

Víctor queda pensando.

—Perdone, Mildred. Si por la noche salen ustedes al excusado...

—Tenemos orinal.

—Ya, sí, claro. Pero si salen ustedes del cuarto, ¿con qué se iluminan?

—Con unas palmatorias. Tenemos una en cada mesilla.

Entonces la mujer mira a la mesita de Cornelius y exclama:

—¡Claro! ¡Qué tonta! Es usted muy listo, muy listo...

Roberts mira a Ros con cara de sorpresa y apunta:

—No te sigo, amigo.

Víctor sonríe y aclara:

—Si la palmatoria de Hall no está en su sitio, es que salió por su propio pie del cuarto, ¿entiendes? Eso ya es un comienzo. Ya sabemos que se levantó y salió, así que podemos descartar esa idea de la señora de que lo sacaron de su propia cama. Además, la habrían despertado. Está claro que salió él mismo, cosa lógica por otra parte; pero echemos un vistazo.

Víctor saca una lupa y vuelve al pasillo. Va mirando el suelo mientras informa de todo a su amigo Blázquez, en español.

De pronto, emite un gruñido de satisfacción y baja las escaleras hasta el almacén.

Allí sigue mirando el suelo, como un sabueso que busca un rastro.

—Aquí y aquí... ¡y aquí! ¡Vaya!

Entonces levanta la vista, y, sobre un tonel, señala a sus acompañantes la palmatoria de Cornelius Hall.

—*Voilà!* —exclama—. Ahí la tienen.

—Alguien apagó la vela —dice Blázquez—. De no ser así, se habría consumido.

—Eso quiere decir que nadie le atacó, se fue por propia voluntad —afirma Roberts.

Víctor mira a su amigo y sonríe con cara de saber más que los demás, como siempre.

5

Warren Cooper les espera sentado en una cómoda mesa con una bancada alrededor. Se ha situado en un lugar inmejorable, junto a la hermosa chimenea del Ye Olde Cheshire Cheese, una vieja taberna situada en Fleet Street totalmente construida en piedra. Se accede a ella por un estrecho callejón y resulta del agrado de los españoles al comprobar que es un lugar cálido, aislado de la maldita humedad del Londres invernal, enteramente forrada en madera oscura y dotada de pasillos, escaleras y reservados que le dan un aire laberíntico. Hay muchos cuartos pequeños y algunos de tamaño considerable, que constituyen excelentes reservados en los que charlar con los amigos o disfrutar de una comida o una cena lejos de miradas indiscretas.

—¡Martin! ¡Sentaos, sentaos! Supongo que éstos son tus amigos españoles. Warren Cooper —dice el policía del Yard haciendo una elegante inclinación de cabeza.

Es un tipo inmenso, que se acerca a los dos metros, completamente calvo y con bigote pelirrojo. Luce una prominente barriga que le da un aire campechano.

Roberts hace las presentaciones de rigor y tras pedir unas pintas se enfrascan en el asunto.

—Ese Hall se ha ido con una amiguita, es evidente —sentencia Cooper.

—¿Estás seguro de eso, Cooper?

—Sin duda, es lo mismo de siempre.

—¿Qué tiempo ha dedicado al asunto? —pregunta Víctor.

—Toda una mañana —contesta el detective inglés.

Ros arquea las cejas y Cooper, que se da por aludido, añade:

—¿Se hace usted una idea de los casos que llevo entre manos? Trabajamos a destajo, amigo. Es lo que hay, no tenemos más tiempo y menos para una tontería así.

—Disculpe, Cooper. No era mi intención entrometerme ni molestar a nadie. Sé por mis amigos en el Yard que ustedes no dan abasto, Londres es, entre otras cosas, la ciudad del crimen —aclara Víctor para limar asperezas.

—No crean, hice lo que pude; pero es que el asunto es claro. Un tipo que se levanta a medianoche y se larga. ¿Qué va a ser? ¡Una mujer! No falla. ¿Cuántas veces lo habré visto?

—No te falta razón —dice Roberts.

Cooper mira sus notas.

—Hablé con su esposa, con el encargado, con los vecinos... Cornelius Hall es un tipo trabajador. Hace veinte años que se instaló en Londres. Invirtió lo que había ganado como marino en su almacén de ginebras y se casó con una moza de la misma calle. No tuvieron hijos. Es un hombre muy serio, no se le conocen vicios y asiste a diario a un oficio que tiene lugar en la iglesia de St. Mary, a un paso de su casa, en Upper Thames Street.

—¿Un tipo religioso? —dice Ros.

—Exacto; buen vecino, muy amigo de un sargento de policía de la zona y nada aficionado a escándalos ni tabernas. Sólo tenía un vicio, la pesca.

—¿Y dónde encaja ahí una mujer? —pregunta Martin.

—Siempre la hay, amigo. No pude seguir haciendo más

pesquisas porque Hall desapareció voluntariamente, estoy seguro de ello. Cuando se largan ellos por voluntad propia no suelen dejar rastro, es lo que nos dice la experiencia.

—Eso no lo sabemos, Cooper —afirma Víctor.

—¿Cómo?

—Que no está claro que se fuera por propia voluntad. Además, ¿en camisón de dormir?

—Tendría preparadas unas ropas en el almacén.

Víctor ladea la cabeza.

—Creo que no se fue por propia voluntad —dice muy seguro de sí mismo.

—¿Y cómo sabe usted eso, si puede saberse?

—Pues como sé que a usted le ha dejado su mujer —le suelta Víctor de sopetón.

Cooper da un puñetazo en la mesa que hace temblar todo.

—¿Cómo? ¿Qué dice?

—He acertado, ¿no?

Cooper mira a Ros con odio. La situación es tensa y Roberts teme verse envuelto en una pelea de un momento a otro. ¿Por qué hace Ros esas cosas? Cooper es un tipo enorme y lo ha enfadado de veras. La cosa se ha puesto fea en un momento.

Entonces, el gigantón se pasa la mano por la cara, como desesperado.

—Me dejó hace dos semanas, sí. Pero ¿cómo lo ha sabido?

—Como sé que es usted un gran bebedor de cerveza, que toca un instrumento de cuerda, fuma demasiado y que es usted masón.

—¡Cómo! —exclama Cooper—. ¿Es usted brujo?

Víctor estalla en una carcajada.

—No, no Coop, sólo es observación... Bueno, observación y un poco de suerte. Pero le pido disculpas por este pequeño *tour de force*. Mi intención no era, ni muchos menos, faltarle a usted al respeto. Acepte mis disculpas, querido amigo.

—Pero es que parece cosa de brujas: yo toco el violín... y me pirra la cerveza. En cuanto a lo otro... no me está permitido hablar.

—Bueno, Coop, no tiene mayor importancia. Cuatro detallitos que he comentado para demostrarle que se pueden averiguar muchas cosas con la simple observación. Pero sigamos con el caso. ¿Dónde buscaría usted a la amiguita de Hall?

—No tengo ni idea, porque el hombre llevaba una vida muy ordenada, pero créame, Ros, la ratita de cloaca aparecerá antes o después.

—Tendremos que entrar a fondo en el caso —sentencia Víctor apurando su pinta.

—¿De verdad? —apunta Roberts.

—¿Cómo?

—Sí, que digo que si vas a enfrascarte en este asunto de veras. Es una nadería. ¿A ti qué te importa la desaparición de Hall? ¿Y si se fue, como dice Coop, con una fulana?

—Es lo único que tengo, Martin. Por alguna razón, Cornelius Hall era el receptor de los pedidos de ozono de nuestro hombre y, curiosamente, ha desaparecido. Creo que si resuelvo la desaparición de Hall, esto me llevará a cazar a ese monstruo. Es el único individuo de Londres que trataba con él directamente, al menos que yo sepa.

—Y tú no crees en casualidades.

—Exacto.

Entonces, los tres amigos se levantan y se despiden de Cooper que no ha terminado de salir de su asombro ante la demostración de aquel engreído policía español.

—Cuídese, Cooper —dice Ros estrechándole la mano—. Si averiguo algo sobre el paradero de Hall, se lo haré saber.

—No se canse, ese tipo está viviendo a lo grande con una jovencita, se lo digo yo.

—Espero que se equivoque, Coop, porque de ser así esto no tendría nada que ver con mi caso y supondría una enorme pérdida de tiempo.

—Si es así, le deseo que acierte, amigo. Ya sabe dónde me tiene.

Los tres amigos salen de la taberna y Roberts llama a un coche de alquiler. Cuando suben en el landó Víctor sonríe. Sabe que sus dos amigos le miran fijamente mientras él echa un vistazo al exterior por la ventanilla observando las calles, a lo suyo.

—Venga —dice—. Soltadlo ya.

—Pero ¿es que no vas a contarlo? —pregunta Roberts muy intrigado.

—¿A contar? ¿El qué?

Alfredo, que ha ido siguiendo la traducción que le hacía su amigo de la conversación, sonríe acostumbrado a los trucos de Ros.

—Sí, hombre, lo de Cooper. ¿Cómo has sabido todas esas cosas sobre él?

Víctor traduce a Blázquez y éste se carcajea.

—Son trucos baratos, casi te diría que de charlatán de feria —dice Víctor quitando importancia al asunto.

—No, amigo, no, no bromees con el asunto —insiste el inglés.

—Martin, sabes que el razonamiento lógico deductivo aplicado a la labor policial es un arma muy potente.

—Sí, sí, me lo has contado muchas veces, pero ¿cómo lo has sabido?

—Han sido cuatro deducciones lógicas y también un poco de suerte.

—Pero ¿cómo has sabido que era masón?

—¿No has visto su anillo? De oro, y sobre fondo negro un compás, escuadra y cartabón; ah, y un ojo.

—Ya, claro, qué tontería. ¿Y lo de la cerveza?

—Martin, cuando hemos llegado a la taberna había dos pintas vacías sobre la mesa y ¿acaso no has visto su prominente barriga?

Roberts ríe la ocurrencia.

—Claro, claro, evidente. ¿Y lo del violín?

—No, no, lo del violín lo dijo él.

—Pero tú dijiste que tocaba un instrumento de cuerda.

—Ya, es que si observas las yemas de los dedos de su mano izquierda verás que tiene los callos característicos de un guitarrista o un violinista.

—¡Vaya! —exclama Roberts con la boca abierta.

Alfredo ríe divertido ante la escena porque Víctor le va traduciendo. El policía inglés vuelve a preguntar:

—¿Y cómo has sabido que le ha dejado su mujer? En el Yard no sabíamos nada.

—Ah, ¿eso? Ahí sí que me la he jugado un poco. El tipo había puesto en duda mi capacidad para analizar situaciones y decidí darle una buena lección. Yo ya sabía tres cosas de él y deduje lo de su mujer de una manera un tanto más incierta. Simplemente me la jugué y acerté.

—Sí, pero ¿cómo lo supiste?

—Mira, Martin, si te has fijado, Cooper, que es un tipo inmenso y no muy sofisticado, iba muy bien conjuntado. Llevaba un traje de mezclilla beige muy discreto, pero con un pañuelo y una corbata a juego de color granate. El sombrero que había a un lado llevaba una cinta del mismo color y hasta su cinturón llevaba un ribete granate. Los guantes hacían honor al conjunto y la bufanda también. ¿Qué te indica eso?

—No sé, Víctor, la verdad.

—Una mujer. Hay una mujer en su vida que le ayuda a ir hecho un pincel, perfectamente conjuntado. Pero fíjate que si observas el cuello de su camisa, metía miedo. Estaba sucio como para tirar de espaldas. ¿Qué deduje? Que el hombre está en una situación de abandono doméstico. Si a eso unimos que en el anular se veía la marca de un anillo que ya no está, pues llegas al mismo punto que yo. Me la jugué y acerté.

—Madre mía, eres un fenómeno —dice Roberts con la boca abierta.

—No, amigo, es ciencia, pura ciencia, aunque no te lo parezca. Pero ahora tenemos un caso que investigar.

—La desaparición de Hall.

—Exacto.

—¿Y estás realmente convencido de que eso tiene relación con Aldanza?

—Es lo único que tengo, Martin; ese Cornelius Hall es el único eslabón que me permite conectar con Aldanza. Creo que si resuelvo su desaparición, nos llevará a nuestro hombre.

—¿Y si te equivocas?

—Pues entonces será demasiado tarde porque tiempo, lo que se dice tiempo, no tenemos.

Los tres amigos se presentan en St. Antholin Church, donde preguntan por el pastor al cargo. Al momento aparece un tipo alto, fuerte, canoso y de amplia y hermosa dentadura.

—Soy el pastor Winkleman, ustedes dirán.

Roberts toma la palabra tras mostrar su placa y presentar a su amigos:

—Veníamos a verle por un miembro de su congregación, Cornelius Hall.

—Sí, sí, he oído que ha desaparecido. Estamos muy preocupados.

—Exacto. Estamos intentando hacernos una idea de la situación y tenemos entendido que era muy devoto, ¿no?

—Un buen hombre, sin duda. No sólo acudía a los oficios

de los domingos sino que venía a las oraciones que hacemos a diario, ¡y a las vigilias!

—Vaya.

—Sí, ejercía la caridad. Muy atento con los más desfavorecidos, colaboraba en nuestras subastas para el fondo de caridad y venía a ayudar a un comedor que tenemos en Whitechapel.

—¿Le conocía usted alguna «amiguita»?

—¿Cómo? No le entiendo.

—Sí, hombre, ya sabe, alguna joven con la que pudiera tener un *affaire*.

—Pero... ¡qué dice! ¡No le consiento!

Roberts se desdice al instante, pero el pastor parece haber cogido carrerilla.

—Cornelius era un miembro destacado de mi comunidad, un buen esposo, buen ciudadano y mejor cristiano.

—¿Era? —interviene Víctor.

El pastor mira al detective con cara de pocos amigos.

—Mire, joven —dice muy resuelto—. No me venga con esas triquiñuelas de detective de folletín. Sí, he dicho era, ¡era!, porque me temo que algo malo debe de haberle pasado. No hace falta ser ministro para imaginar que este asunto no traerá buenas consecuencias. Su único vicio era perderse con su barca en el Támesis, a pescar, más allá de donde acaba la ciudad. Normalmente en domingo. Cornelius era un hombre de vida ordenada y por eso me temo lo peor, ¿entienden? No, no le conocía ninguna amiga ni malas costumbres, ¿contentos? Y ahora, si me permiten, tengo una comunidad que atender. Les ruego abandonen mi iglesia lo antes posible, gracias. Ah, y no vuelvan.

Son las tres de la madrugada y hace frío. Londres es realmente húmedo e inhóspito en esa época del año. De pronto, en mitad del silencio de la noche, se escucha un crujido y la puerta pequeña del almacén de Ginebras Hall se entreabre dejando salir a una figura embozada. Un tipo alto, corpulento, sale a la calle mirando a uno y otro lado. Cierra con llave y se gira para iniciar camino, cuando una mano se posa en su hombro.

—No tan deprisa, amigo —dice una voz.

Richard Winters se da la vuelta para defenderse, pero el recién llegado, con maestría, retuerce su pulgar y lleva su brazo hasta su espalda haciéndole hincar la rodilla por el dolor. Antes de que pueda darse cuenta, Winters tiene el ánima de un revólver en la frente. Escucha cómo su atacante amartilla el arma y se da por muerto.

—No tema, no corre peligro —responde el agresor bajando su bufanda para mostrar el rostro—. Soy Víctor Ros, ¿me recuerda?

Winters asiente.

—Sí, sí, uno de los policías españoles...

—Exacto, y va usted a responder a mis preguntas porque está en un lío. Y de los gordos. Si no colabora conmigo, en el Yard le sacarán lo que quieran saber.

En ese momento tres *bobbies* aparecen en escena escoltando a Martin Roberts. Rodean al detenido y le miran fijamente.

—¿Desde cuándo se beneficia usted a la mujer de su jefe? —pregunta el sargento del Yard.

El otro, de rodillas ante Ros, niega con la cabeza.

—No, no, salgo de repasar la contabilidad.

Un crujido de su dedo pulgar hace que el encargado emita un grito de dolor.

—Otra mentira más y le dejo en manos de mis amigos del Yard, ¿entendido? No soy idiota, amigo. Cornelius Hall no fumaba y vi una pipa en la mesilla de noche. Sólo he tenido que esperar para ver quién era el pájaro que calentaba el nido al bueno de Cornelius. Si le llevo al Yard está usted perdido.

Cornelius Hall ha desaparecido y usted se beneficia a su señora. ¿Cuánto cree que tardarán en pensar que ustedes dos han quitado de en medio a su jefe? Diga. —Víctor retorciendo el dedo de nuevo.

—¡De acuerdo, de acuerdo! Le diré lo que quiera, se lo juro.

—Bien... Estamos un poco a oscuras y ahora mismo lo suyo con Mildred les hace sospechosos. A ambos. Es más que probable que la desaparición de Hall sea cosa suya.

—¡No, no! ¡Se lo juro!

—¿Desde cuándo está liado con ella?

—Hace cinco años. Cornelius no le hace... digamos... mucho caso...

—Ya, y usted comenzó a «atenderla».

—Sí, él tiene una amiguita y Mildred quiso vengarse, supongo.

Roberts y Ros se miran recordando las sospechas de Cooper. El detective tenía razón.

—¿Una amiguita, dice? ¿Pues no era Cornelius Hall un tipo de conducta ejemplar?

—Me lo contó él. Yo nunca le haría daño... De verdad, es un buen hombre. Me dio trabajo.

—Y usted se lo paga trajinándose a su mujer.

—Lo siento, de verdad, esto no volverá a suceder.

—No le voy a quitar ojo, amigo. Ándese con cuidado, es usted mi máximo sospechoso. De momento cuénteme todo lo que sabe, ¿entendido?

—Descuide, descuide.

—La amiguita, ¿dónde vive?

—En Whitechapel, en Chicksand Street. Pregunte por Emma Sanders.

Víctor suelta por primera vez a su presa y le ordena:

—Levántese y salga de mi vista.

—Éste se viene con nosotros —dice Roberts haciendo que los guardias esposen al encargado—. Tenemos que asegurarnos de que dice la verdad.

—Pero él me dijo que no me entregaría a ustedes... He hablado, he cumplido... ¡No pueden detenerme!

—Mi amigo puede decir lo que quiera, esto es Londres y no tiene jurisdicción. Se viene usted con nosotros, y rece por no terminar en la horca.

Roberts y Ros se miran sonriendo y Winters comprende que el detective español se la ha jugado. Sabe que lo tiene mal y las piernas le flaquean. Tienen que sujetarlo entre dos guardias.

Winters es escoltado calle abajo, donde aguarda un coche de caballos del Yard, y Víctor decide encaminarse a su pensión. No cree que el encargado sea el culpable pero sabe que le van a sacar todo lo que sepa. No lo siente por él.

Mira alrededor y comprende que a esas horas será difícil encontrar un coche de alquiler. Camina a paso vivo por Friday Street, que discurre paralela a la Catedral de San Pablo, en dirección a Cheapside. Escucha el sonido de sus propios pasos sobre el adoquinado y conviene que ha hecho un avance importante. Cooper tenía razón, Cornelius Hall tenía una amiguita. ¿Se habrá fugado con ella? De ser así, Víctor repara en que no tiene caso. Sería un contratiempo, pero esa Emma Sanders podría ser de ayuda. Cuando llega a la esquina de Wood Street con Gresham, escucha una voz que dice:

—¡Te tengo!

Víctor se gira y ve a Alfredo Blázquez, que tiene cogido por la muñeca a un pilluelo. Es uno de los dos que salvaron a Víctor la otra noche, el rubio.

—¡Víctor, Víctor! —grita don Alfredo.

Ros encamina sus pasos hacia el lugar, cuando, desde las sombras, aparece corriendo un chaval, más pequeño y moreno, que propina un empujón a Blázquez haciéndole rodar por el suelo. Cuando Víctor va a llegar a su altura ambos corren ya calle abajo. Don Alfredo se retuerce doliéndose de un tobillo.

Víctor duda si seguir a los chavales o atender a su amigo. Corren muy rápido. Mira a Blázquez y se agacha.

—¿Estás bien, amigo?

Margaret baja de su caballo español mientras que Mr. Davis sujeta solícito las bridas. Al fondo, lord y lady Bradbury observan la escena bajo los árboles de Regent's Park.

—¿Crees que está interesado en ella, Henry? —pregunta la señora.

—La verdad, no lo sé, querida —apunta él apurando un sándwich para, enseguida, dar un sorbo a su taza de té. Junto a él, un solícito criado le tiende una servilleta.

La tarde es soleada e invita al paseo. Bajo los inmensos árboles se congregan amigos disfrutando de un improvisado picnic en el que el ir y venir de los criados llama la atención de las clases más populares, que observan de lejos el conjunto entre lilas y laburnos.

Lord Bradbury, pensativo, añade:

—La verdad es que Mr. Davis últimamente frecuenta mucho nuestra compañía y no sé si se debe a que disfruta de nuestra amistad o a que nuestra hija le ha hecho tilín.

—Pero, Henry, es muy mayor para ella...

—Es un buen amigo mío, querida, y un hombre notable.

—Ya, ya, pero la diferencia de edad es evidente, y no sé si a ella le podría interesar.

—Mis padres se llevaban veinticinco años y fueron un matrimonio muy sólido, desde el principio hasta el final.

Lady Bradbury mira hacia el cielo, raramente azul, y evita entrar en polémicas relatando los múltiples devaneos y escándalos que protagonizó su suegro. Al menos ella ha tenido más suerte, Henry siempre fue un hombre cabal en ese sentido.

—Querido, no te digo que no, pero es que Mr. Davis no parece el tipo de nuestra Margaret. Ella está más interesada en jóvenes de su edad.

—¿Como ese petimetre de James Blackwall? ¡Quita, quita!

—¿No sería mejor que dejáramos que la niña eligiera a su marido? Es una tendencia que parece imponerse. Son otros tiempos. Tú eres un hombre que defiende la modernidad, ¿no?

Henry Bradbury gira la cabeza y mira a su esposa por encima de sus gafas redondas. Con gesto incrédulo responde:

—Eso es de plebeyos, ¡por favor! Nuestro matrimonio fue concertado y mira qué bien resultó. Además, estamos adelantando acontecimientos. De hecho, nuestro amigo ha quedado con John para ir a cazar mañana. No sólo frecuenta a la niña, es un buen amigo de la familia. De todos nosotros. No sé de dónde te sacas que Mr. Davis tiene un interés romántico en nuestra Margaret.

Una carcajada de la joven tras una confidencia al oído del norteamericano hace que lady Bradbury mire a su marido con aire reprobatorio.

—Insisto, querida, no tienes elementos de juicio para suponer tal cosa. Es cierto que nos visita mucho y a mí me place su compañía. Para mí es muy agradable tener un amigo así. Nada más.

—Pero si Mr. Davis estuviera interesado...

—¿Sí? —Él, haciendo ver que la conversación comienza a cansarle.

—Prométeme que antes de tomar alguna decisión me consultarás.

—Si eso sucediera, valoraré los pros y los contras, descuida. Pero ya te adelanto que nada me haría más feliz.

—No estoy de acuerdo, Henry.

—No se puede estar de acuerdo en todo.

—¿Y?

—Que soy el cabeza de familia.

—No digas tonterías, querido.

Lord Bradbury suspira agobiado. Su mujer le resulta más dura que esos malditos candidatos populares en el Parlamento.

—Descuida, cariño, lo tendré en cuenta —afirma dando por terminada la conversación.

6

—Tiene un esguince bastante severo. Debe estar quince días con el pie en alto y mantener este fuerte vendaje —ordena el doctor antes de salir del cuarto.

Al fondo, Alfredo Blázquez sonríe repantigado en un cómodo sillón del salón de la señora Smith, con el pie apoyado en mullidos cojines.

—Habéis tenido suerte —dice Roberts—. Esa aventura nocturna vuestra os podría haber salido cara.

—Por eso me hacía acompañar por Alfredo. Se mantuvo oculto, en segundo plano, por si las moscas. Además, sólo eran dos pilluelos.

—Pero es la segunda noche que te las ves con ellos. Es evidente que te siguen.

—Sí, eso está claro.

—¿Y para quién crees que trabajan?

—No tengo ni idea. Por algún motivo me salvaron del matón que me envió Bárbara Miranda.

—¿Crees que son hombres de Aldanza?

—Podría ser, no te digo que no. Es plausible que haya puesto gente a mi alrededor para ver si me acerco. De ser así, Aldanza podría escapar antes de que descubriera su escondite.

—¿Y no sería mejor para él eliminarte?

—Quizá, no sé. Está loco, Martin, igual quiere que me acerque, competir. Que tengamos que vérnoslas de nuevo. Aldanza es un hombre orgulloso, él me enseñó todo lo que sé sobre ciencia forense. Recuerda, en Madrid, todos aquellos crímenes de prostitutas; el muy degenerado lo hizo para formarme. De locos. Nunca pudo digerir que su alumno le aventajara y resolviera el caso. Él tenía preparado su propio final y tuvo que huir, aunque nosotros le creíamos muerto. Sé que debe odiarme como a nada en este mundo.

—¿Te das cuenta de que eres seguido por secuaces de dos asesinos peligrosos, Víctor? Bárbara Miranda y Alberto Aldanza.

—Sí, soy consciente. Y el terreno les es favorable: una ciudad de tres millones de almas es un paraíso donde esconderse.

—Es una situación peligrosa.

—Este trabajo siempre lo fue, Martin.

—No debes ponerte en peligro de manera innecesaria. Ten un poquito de cabeza, esa excursión nocturna de ayer pudo traer malas consecuencias.

—Estaba contigo, ¿recuerdas? Y luego me cubría Alfredo. He avanzado, es lo que importa. Teníamos que sorprender a Winters y demostrar que la mujer de Hall y él eran amantes. Y además hemos averiguado que Coop tenía razón. Cornelius Hall tenía un amiguita. Ahora sabemos dónde localizarla. Esta misma mañana quiero hablar con ella.

—¿Y no crees que esos dos, la mujer y el encargado, podrían haberle eliminado?

—Es posible, Martin. ¿Vas a detenerla a ella también? Deberías vigilarla al menos.

—Ya lo he hecho, tiene un dispositivo de vigilancia encima. Mis mejores hombres, por si quisiera escapar.

—¿Y el amante?

—De momento insiste en que no sabe nada. No ha cantado y créeme, le han dado bien.

—Bien. La amiguita de Hall podrá aclararnos algo, ya verás.

—¿Tú crees que se fugó?

—No —dice Víctor muy convencido—. Cornelius Hall fue sacado de su casa a la fuerza.

—¿Estás seguro de eso? No has dejado de repetirlo.

—Casi. Pero primero hablemos con la chica y podremos averiguar algo más.

—Entrar en Whitechapel no es tan sencillo, Víctor. Hay que avisar al Yard, ponerse ropas corrientes y acompañarse de un par de tipos bragados. Avisaré a un colega mío, Bay, opera allí. Necesito mover algunos hilos.

—Puedo entrar disfrazado de mendigo, he estado en sitios peores.

—No, espera y lo haremos bien. ¿Tanto interés tienes en ver a esa chica? Comienzo a dudar si fueron la mujer y el encargado.

—Dices que él no canta.

—Si no lo hace la detendremos a ella. Si es culpable se desmoronará al verse en prisión. Aunque tú no crees que lo sean.

—No lo parece.

—Entonces te arreglaré lo de Whitechapel.

—Sí, quiero ver a la amiguita de Hall. Quizá ella pueda darnos algún dato sobre su otra vida.

—¿Otra vida?

—De momento ya sabemos que no era un ciudadano tan ímprobo, ¿no?

—Es cierto.

—Pues ahora ahondemos en esa otra faceta suya. Algo me dice que la clave de su desaparición puede surgir de sus asuntos amorosos. No es la primera vez que veo algo así, cuando investigué lo que la prensa bautizó en Barcelona como «El enigma de la calle Calabria», me las vi con un tipo parecido.

El coche de caballos recoge a Víctor a eso de las seis en punto en Gloucester Street y, tras saludar a Martin, se dirigen hacia Hoxton Street para bajar hacia Whitechapel. Apenas cinco minutos separan las áreas más respetables de la ciudad de un auténtico infierno de miseria y podredumbre.

—¿Has estado allí? Te advierto que no es un lugar agradable.

—Sí, una vez, en mi segunda visita —contesta Víctor.

—¡Cómo! ¿Sin mi permiso?

—Pagué a un pilluelo para que me llevara. No creas, fui disfrazado de carbonero pero no aguanté mucho allí dentro. Es cierto que ver aquello te parte el alma. No me avergüenza decir que salí de allí en cinco minutos.

—Es duro.

—Y yo no soy un blando, Martin, la miseria no me es ajena. Tú no conoces España. Me crié en la Latina y conocí el hambre; yo fui un pequeño ratero como ellos. Pero Whitechapel me pareció tremendo.

—Hoy estarás más tiempo, así que prepárate. ¿Sabes? Londres es una ciudad moderna, no es insalubre, en las zonas normales de la ciudad la esperanza de vida es de cincuenta años y un dieciocho por ciento de los niños muere antes de los cinco años. Ahora, en Whitechapel es diferente. En el East End, la esperanza de vida está en torno a los treinta, y un cincuenta y cinco por ciento de las criaturas no llegan a los cinco años.

Víctor emite un silbido.

—Debes mantenerte cerca de mí y de Bay. Iremos escoltados en todo momento. Esa gente se muere de hambre y se lanzan sobre los recién llegados con desesperación.

—Es increíble, y todo a un paso, como quien dice, de Westminster.

—El treinta por ciento de la población de Londres vive en la pobreza profunda, Víctor, son legiones de hambrientos, enfermos, tuberculosos y alcohólicos. Se van consumiendo de hambre y enfermedad, poco a poco.

El paso del carromato se hace más lento. Ya están en Whitechapel y se escuchan maldiciones del cochero porque los grupos de hombres y mujeres que se agolpan en las calles, indolentes, no se apartan.

No tienen reparos en insultar al cochero, al que amenazan de muerte. Mal encarados y provocadores, escupen al paso del carruaje y se pasan el índice por el cuello como amenazando con degollar a sus pasajeros. Las calles están sucias y las paredes de las viviendas desconchadas; nadie las pinta ni las mantiene. Las puertas de las casas, abiertas de par en par, permiten asomarse a la miseria.

Hay fuegos en bidones aquí y allá y mucha gente en las calles. Se ven colas de famélicos en las puertas de los albergues que, a esas horas, ya intentan conseguir un espacio donde pasar la noche. Acuden a dichos lugares pese a que les obligan a asearse y les leen la Biblia, pero al menos comen algo y duermen al abrigo del raso.

En unos momentos, el coche de punto llega a la comisaría de Whitechapel, donde recogen al sargento Bay del Yard, que va acompañado por dos guardias con sus característicos sombreros y enormes abrigos oscuros que parecen capotes.

Los cinco hombres caminan a paso vivo entre las miradas amenazantes de cientos de muertos vivientes, hombres, mujeres y niños famélicos, mal vestidos, que se mueven hacia ellos, insultando, demandando unas monedas o rogando por una pinta de ginebra. Algunos sólo piden un vaso, medio vaso. Los niños, también; pocos escapan a la lacra que supone el alcoholismo en aquel albañal.

Las calles huelen a orina y el aroma insalubre de aquel aire pútrido lo invade todo. Se escuchan toses aquí y allá que provienen de bultos oscuros que duermen en las aceras, tapados con mantas raídas de las que escapan manadas negras de pulgas y piojos. El hambre está presente en los rostros de aquellos desgraciados. Hay abuelos desdentados y niños que escarban en el barro, en las basuras, para encontrar una monda de patata o un trozo de judía que llevarse a la boca.

Atraviesan una calle estrecha atestada de gente, algunos sentados en sillas y con fardos apoyados en las paredes, cabezales de una cama y colchones enrollados. Parecen desahuciados que viven en mitad de la calle.

—¿Qué pasaría si un buen ciudadano del West End se aventurara solo por estas calles dejadas de la mano de Dios? —pregunta Víctor al guardia que lleva a su derecha: un tipo de Bristol, inmenso, y de grandes y fieros bigotes.

—Que no sobreviviría ni cinco minutos. Lo desplumarían y, una vez desnudo, lo lincharían como a un perro.

Cerca de Chicksand Street, uno de los guardias levanta su fanal y alumbra a tres tipos de aspecto temible que están sentados en la oscuridad. Uno de ellos, de luenga barba y tez cetrina, les mira desde el fondo de unos ojos brillantes, negros y malévolos. Hay dos niños en el suelo y una fresca de Whitechapel envuelta en una toquilla y con un gorro de algodón en la cabeza, que no deja de decir ordinarieces a los agentes de la ley.

Bay, un tipo menudo pero bragado, con cara de malas pulgas, se encara con el de la barba.

—Vaya, Smith, ¿ya has salido?

—Sí, fue un mes por mendicidad.

—Ya, pues no vuelvas a las andadas. Busco a Emma Sanders, creo que vive en Chicksand Street.

—Ni idea —dice el tipo de aspecto patibulario.

Bay propina una tremenda bofetada al individuo sin mediar palabra.

—Dime. Estoy esperando —ordena el sargento del Yard.

Se nota que está acostumbrado a moverse por aquellas calles, donde la vida de un hombre no vale nada.

El otro, doliéndose del golpe, contesta al momento:

—Es ahí, en el número cinco.

No tienen que llamar a la puerta porque no hay. Un largo pasillo en el que duerme gente les permite acceder a un salón frío y húmedo donde hay tres putas con dos niños.

—¡Hombre, la ley! —dice una de ellas, una mujer entrada en años.

—Martha. Me alegra verte de nuevo.

—Menos formalidades, sargento Bay. Estoy limpia.

—No me cabe duda. Sólo quiero saludarte —dice Bay agachando la testa a modo de reverencia—. Y por supuesto, hacerte una pregunta que tú me vas a contestar, ¿entiendes?

—Se hará lo que se pueda.

—Buscamos a una tal Emma Sanders. ¿Vive aquí?

—Ya no.

—¿Y dónde para?

—Tenía un cuarto pero voló.

—¿Cómo?

—Sí. Ha desaparecido. Una noche vino a verla su «novio». Parecía asustado. Al día siguiente ella ya no estaba.

Víctor y Martin se miran el uno al otro.

—¿Y adónde fue? —pregunta Martin.

—¡Qué sé yo! —dice ella—. Las putas son así, vienen, van y desaparecen.

—¿Te tengo que apretar, Martha? —dice Bay.

—Ya les digo que se largó. No sé nada. Si quieren me pueden detener pero será una pérdida de tiempo.

Bay mira a sus compañeros asintiendo. Conoce a la mujer y parece avalar lo que dice.

—Sólo sé que se largó y que su cuarto quedó libre.

—Queremos verlo —dice Ros.

—Está ya ocupado. Por Mary, y está trabajando.

Antes de que la mujer pueda mediar palabra, Bay ordena a los guardias derribar la puerta que había señalado la prostituta con un movimiento de su cabeza.

Del interior sale un comerciante mugroso subiéndose los pantalones y una joven que aparenta apenas catorce años, pelirroja y de tez blanca y pecosa, subiéndose la enagua.

—No dejó nada —dice la alcahueta.

Víctor hace que alumbren aquí y allá. Un camastro repleto de chinches y dos ratas de color blanco al fondo. Aquello es asqueroso. Apenas si hay un pequeño armario. Víctor lo abre y no ve nada en su interior.

—Se lo llevaron todo, está claro. O esta arpía lo habrá vendido. ¿Tenía un amigo? —pregunta mientras coge un pequeño boleto del suelo del mueble.

—Sí, un tipo de posibles. Decía que la iba a retirar. Él pagaba la habitación —contesta la vieja prostituta.

Víctor tiende la pequeña cartulina a Roberts.

—Es de la Red House, una taberna a la orilla del río, muy famosa por sus apuestas ilegales —le aclara el detective del Yard.

—¿Por dónde cae? —Víctor.

—Hacia el oeste, pasada la orilla de Middlesex.

—Habrá que dar una vuelta por allí. Gracias, señora —dice Ros inclinando la cabeza para salir de aquel lugar infesto y repulsivo.

7

Estas patatas están exquisitas —exclama lord Bradbury—. Y sí, sí, sé lo que me va a decir, Mr. Davis, que es comida de pobre… pero la guarnición que acompaña a una buena carne es tan importante como el plato principal.

—Totalmente de acuerdo —apunta el americano.

El camarero, que espera tras ellos, sirve más vino y los dos brindan con una sonrisa en los labios. Para Henry Bradbury, el almuerzo en el comedor del Reform Club es un ritual que le permite evadirse de las tensiones de sus múltiples cargos, negocios y propiedades.

—¿Y qué tal la caza con John?

—Ah, muy bien, dos días estupendos. Lo pasé muy bien, y debo decir que su hijo es un joven notable, con la cabeza muy sentada.

—Sí, siempre ha sido responsable en demasía.

—Eso es bueno, querido Henry.

—Sí y no.

—No le sigo.

—Sí, querido amigo, siempre me gustó que John fuera un joven reflexivo, pero no podemos olvidar que mis antepasados fueron hombres de armas, tipos aguerridos que llegaron aquí con Guillermo el Conquistador y fueron haciendo crecer el patrimonio familiar a base de lucha, de conquista...

—Y de inteligencia.

—Sí, sí, y con buenas alianzas matrimoniales. Pero John, por ejemplo, siempre fue más amante de la poesía que de los deportes.

—¿Y dónde está el problema, querido amigo? No es un «viva la vida», pues mejor.

—En mi familia todos los varones servimos en el ejército, es una costumbre ancestral, ya sabe usted, en la juventud. Yo mismo llevo aún una esquirla de bala en la rodilla, recuerdo de Afganistán.

—¿Y?

—Que John no ha querido servir en mi regimiento.

—Su hijo es práctico, un joven de estos tiempos. ¿Qué sentido tendría que su único hijo varón y primogénito se jugara la vida en esas tierras del Imperio? ¿Y si le sucediera algo? ¿Qué ocurriría con las propiedades familiares? ¿Y si su hija cayera en manos, no sé, de un cazafortunas? No creo que quiera usted que el inmenso patrimonio de los Bradbury quedara en manos del marido de su hija como, por otra parte, favorece la ley.

—No, no, por supuesto.

—¿Entonces?

—Visto así, tiene usted la razón. Nunca lo había considerado desde ese punto de vista. Me encantan ustedes, los americanos. Tienen una visión nueva de todo, analizan los problemas desde otro prisma más innovador, audaz, si se me permite decirlo.

—No le digo que no, querido amigo.

—Muchas gracias, me es usted de mucha ayuda.

—Pues no sabe lo que me alegra serlo, Henry.

—Nos ayudamos mutuamente, querido Chester. Como los buenos y verdaderos amigos. Pero quería hablarme de algo, ¿no es así?

—Sí, sí, en efecto. Verá, nuestra amistad ha ido fortaleciéndose en los últimos tiempos.

—Y me siento muy orgulloso de ello.

—Y yo también, por supuesto. Y llegado a este punto me gustaría que nos beneficiáramos mutuamente. Ya sabe, podríamos hacer negocios.

—Me complacería mucho, bien lo sabe usted.

—Bien, entonces y como usted ya conoce, poseo sustanciosos negocios en mi país, inversiones en Sudamérica y África.

—Me consta, me consta.

—Hace tiempo ya que decidí afincarme definitivamente en su país.

—Me alegra mucho saber que gozaremos de su compañía para siempre.

—Sí, es algo que tengo muy claro. Sin embargo, la mayor parte de mi patrimonio se encuentra en Estados Unidos, ¿me sigue?

—Más o menos, querrá usted descapitalizar sus inversiones allí e ir trasladando sus actividades a Inglaterra, por comodidad.

—No, no exactamente. Mis negocios en Chicago funcionan y ya conoce usted la máxima: si algo funciona, ¡ni lo toques!

Lord Bradbury ríe la ocurrencia de su interlocutor y mira al camarero para que éste sirva los postres.

Chester Davis continúa hablando. Es hombre de maneras pausadas, de los que saben lo que quieren, y se le nota.

—Verá, querido Henry, hay cierto patrimonio que querría traerme de Estados Unidos.

—¿Y?

—Que, digamos, tiene un gran valor sentimental para mí: cuadros, joyas, esculturas... Son mis cosas pero a qué no decirlo, también son inversiones. Por no hablar del oro.

—¿Oro? —contesta el otro sorprendido.

—Sí, llámeme antiguo, querido Henry, pero convertí una gran parte de mis ahorros en oro; es el patrimonio de toda una vida.

—¿Oro en joyas?

—No, no, lingotes.

—¿Y? ¿Cuál es el problema?

—Pues que todas esas obras de arte y el oro ocupan mucho, digamos, espacio. Mucho oro, querido amigo.

—Pues me alegro por usted, Chester.

—¿No me sigue?

—No, la verdad.

—Los impuestos. ¿Se hace una idea de los aranceles que habría de pagar por introducir eso en Inglaterra?

—Sí, serían elevados, sin duda. ¿Y? Es usted un hombre adinerado. Pague y adelante con ello.

—Ya, ya, pero es que aquí son muy puntillosos con el tema de las aduanas. No me parece mal, claro, pero no entra ni sale un barco de Londres sin que sea minuciosamente inspeccionado.

En ese momento, Henry Bradbury levanta la mirada y deja su copa sobre la mesa. No le gustan los derroteros que está tomando la conversación.

—Y así ha de ser —dice con cara de pocos amigos.

—Ya, ya, Henry, y estoy completamente de acuerdo, pero hay que ser más práctico. Mire, en Estados Unidos no somos tan tiquismiquis con lo que entra o sale. A veces eso de poner trabas a los negocios, a la libre circulación de mercancías no trae nada bueno. Hay que dejar fluir el comercio. Cuando dos personas pueden hacer un negocio que beneficia a ambas partes, no hay que poner dificultades; es nuestra auténtica filosofía de vida. De hecho, no olvide usted que nosotros ya no somos colonia inglesa por aquella historia del té y las tasas, ¿recuerda?

—Claro, perfectamente.

—El caso es que necesitaría ayuda para que esa gran parte de mi patrimonio entrara en Inglaterra eludiendo esas inspecciones, ¿me entiende?

—No.

—Veamos, Henry, usted es Secretario de Comercio.

—¿Y?

—Que las aduanas son competencia suya. Una sola orden y yo no tendría problema con mi... transmisión patrimonial.

—¿Me está usted pidiendo que haga la vista gorda?

Mr. Davis sonríe con cierto aire pícaro. Bebe un trago de vino y musita con cierta timidez:

—Más o menos.

—Me ofende, Chester.

—No, no, espere, Henry. Es simplemente una transacción comercial.

—¿Pretende usted que ponga en juego mi prestigio ordenando que los agentes de aduanas no revisen unas mercancías concretas?

—Unas mercancías concretas no, un barco. Mi barco.

—¿Todo un barco? Pero ¿qué pretende usted traerse, hombre de Dios?

—¡Se lo he dicho ya! Oro, Henry, mucho oro. Y una gran parte podría ser suya.

—Chester, ¿se da usted cuenta de lo que me propone? ¡Y aquí! ¡En un club de caballeros!

—Vamos, Henry, no sea usted remilgado. Para hacer una tortilla hay que romper unos pocos huevos, sí. ¿Y qué?

—No puedo creerlo.

—Es usted un hombre de mentalidad moderna.

—No hasta ese punto, desde luego.

—Véalo fríamente, hombre de Dios. Véalo como el negocio que es. Hablamos de cientos de miles de libras de comisión para usted.

—No, no es posible.

—Me consta que la situación económica de su familia no es, precisamente, boyante.

—¿Cómo? —Bradbury, muy sorprendido. Parece comenzar a enfadarse de veras.

—He hecho mis averiguaciones. Usted tiene prestigio, influencia, y yo, dinero. Estamos condenados a entendernos.

—¿Cómo se atreve? ¿Investigarme a mí?

—No se lo tome así, es lo más común en el mundo de los negocios. En Estados Unidos está a la orden del día.

—No me conoce, Chester.

—Ya. Me avisaron de que era usted un pusilánime.

—¿Cómo? ¡No le consiento...! He de pedirle que abandone inmediatamente este club. No imaginaba que esto pudiera pasar.

—Ni yo —contesta el otro levantándose—. Esto debería haber resultado sencillo. Todos los ingleses son iguales, ¡unos cabezas cuadradas!

—No le consiento...

—Ustedes y su maldito orgullo. Son una nación amortizada.

—Pero ¿qué dice?

—Lo que oye, gente como usted hunde un imperio.

—Suficiente, Davis, no siga por ahí.

—Le estoy planteando una solución a sus problemas económicos. Sé que sus fincas no son más que un gasto, que no rentan suficiente como para mantener el nivel de vida de su familia en Londres. Querrá usted casar bien a su hija. No sea imbécil, hombre.

Lord Bradbury se pone en pie. Todos los caballeros del salón miran hacia su mesa. Parece realmente enfadado, pero sus excelentes modales le impiden hacer una escena e ir más allá.

—Salga de aquí, ya. Me ha decepcionado usted.

—No sabe lo que ha hecho, Bradbury, me pedirá clemencia —sentencia Davis lanzando una mirada maligna que hace estremecerse a todo un lord inglés—. Buenas tardes.

Son casi las cinco de la mañana y dos figuras entran en el fumadero de opio de Lower Shadwell Street. Tras atravesar un largo y estrecho pasillo, el Rata abre una puerta carcomida por la humedad y el salitre para acceder a una estancia algo más amplia repleta de literas. Parece el camarote de un mercante, sólo que en la oscuridad brillan pequeños puntos rojos, incandescentes, que se encienden y se apagan. Son las pipas de opio de los clientes.

El Rata murmura algo a un chino que se cruza con ellos con una bandeja en las manos. Hablan en un idioma inteligible para Bárbara Miranda, que mira con curiosidad al oriental: lleva una falda larga con una camisa negra, sin apenas cuello, unos zapatos con la suela blanca, que parecen cómodos, y de su gorro surge a la espalda una trenza muy larga.

El chino indica un rincón del fondo al Rata y éste, tras hacer un gesto a su acompañante para que le siga, se encamina hacia allí.

—Hola, Tao —dice plantándose ante una litera mucho más grande que las demás.

Tiene dosel y de ella cuelgan inmensas gasas. En ella, un lascar, con los ojos como centellas por la droga, le mira escrutador. No parece que sepa ni dónde está.

—¿Qué quieres, Rata? Bienvenido a mi local. —Pues sí, sabe dónde está. Y sorprendentemente parece que su mente rige.

—Te presento a una amiga, española.

—¿Cómo se llama?

El Rata, con las manos en los bolsillos, algo acobardado

frente a aquel tipo que parece un sultán, se echa el sombrero hacia atrás. Es un tipo menudo, que viste una raída levita que fue de un tipo tres tallas más grande. Luce enormes patillas y tiene nariz aguileña. En las calles se rumorea que es judío. Pero eso a Miranda no le importa. Dicen que es el mejor «conseguidor» de Londres.

Bárbara, tras entender una mirada que le manda su hombre, enseña un fajo de billetes que parece alegrar al lascar.

—Se llama «nadie», ¿entendido? —dice el inglés, a lo que el oriental responde:

—¿De qué se trata?

Miranda sabe que el lascar es un hombre poderoso a la orilla del río. Al final del pasillo hay una puerta que da al Támesis. Es lo último que han visto muchos hombres que acabaron devorados por los peces. Aquél es un lugar peligroso, de los peores de Londres. Echa un vistazo alrededor y ve a un tipo con frac totalmente ido. Está tumbado y parece agonizar, pero es el efecto de la droga. Puede que lleve allí varios días. Hay otros que son auténticos cadáveres: pálidos, delgados y ojerosos. Esos muertos en vida harían lo que les ordenara Tao por un poco de droga. Son sus esclavos y es un hecho probado que, en Londres, una vida vale poco. Al menos en determinados barrios. Tao es un tipo de mediana edad, está relajado, semisentado en la cama y con las piernas abiertas. Luce un amplio camisón blanco y lleva una larga coleta negra mientras una esclava revuelve su cazoleta de opio. Otra joven, que parece inglesa, le masajea los pies. «¿Sabrán sus padres cómo ha terminado?», piensa Miranda para sí.

Decididamente, ése es su hombre.

—Hay que eliminar a un tipo. —El Rata.

—Necesitaré saber algo de él.

—Sí, claro. Es español, policía. Vive en Gloucester Street, en una pensión, la de la señora Smith. Ojo, es un tipo muy inteligente y audaz. Hay que hacerlo de forma muy discreta, si nota algo lo tendrás aquí en cinco minutos. Avisado quedas.

El lascar sonríe y toma una suerte de caña que cuelga de la pared. Parece una cerbatana. La sopesa y se la acerca a la boca.

—Tengo gente rápida e invisible. Ni lo verá venir.

Bárbara Miranda sonríe satisfecha, ha acudido al lugar adecuado.

—Dile que no quiero fallos —ordena al Rata.

—Descuida, Rata —contesta el lascar cuando «el conseguidor» le insiste al respecto—. En mi casa se sirve bien al cliente. Aquí se puede conseguir lo que uno quiera. Si se paga bien, claro: jovencitas, niños, opio o hachís. Aquí se compran y se venden vidas y se juega. Dile a tu amiga dos cosas, traduce.

—De acuerdo.

—Dile que con Tao hay que seguir siempre dos reglas: una, cumplir con su parte, o sea, pagar lo que se pide, y dos, tener respeto, no se duda de Tao.

El Rata traduce y ella contesta:

—Dile que entendido, y que acepte mis disculpas.

8

Víctor y Martin miran hacia el cauce del río desde la proa del pequeño vapor. Poco a poco, la ciudad va quedando atrás. Han pasado junto al Battersea Park y el humo y los edificios de ladrillo viejo van desapareciendo. El Támesis está menos concurrido en Chelsea y todo parece en paz. Surgen villas un poco más allá, jardines, veredas y caminos que hacen pensar que uno está en la campiña. Hay barcas a pértiga y pescadores aquí y allá que saludan a los pasajeros con la mano. Todo es bucólico, demasiado apacible quizá.

El vapor arriba a su destino y los dos amigos descienden para llegar a la Red House en unos minutos. Es una taberna muy conocida por sus apuestas ilegales y el lugar donde muchos amantes de la vida nocturna londinense finalizan sus juergas ya de buena mañana. Allí nunca acaba la fiesta, veinticuatro horas al día, trescientos sesenta y cinco días al año.

Justo cuando van a entrar, un tipo inmenso, ataviado con un delantal, lanza por los aires a un cliente borracho que da de bruces en el barro. Parece inconsciente pues queda boca abajo, empapado en el mismo, y no se inmuta. Un paisano, con el típico sombrero de marinero, tiene la delicadeza de girar su cuerpo para que no se ahogue.

—¡Vaya parroquia! —dice Víctor entrando en el local, que huele a cordero y a cerveza.

En el interior, las bancadas están repletas y al fondo se ve un mostrador con una pizarra. Martin pregunta por el encargado al instante y se identifica como sargento del Yard. No tardan en hacerles pasar a un despacho, donde les espera un tipo gordo y muy rubio, con el pelo casi blanco.

—Ustedes dirán —apunta sin levantarse de su mesa de despacho. Es evidente que no le agrada la presencia de la policía en su negocio.

—Soy Roberts, del Yard.

—Ya, ya, guarde esa placa no sea que me espante a la clientela.

—¿Hace falta que le recuerde que todo esto es ilegal, Mr. Pears?

El otro encaja el golpe esbozando una sonrisa que, por falsa, estremece.

—Siéntese, siéntese, por favor. ¡Rudolph, trae unas pintas! —grita al mozo que llevó a los policías al despacho—. ¿De qué se trata?

—¿Es esto suyo? —dice Víctor tendiendo el boleto de apuestas que hallaron en Whitechapel.

—Sí, claro. Pero ante un tribunal diría que no, ojo.

—Ya, ya, me hago cargo. —Ros—. Buscamos a un hombre. Es comerciante de ginebras en la City, Hall, Cornelius Hall.

El dueño de la Red House estalla en una ruidosa carcajada.

—¿Qué ha hecho ahora ese sinvergüenza?

—¿Lo conoce?

—Pues claro, es uno de mis mejores clientes. Desde hace años. ¡Menudo pájaro!

—¿Está seguro de que hablamos de la misma persona?

—Sí, joder, sí, el Viruelas.

—¿Cómo?

—Sí, le llaman así de sus tiempos de pirata: el Viruelas y Patapalo.

—¿Patapalo? —Roberts.

—¿Ha dicho pirata? —Víctor.

Pears vuelve a carcajearse tan ruidosamente que parece a punto de ahogarse. Es lo más semejante a un cerdo humano que Víctor haya visto nunca.

—Sí, sí, ya saben... pirata, ladrón, cazafortunas... Hizo mucho dinero en Sudamérica y vino a instalarse aquí, a la vieja Inglaterra.

—Pero es un hombre decente. —Roberts.

—¿Decente? Supongo que en cierta medida, sí, pero una vez por semana venía por aquí y la liaba parda. Ya saben ustedes, una buena juerga con sus viejos amigos, las apuestas, las chicas...

—¿Ha dicho viejos amigos?

—Sí, compañeros suyos de correrías, de cuando era joven, ya saben.

—¿Conoce usted a alguno?

—Al Negro Blake.

—¿Negro Blake?

—Sí, un tullido, tiene un brazo lisiado. Creo que sufrió un accidente en la sala de máquinas de un barco. Se gana la vida robando, de carterista, por el centro. Me consta que Patapalo le ayudaba mucho. Si me preguntaran al respecto, yo diría que de alguna forma pagaba su silencio.

—¿Su silencio?

—Sí, sobre su pasado.

—¿Y dónde podemos encontrar al Negro Blake?

—Pues ahora que lo dicen, hace días que no viene por aquí.

—¿Y a Patapalo?

—Joder, pues es verdad. Hace tiempo que no lo veo por

aquí tampoco. Solía venir los domingos. Después de los oficios. El muy cabrón le decía a la parienta que se iba de pesca. Tenía una barquita. Siempre encargaba unos cuantos peces a unos pescadores de los de ahí al lado, de las barcazas, y así volvía a casa justificando un día y una noche de farra. ¿Inteligente, eh?

—Así que Patapalo y el Negro Blake llevan días sin venir.

—Ros.

—Sí, así es.

—¿Llegaban juntos?

—No, no, cada uno por su lado. No crea, que ellos hacían su vida por separado, no es que quedaran para verse, simplemente sus vicios les hacían coincidir aquí. Blake es un tipo raro. Patapalo era más divertido, no saben la de rondas que ha pagado en esta casa. Es muy querido por los parroquianos. Muy chistoso, le encanta cantar, ya saben, viejas canciones de lobos de mar. ¡Y las mujeres! ¡Qué les voy a decir de las mujeres! Venía con una muy jovencita, apenas una niña. La estrenó él, sí. Me lo dijo. Se la compró a una arpía en Whitechapel. Pelirroja, de apenas catorce añitos, muy pecosa. Me dijo él que muy ardiente, ya saben cómo son esas irlandesas…

—¿Ha dicho pelirroja? —interrumpe Víctor.

—Decididamente estás loco, Víctor —dice Martin entrando en el vestíbulo de la señora Smith.

Afuera hace un frío de mil demonios y se agradece el calor del hogar. Huele a té y bizcochos y cuando llegan al iluminado salón se encuentran a Blázquez. Está repantigado, con el pie en alto, y sobre el pecho tiene una servilleta de lino con un apetecible bollo a medio mordisquear. Su bigote está lleno de migajas. A su lado hay un periódico tirado y un diccionario.

—¡Vaya vida que te das, compadre! —exclama Víctor al verle.

—¡Víctor, tengo noticias! —dice con la boca llena.

—¿Noticias?

—Sí, sí, sobre el caso. He hecho averiguaciones.

Roberts y Ros estallan en una carcajada.

—¿Averiguaciones? ¿Sobre qué tipo de bollo es mejor o sobre distintas clases de *rosbif*?

—No, no, en serio. Sobre los dos pilluelos que te seguían por las noches.

—¿Cómo? ¿Desde aquí?

—Desde aquí. —Blázquez lo afirma con rotundidad con la testa.

—Permite que, primero, nos sirvamos un té y probemos esos pasteles, ¿no?

—Sí, sí, claro, parece que la tarde es fría. Esta señora Smith es una cocinera notable, me cuida como una madre.

—¿Qué has averiguado? —pregunta Víctor.

—Esta mañana, después de irte tú, me he puesto a leer la prensa. No sé por qué lo hago, la verdad, porque no entiendo ni papa, pero bueno, me entretengo. Uso el diccionario.

—¿Y?

—No creas, que he encontrado algo interesante que leer, mira. —Don Alfredo toma en la mano un pasquín.

—*The Illustrated Police News* —lee Víctor en voz alta.

—Es un periódico amarillista —aclara Roberts—. Especializado en sucesos, sale semanalmente. Como ves, en la portada vienen dibujos, muy elaborados por cierto, de los sucesos que se cuentan dentro.

—Vaya —dice Víctor—. Mira este grabado, una mujer lanzándose por la ventana en llamas.

—Sí, «*Fearful scene at Tipton*» —dice don Alfredo, que deja a Víctor con la boca abierta.

—¿Cómo? —responde Ros. Es obvio que la pronunciación de su amigo es mejorable, pero no deja de ser sorprendente.

Entonces Blázquez, como el que no quiere la cosa, aclara:

—Sí, sí, un suceso increíble, «Estremecedora escena en Tipton». No te lo vas a creer, un tipo que entra en su casa con un caldero con alquitrán hirviendo (la verdad, no sé para qué), se tropieza y le mete fuego a la vivienda. Tiene que salir huyendo con sus hijos a la calle, todos ardiendo, y la madre de la familia salta por la ventana en llamas. Dice que la situación de todos es *hopeless*, o sea, que creo que no se salvan. Escalofriante, ¿verdad?

Víctor mira a Martin y le traduce lo que está pasando. El inglés se echa a reír.

—Pero, Alfredo, ¿cómo has leído eso?

—No sé, a trancas y barrancas, con el diccionario. Es un periódico sensacional, no te imaginas las cosas que trae, en Londres pasa de todo, ¡y con ilustraciones!

—Pero pareces una portera.

—Me entretengo, simplemente.

—¿Y de dónde has sacado eso?

—Me lo ha dado la señora Smith, por los dibujos, y ya puesto, he tirado de diccionario. A ella le encanta.

—Me dejas de piedra, igual habría que buscarte un buen profesor de inglés. No está todo perdido, ¿quién me lo iba a decir? Tú fajándote con la lengua de Shakespeare. ¿Y eso es lo que me querías contar?

—¡Ay, no, no! Lo de los pilluelos. Lo de los pilluelos es lo que te quería contar. Estaba aquí leyendo, tan tranquilo, ¿de acuerdo? Entonces he levantado la vista y he visto a uno de esos mocosos en la esquina. Vigilaba la puerta de la casa, no hay duda. Yo creo que te esperaba pero, al parecer, desconocía que tú ya te habías ido.

—Ya.

—Yo no sabía qué hacer. He pensado avisar a la señora Smith y telegrafiar al Yard, pero en ese momento ha aparecido el otro, el rubio. Hablaban entre ellos, gesticulaban.

—¿Estás seguro de que eran ellos?

—Sí, el moreno llevaba la bufanda tapándole el rostro y el otro estaba de espaldas, pero créeme, eran ellos.

—¿Y qué ha pasado entonces?

—El rubio se ha ido de pronto y el moreno ha subido a un coche de punto a toda prisa. Se han ido.

—Vaya, ¡qué pena! Pero has hecho una buena gestión. Volverán y allí estaremos para cazarlos.

—No, no; no me entiendes, Víctor.

—¿Cómo?

—Te digo que he hecho averiguaciones —añade Blázquez tendiendo un trozo de papel de periódico a su amigo—. Aquí tienes apuntado el número de placa del coche: 3544-C.

—¡Madre mía, Alfredo! ¡Sigues en forma!

—En efecto.

—Ahora tenemos algo a lo que agarrarnos. Podremos saber quiénes son esos tipos.

Roberts aguarda paciente a que Víctor traduzca lo que ha oído.

—Vaya, es una buena noticia —apunta el sargento del Yard—. Iré a la oficina a hacer averiguaciones sobre el coche y, ya de paso, sobre el Negro Blake.

—Me parece oportuno. Al menos iremos tirando de los hilos.

—Y sobre eso que me has planteado que quieres hacer… ¡es una locura!

—He hecho cosas peores, créeme.

—No puedes ni debes entrara ahí solo, ya has visto lo que hay. Whitechapel es demasiado peligroso.

—No es para tanto. Me crié en la Latina.

—Víctor, no te voy a dejar a solas. Si no me aseguras que no lo harás, no me voy. No me fío de ti y no quiero que te pongas en peligro innecesariamente. Tienes mujer e hijos.

—De acuerdo, vete tranquilo, no lo haré. Pasaré la tarde aquí, con Alfredo, repasando el caso con él y poniendo en orden mis notas. Quiero escribir a Madrid también.

—Si me lo aseguras iré al Yard, tengo asuntos pendientes y miro lo del coche y lo de Blake. Estaré aquí a la hora de la cena. Ten cuidado, un sicario contratado por Miranda intentó volarte la cabeza y dos pilluelos te siguen día y noche; no me extrañaría que fueran asesinos a sueldo de Aldanza.

—¿Asesinos a sueldo? ¿Dos chicos?

—Son los peores, Víctor. Los contratan por apenas unos chelines. Pasan junto a ti por una calle atestada y te deslizan una navaja de afeitar afilada por el cuello antes de que te des cuenta. He detenido a chicos de doce años con más de diez muertes en su haber. Confía en mí, Londres puede ser un lugar muy peligroso.

—Descuida, amigo, haré lo que me dices.

—¿El Viruelas, Patapalo? —pregunta don Alfredo sorprendido.

—Lo que oyes, el tipo tenía doble vida. No es la primera vez que nos encontramos con un caso así.

—Es cierto, amigo. Recuerdo aquel caso de la calle Montera...

—¡Sí, sí, menudo pájaro! Se llamaba Froilán, ¿no?

—Sí, Froilán, cajero de banca y padre ejemplar y de noche jugador empedernido y putero.

—Y asesino.

—Sí, las deudas le llevaron a ello. Y lo de Genaro Borrás

cuando investigué en Barcelona el caso de «El enigma de la calle Calabria»; y este Hall, como don Genaro, parece tener una buena posición. Por algún motivo vino rico de las colonias. Algo haría. Y además, el negocio de las ginebras le iba bien.

—¿No habrán sido la parienta y el encargado?

—Creo que no. Además, Roberts los tiene controlados.

—¿Y si se fugó con su amiguita?

—No, no, se lo llevaron a la fuerza.

—¿De dónde te sacas eso? Me da la sensación de que descartas estas dos posibilidades porque si fuera cosa de la mujer o si se fugó él con su amiguita, este caso ya no te llevaría a Aldanza. Creo que, en el fondo, no tenemos nada. ¿Te has parado a pensarlo?

—Claro.

—Cuéntamelo, entonces.

Víctor se sirve otra taza de té y se inclina hacia delante en su silla para comenzar a hablar.

—Mira, tú recuerdas que yo repasé el recorrido de Hall hasta el almacén. Él llevaba una vela, ¿no?

—Sí, claro.

—Bien, recordarás que miré el suelo, junto a los barriles del fondo. Él llevaba una palmatoria, ¿de acuerdo?

—Sí, te sigo.

—Bien, pues en el suelo, junto a esos barriles, había una cantidad considerable de cera. Recordemos que nuestro hombre iba en camisón, eso ya descarta la fuga de por sí. Se habría vestido antes de irse. Lo que sabemos es que el tipo baja al almacén en mitad de la noche, lleva una vela y hay manchas de cera al fondo; luego la palmatoria se cayó.

—Hubo lucha.

—Exacto.

—Ya, sí, parece plausible.

—Y ahora, Alfredo, lo más importante. ¿Recuerdas dónde hallé la vela?

—Sí, claro, estaba encima de un tonel.

—Bien. Si la vela cayó, la habríamos encontrado en el suelo, ¿no? Si, por el contrario, Hall la hubiera dejado sobre el tonel, se habría consumido. Pero no ocurrió ninguna de las dos cosas. Ergo...

—Alguien la apagó.

—O se apagó al caer. Pero alguien se molestó en dejarla sobre un tonel para que pareciera que no había ocurrido nada. Ahora, junta todos los cabos. Primero, Hall iba en camisón, ¿adónde iba a ir? Segundo, hay restos de cera en el suelo.

—Se le cayó la vela, probablemente porque fue atacado.

—Correcto. Y tercero, alguien colocó la palmatoria como si nada hubiera ocurrido. Conclusión, se lo llevaron.

—¡Vaya!

—Lo que no sé es si vivo o muerto. Sangre no había, eso es algo bueno.

—Pero ¡eres tremendo! ¡Y todo eso lo dedujiste allí mismo! En ese momento.

—Sí, pero me puedo haber equivocado.

—¡Brillante, definitivamente brillante!

—Es por eso por lo que no creo que se fugara con su amiguita.

—Pero bien pudieron ser la mujer y el encargado.

—Sí, es cierto, pero ella no mentía cuando la interrogamos.

—Vaya, el caso está enrevesado.

—Y Aldanza suelto.

—Y Miranda por aquí.

—Sí, y tenemos pocos días para recuperar el oro. Debo confesar que este caso es de los más difíciles que he llevado. Una ciudad de tres millones de habitantes, el robo del siglo, un tiempo límite y dos brillantes asesinos que me quieren muerto y compiten por eliminarme.

—Sí, la cosa está fea, Víctor.

—Sólo se me ocurre un camino para recuperar la iniciativa. Aldanza y Miranda saben dónde estoy, ¿comprendes? Es por eso que van por delante.

—Ya veo por dónde vas. Ahora entiendo lo que te decía Roberts al entrar.

—Sí, he averiguado algo en la Red House, ¿sabes? Tengo que ir.

—No termino de entender. ¿Adónde?

—¿Mr. Ros? —dice una voz que les hace girar la cabeza.

Es la señora Smith.

—Preguntan por usted en la puerta, es un joven.

Víctor y Blázquez se miran con cierta perplejidad y Ros sale al instante.

Aquello le parece raro y ha aprendido a dejarse llevar por su instinto.

Allí, en la puerta principal, hay un pilluelo con la gorra en la mano. Es pelirrojo, por lo que Víctor descarta que sea uno de los dos que le siguen a todas partes.

—Un paquete para Víctor Ros —dice el crío, que lleva una caja envuelta en papel de estraza en la mano.

—Soy yo —responde el detective situándose frente a él.

Entonces Víctor repara en un par de detalles. Levemente, el crío mira de reojo hacia atrás, algo a su izquierda. Está colorado, azorado, las fosas nasales abiertas y parece muy nervioso. Es evidente que esconde algo. ¿Es una treta?

Sin pensarlo dos veces, coge al chico y se parapeta tras él llevado por su instinto.

Un dardo, salido de no se sabe dónde, se clava en el cuello del pilluelo, que comienza convulsionar al instante. ¿Quién lo ha lanzado?

—¡Víctor! —grita Blázquez que ha llegado cojeando a su lado.

—¡Al suelo! ¡Rápido! —grita Ros que se tira cuerpo a tierra cerrando la puerta tras de sí.

Se escucha un impacto sobre la puerta; deben de haber lanzado otro dardo venenoso. Víctor comprende que ha escapado por poco.

El pilluelo convulsiona entre arcadas, parece ahogarse en brazos de Ros.

—Tao —murmura el chico.

—Atiende al crío, voy por detrás. No hay tiempo que perder. Era un chino, lo he visto —grita Ros sacando su revólver.

9

Ha volado. Un coche le esperaba y no he podido hacer fuego. Había mucha gente —dice Víctor sentado.

Blázquez y Ros miran el cuerpo sin vida del chico. Junto a él, la pequeña caja que iba a entregarle.

—¿Estaba compinchado?

—Claro, Alfredo, eso fue lo que me salvó. Esperaba que el dardo pasara sobre él y le daba miedo, eso fue lo que le hizo mirar, por un instante, hacia su cómplice. Apenas si pude verle. Iba vestido a la manera oriental, era muy menudo y rápido. Subió al coche en marcha de un salto. El segundo dardo lo disparó en movimiento, menos mal que llegué a cerrar la puerta. Un asesino profesional, no tengo duda.

—¿Otro joven?

—O un joven o una mujer. Pero te aseguro una cosa: el veneno de ese dardo es potente. Habrá que esperar a que lo analicen en el Yard. ¿Miramos la caja?

—Hecho —dice Blázquez, que se agacha para tomarla entre sus manos.

Con el pie vendado su movilidad es reducida, así que se mueve con cierta torpeza. La coloca en su regazo y rompe el cordel y el papel que la envuelven.

—Es de madera, mira. Lleva algo grabado en chino.

—Ten cuidado, aparta la cara —dice Víctor alzando su bastón.

—No creas que a mi edad voy a asustarme con...

Antes de que pueda terminar la frase una inmensa araña ha saltado al hombro de Blázquez mientras que Víctor lanza un zarpazo con su bastón que hace salir despedida a la tarántula hacia las cortinas.

—¡Ahora! —grita Ros arrancando los inmensos lienzos de terciopelo para asegurarse de que ese bicho repugnante queda dentro.

Entonces, para asombro de la señora Smith que acude alarmada, Víctor comienza a pisotear las cortinas con sus botas de gruesas suelas hasta que siente un crujido.

—Ya está —dice retirando a un lado el tejido para mostrar una inmensa tarántula aplastada.

—¡Jesús, María y José! —exclama Alfredo.

La señora Smith se sienta y han de darle un vaso de agua. Aquello es demasiado, un muerto en su salón y una enorme araña tropical pululando por sus cortinas. Todo ha ocurrido demasiado rápido, y además, en su casa. La pobre siente que todo se apaga a su alrededor.

Mientras hace aire a la buena mujer con su pañuelo, Blázquez sentencia:

—Esto se pone feo, Víctor.

—Sí.

—Van a por ti, es a muerte, hijo.

—Los del Yard están a punto de llegar, Alfredo. No puedo seguir exponiéndome así. Discúlpame ante Roberts.

—¿Cómo?

—Sí, no es la primera vez... estoy acostumbrado.

—No lo hagas, hombre.

—No tengo otra opción. Es lo más práctico.

—Estás loco. No te expongas.

—Aquí me expongo más. Estoy a la vista, localizable, nos vigilan y me cazarán. Ya lo has visto.

—Piénsalo, hijo.

—¿No lo entiendes? En la Red House me dijeron que la novia de Hall era una pelirroja irlandesa. ¡Era ella! Tengo que irme.

Lord Bradbury sale agotado de la New India Office, a un paso de St. James's Park, tras una tediosa reunión con lord Thornes. Ese tipo es un auténtico hueso. Aún está a tiempo de pasarse por el Parlamento que queda cerca, pues quiere hacer unas gestiones en su despacho antes de almorzar con su buen amigo sir Lucas Rowling. En el momento en que va a dejar King Street para cruzar la más transitada Great George Street, una voz le hace girar la cabeza:

—Lord Bradbury.

—¿Sí? —responde.

Su interlocutor es un joven de tez morena que se asoma a la ventanilla de un coche Hansom parado junto a la acera.

—¿Tendría un minuto?

—¿Cómo?

—Sí, es importante.

—Disculpe, no le conozco y estoy muy atareado.

—Allá usted. Es sobre su hijo, John.

—¿Cómo? —dice el lord girándose.

—Sí, será un momento. Creo que a usted le interesará que seamos discretos.

Henry Bradbury se ha situado a un paso del carruaje y observa detenidamente al joven. Tiene rasgos meridionales, es bien parecido, de rostro agraciado y enormes ojos almendrados de color negro. Su acento evoca mares cálidos, sin duda.

—¿Discretos? ¿Quiénes?

—No se altere, buen hombre, y suba al coche. Le interesa por el honor de su familia, hágame caso.

Lord Bradbury, como en sueño, hace lo que le dicen. No sabe por qué pero ha sentido miedo.

Una vez dentro del carruaje, el joven da dos golpes en el techo y el cochero se pone en marcha dando vueltas por la zona más concurrida de la City, el lugar donde se toman las decisiones más importantes sobre el destino del Imperio. Bradbury comienza a preocuparse.

—No tiene usted nada que temer. Me llamo Romero y represento a un gran amigo suyo. Alguien que, discretamente, vela por sus intereses y los de su familia, créame. Alguien que quiere evitarle a toda costa un gran escándalo.

Lord Bradbury arquea las cejas. Lleva suficientes años en política como para saber que aquello va a ser un intento de chantaje. Él es discreto con sus aventuras. Sus dos amiguitas no pueden haber filtrado nada. Además, ese tipo ha mencionado a John, ¿qué habrá hecho esta vez?

—No se asuste, insisto —apunta el joven, que habla con una parsimonia y una madurez impropias de alguien tan joven. Es evidente que el desconocido tiene mundo—. Le digo que vamos a ayudarle.

—¿Quiénes?

—Eso se lo diré luego. De momento le diré que su hijo ha sido poco discreto en ciertas actividades…

—¿Ciertas actividades?

—Sí, ya sabe, sus aficiones.

—¿De qué naturaleza?

—Todo a su tiempo. ¿Recuerda usted que hace poco salió un par de días a cazar con un buen amigo suyo?

—Sí, Mr. Davis.

—Pues resulta que el joven no es, precisamente, amante de

la caza ni de las armas y se entregó a otras actividades, digamos más lúdicas.

—No le sigo.

—Mr. Davis es hombre abierto y tolerante. Muy amigo de sus amigos, ya sabe usted. Le gusta proporcionar a sus amistades todo aquello que les hace felices y, claro, se deshizo en atenciones para con su invitado. Le proporcionó lo que más le gusta.

—¿Qué tiene que ver ese tipo en esto?

—No se equivoque, Mr. Davis le quiere bien. No insista en hacerse daño.

—¡Pare el coche, pare!

—No le interesa hacer eso —contesta el joven arrojando un daguerrotipo sobre el regazo del lord.

Henry Bradbury queda paralizado: en el grabado aparece John, sobre un diván. Está totalmente desnudo, tiene los ojos cerrados y la boca entreabierta de placer.

—El opio —dice Romero—. Menudo viaje hizo su hijo. Yo estaba allí, con él.

—¿Cómo? No entiendo…

—Sí, su hijo gusta de compañías poco usuales, ¿me entiende ahora?

—¡No sé de qué me está hablando!

—Yo le he conocido íntimamente y no goza de los placeres que ha de proporcionar al hijo de un lord el bello sexo. ¿Me sigue?

—¡No diga idioteces!

—Vamos, que le gustan los hombres.

—Pero ¿qué dice?

Otra fotografía hace callar a Bradbury. En ella John, boca abajo sobre el diván, parece gemir de placer mientras que detrás de él, el musculoso Romero, con el torso descubierto, le penetra sujetando sus caderas.

—¡Pero esto es una infamia! ¡Ustedes le drogaron!

—No se equivoque, Bradbury, él hizo lo que le gusta; la droga no hace sino sacar lo que llevamos dentro. Además, no era su primera vez. Su hijo disfrutó mucho conmigo y hemos sabido que tiene varios amiguitos aquí, en la City.

El lord deja caer la testa sobre sus manos mientras solloza. Es un escándalo, su familia ha caído en manos de unos desalmados. La perdición, el escarnio.

—Vamos, vamos, no se ponga así. Todos tenemos nuestras pequeñas aficiones. Cálmese, esto no tiene por qué trascender. Afortunadamente, Mr. Davis, que es un ángel benefactor con sus amigos, se hizo con este material a tiempo y está dispuesto a evitar el escándalo.

—¡Ese tipo es un demonio! Se llevó a mi hijo de caza y le tendió una trampa. Él sabía que John era... ¡aprovechó sus debilidades! Lo mataré.

Romero gira la cabeza y mira con dureza a su interlocutor alzando el índice.

—Mire, imbécil, no va a volver a hablar usted así de Mr. Davis, ¿entendido? Si lo hace, le doy una patada en el culo, sale de este coche y se hacen públicas las fotografías. ¿Se cree que trata usted con aficionados? Le desafío a que vuelva a hablar mal de Mr. Davis, ¡inténtelo!

En ese momento Romero da dos golpes y el coche se para. Es evidente que es un tipo bragado, acostumbrado a manejarse en situaciones como aquélla, algo insólito en un hombre tan joven y tan guapo. Está claro que no es sólo un rostro bonito.

Lord Bradbury comprende, y se disculpa:

—No, no, perdone, joven. Tiene usted razón, no sé qué me ha pasado, es por la situación, se hace cargo, ¿verdad?

—Verdad. Mire, Henry, ¿puedo llamarle por su nombre de pila? ¡Qué tontería! Claro, puedo hacer con usted lo que quiera. Yo soy malo, muy malo. Mr. Davis es bueno, muy bueno.

Yo no puedo utilizar estas fotografías por el extraordinario cariño que él le profesa a usted y a su familia. ¿Comprende? Así que esto es lo que haremos. Nada de esto va a trascender, nosotros nos encargamos. Saldrá usted del coche y continuará con su vida como si nada, ¿de acuerdo?

—¿Y qué quieren a cambio?

—Será poca cosa, descuide. Cuando llegue el momento se lo haremos saber.

—Creo que sé de qué se trata, el barco de Mr. Davis.

—Usted no piense y siga con su vida. Llegado el momento nos prestará un servicio y tendrá los negativos.

—¿Cómo sabré que no tienen ustedes más copias?

El joven suelta una horrible carcajada.

—Eso es lo bueno, que nunca lo podrá saber. Por eso, como es usted un tipo inteligente, hará lo que le decimos y todos felices. Mr. Davis le aprecia mucho, será usted recompensado generosamente. El honor de su familia queda a salvo y nosotros solucionamos nuestro problema, ¿ve? ¡Y todos contentos!

—Ya, supongo que no tengo otra.

—No, amigo. Pero piénselo, no quiero presionarle en exceso, queremos que haga usted lo mejor para su familia. Nos preocupa sobremanera su bienestar y el de los suyos. Ya le avisaremos. Y ahora, baje del coche, su olor a miedo lo está impregnando todo.

—¡No puede ser! —exclama Roberts fuera de sí.

—No te preocupes, estará bien —replica Alfredo Blázquez.

Apenas si logran entenderse, a pesar de que una joven que el sargento del Yard ha mandado llamar les hace de intérprete. Es española y lleva muchos años viviendo en Londres. Se llama María Fuster, rubia, alta, se nota que tuvo una buena educación. Su padre, agregado en la Embajada, murió dejándolas a ella y a su madre en una situación algo difícil. Viste ropas sencillas aunque pulcras y se gana la vida haciendo traducciones: ahora un documento, ahora un negocio y las más de las veces papeles y documentos oficiales. Roberts la ha localizado gracias a un compañero del Yard y la joven se ha personado en un momento. El inglés, mujeriego impenitente, no dejar de lanzar miraditas a la muchacha, que le ignora descaradamente.

—¿No te das cuenta? Corre un gran peligro —insiste Roberts.

—No es la primera vez que lo hace, Martin, hazme caso.

—Pero ¿adónde ha ido?

—Tú lo sabes y yo también.

—Está loco.

—No, en absoluto. Sigue el husmillo, sólo es eso.

—¡Whitechapel! ¡Por amor de Dios! Está loco. ¿Sabes lo que es Whitechapel?

La traductora, María, pone cara de espanto al mencionar siquiera el lugar; es evidente que a nadie le gusta hablar del East End.

—¿Sabe? —dice la joven mirando a Alfredo—. La familia de mi padre no vio con buenos ojos su matrimonio con mi madre, una inglesa y pobre además. Cuando murió se las apañaron para que no nos llegara nada. Lo desheredaron por casarse con una mujer que no aceptaban. Pasamos muchas penurias. Cuando yo era pequeña vivimos allí dos años, en Whitechapel. Nos vimos muy apuradas para lograr salir de allí. Gracias a la ayuda de un tío de mi padre, que es pastor en Liverpool, mi madre pudo establecerse como costurera fuera de aquel barrio. Su amigo no sabe lo que hace.

—¿Es usted soltera? —pregunta Martin mirándola embelesado.

María Fuster mira a don Alfredo con cara de pocos amigos y dice en español:

—Y a éste, ¿qué le pasa?

Se produce un momento de tensión y el inglés guiña un ojo a la joven, que lo mira con muy mala cara. No puede decirse que Martin haya empezado con buen pie.

—Anda, hija, traduce —dice Blázquez—. Mira, Martin, Víctor ya sabe lo que se hace. Es muy amigo de disfrazarse para adentrarse en los bajos fondos. Lo ha hecho muchas veces. A decir verdad, cuando llevaba el caso que la prensa bautizó como «El enigma de la calle Calabria», comprobó que Bárbara Miranda iba por delante e hizo exactamente lo mismo que ahora: simuló que volvía a Madrid y se disfrazó para acercarse a sus sospechosos engañando a todo el mundo en Barcelona.

—¡Pero Barcelona no es Whitechapel!

—Tenemos mucha miseria en España, Martin, créeme. Si de algo sabemos en mi país es de eso, por desgracia. Víctor creció en las calles, se las apañará.

—¿No te das cuenta de que le buscan para matarlo? En las calles no tiene protección.

—Donde no tiene protección es aquí, a la vista de todos. Él se funde con la ciudad, con las calles; los buscará y caerá sobre ellos. Es muy bueno.

—Sí, ya sé que es bueno, lo conozco, ¿recuerdas? Es el mejor de Europa, sin duda, pero Whitechapel... es demasiado incluso para él. Además, ¿cómo vamos a localizarle?

—Él nos localizará a nosotros cuando sea necesario. No te preocupes, confía.

—¿Y qué hacemos? Soy hombre de acción.

—Pues continuar con la investigación por la vía oficial. De momento haz averiguaciones sobre el amigo de Hall, ese tal Negro...

—Blake.

—Ése, ése. Pregunta en el Yard, confidentes, las calles, todo lo que puedas. Es prioridad absoluta encontrarle. Yo necesitaré apoyo, y que me traduzcan este idioma indescifrable. María, ¿podría usted dedicar unos días a ayudar a este pobre viejo?

—Claro. Por supuesto.

—El dinero no es problema —apunta Blázquez—. Estamos en una investigación prioritaria para nuestro país. Cobrará usted puntualmente por sus servicios.

Ella tiende la mano y dice:

—*Deal.*

—¿Qué? —pregunta don Alfredo.

Hasta Roberts sabe decir en español:

—¡Trato! ¡Que tienen un trato! *Jesus Christ!*

TERCERA PARTE

Whitechapel

1

El Desconocido entra en la vivienda de Martha York, en Chicksand Street, y echa un vistazo en rededor. La meretriz, entrada en años ya y con cicatrices de sífilis en las manos, se calienta junto al fuego mientras zurce una capa llena de suciedad. Hay dos críos abotargados junto a la lumbre que, al ver al recién llegado, le piden dinero para ginebra. Otro chico, de unos catorce años, yace en un camastro al fondo. Parece retrasado y sus piernas son muy flacas, anormalmente delgadas, sólo piel y huesos. Evidencia una vida de parálisis condenado por una enfermedad hereditaria. Hay dos putas en un rincón fumando un cigarrillo que huele a rayos.

—¿Qué tripa se te ha roto, amigo? —dice la mujer refiriéndose al recién llegado. Un tipo vestido con andrajos, como todos, chaqueta raída y botas viejas, enteramente cubierto por el hollín del carbón.

—Busco a una mujer —dice con un extraño acento extranjero.

—Pues bienvenido al paraíso.

—No, no me entiende. Busco a una en concreto: Emma.

—Ya estamos —dice la mujer mirando a las prostitutas del rincón—. Éstas hacen las mismas cosas que ella, o peores. Lo que quieras, marinero. Aquí tus deseos se hacen realidad, incluso los más sucios.

—No soy marinero, soy estibador y vengo de descargar un puto carguero australiano. Tengo carbón hasta en los huevos y quiero echar un polvo. ¿De acuerdo? Tengo dinero.

—Todos sois iguales, os pierde el aspecto que tiene de putita virgen.

—Estuve con ella una vez y me gustó. Gasto mi dinero con quien quiero. Además, mi novia me ha echado de su casa y ahora puedo tirarme a quien me dé la gana.

—Esa zorra ya no está aquí. Vinieron a buscarla y se acojonó. Se metió en líos.

—¿Con la policía?

—Ojalá.

—Ya. Pues me gustaría encontrarla. Mira —dice extendiendo la mano con un buen puñado de chelines.

—Ahí tienes...

—Calculo que unos cincuenta. Son tuyos.

La arpía da un paso hacia el Desconocido tendiendo la mano, pero él cierra la suya.

La puta le mira con desconfianza.

—¿Por qué tanto interés? —dice Martha.

—Tú lo has dicho, me gustó su aspecto. Me excita esa zorra. Eso es asunto mío.

—No serás uno de ellos...

—¿De quiénes?

—No te interesa.

—¿Quieres el dinero o no?

—Sí, por supuesto. —La otra, con ojos de avaricia.

El tipo coge un taburete y se sienta. Señala con los ojos hacia otro a su interlocutora y la insta a hacer lo mismo.

—Mira lo que vamos a hacer. Tú me lo cuentas todo y los chelines son tuyos, ¿de acuerdo?

—Esto no es por un polvo, ¿verdad?

—Eso no es asunto tuyo. Se ha ido, ¿no? Ella no está y los cincuenta chelines, sí. Yo creo en lo que veo y no creo que ella vaya a dar de comer a esos críos que tienes pudriéndose en el pasillo. Ésa ya no va a pagar tu ginebra.

—Hijo de puta.

—¿Me levanto y me voy?

—No, espera.

El Desconocido se escupe en la mano y la extiende hacia la puta que, tras pensarlo un instante, hace otro tanto sellando el trato.

—Quiero encontrar a Emma. ¿Qué es ese lío que me cuentas?

—Estaba con un pájaro rico, un tal Hall. Decía que la iba a sacar de aquí, lo de siempre. Parece que unos tipos vinieron a por él, no sé. Algo le contó a ella porque se volvió muy desconfiada, tenía mucho miedo. Me dijo que había un hombre que era un demonio y temía por Hall.

—Sigue.

—Aparecieron tipos preguntando por ella en las calles. Aquí y allá. Tipos bien vestidos y con aspecto peligroso, matones. Así que decidió no salir. Sólo atendía a los clientes que venían aquí, y encima su «amiguito» desapareció.

—¿Desapareció?

—Sí, dejó de venir. Ella se acercó a su almacén. Tiene un negocio de ginebras hacia el oeste y supo que el tipo había desaparecido y que la policía estaba haciendo preguntas. Mal asunto. No tardaron en venir por aquí unos tipos del Yard, muy peripuestos.

—Ya.

—Mira, marinero...

—Te he dicho que no soy marinero.

—... llevo muchos años en Whitechapel como para conocer cómo funciona esto. A ellos no les importa lo que pase aquí.

—¿A los «peripuestos»?

—Sí, a los «peripuestos». Da igual si matan a una puta o dejan inválido a uno de una paliza, no les importa cuántos niños mueren o si se vende la virginidad de una niña a un negro que acaba de bajar de un barco... Pero ojo, si algo ocurre a uno de los «peripuestos» mal asunto. Remueven cielo y tierra, aprietan las tuercas, rompen huesos, apalean y detienen a gente. No se paran ante nada. Y aquí eso lo sabemos muy bien. Emma comprendió que aquel asunto era feo. De un lado, el Yard, y de otro ese fulano, el peligroso. Un tipo rico y despiadado. La buscaban y se largó sin avisar. De hecho, cuando vinieron los polizontes ella estaba aquí; afortunadamente, ellos no la conocían.

—¡Qué idiotas!

—Sí, salía de su propia habitación y no cayeron en la cuenta de que podía ser ella. Los engañé.

—Menudos imbéciles, hiciste bien, odio a los polizontes.

—No más que yo.

—¿Y dónde habrá ido?

—Ni idea. Tenía una amiga, la conoció en un albergue cuando llegó de Irlanda. Trabaja en una taberna: El León Escocés. Está en Wellclose. Como no haya ido con ella...

—Probaré. Tus monedas.

La arpía coge el dinero y lo cuenta.

—¿No serás uno de ellos?

—¿Te importa? La has vendido.

—La verdad, no. Espero, que si llega el momento, al menos le deis una buena muerte.

—No la voy a matar. Descuida.

—¿De dónde eres?

—Soy español, Martha.

—¿Y eso dónde está?

—Muy lejos. Es otro mundo, pero no mucho peor que éste por lo que veo. Adiós.

El Desconocido se acerca a Union Street, junto a la iglesia de St. Mary. Son las cinco de la tarde y es hora de buscar alojamiento. Alrededor de los muros de la iglesia dormita una legión de famélicos vestidos enteramente de harapos.

Un joven simpático, con la cara ajada por la vida a la intemperie, se ha ofrecido a hacerle de guía por unos chelines.

—Duermen de día, no les queda otra, porque de noche no se puede tumbar uno en las calles de Whitechapel. Puedes despertarte sin nada.

Se llama Jonas y vino de pequeño a Londres con sus padres. Campesinos galeses que creían que iban a hacerse ricos en la gran ciudad. Como tantos, sucumbieron a la más atroz de las miserias y el crío, de apenas unos quince años, se gana la vida en las calles.

—Ahí está, el albergue de St. Jeremy —dice el chaval alargando la mano para cobrar lo pactado.

El Desconocido sabe que lejos de gastarlo en alojamiento o comida, el pilluelo invertirá ese dinero en ginebra. Hay una cola de personas que espera junto a una puerta diminuta. Todos van mal vestidos y la mayoría están tumbados.

Tras musitar unas palabras de agradecimiento, el Desconocido se suma a la fila.

—¿Habrá suerte? —dice a un tipo que espera junto a él, un viejo con un parche negro en el ojo.

—No creo. Cada día hay que venir antes. Además, esos hijos de puta me tienen manía.

Aunque parece un anciano, es muy probable que no haya cumplido los cincuenta. Enfrente, una pareja duerme a pierna suelta sobre una montaña de harapos; junto a ellos, un bebé que sólo está vestido con una camisola y unos sucios pañales. Así no es difícil que caiga enfermo. Ésa no es protección contra el frío de Londres.

La gente se entretiene en sus cosas: unos repasan su ropa, otros dormitan y los menos charlan entre ellos. Son gente ruda, no muy amiga de la conversación. Es evidente que se esfuerzan por no tener altercados entre ellos, pues eso les cerraría la entrada al albergue.

—Son unos hijos de puta, pero duermes caliente —aclara el del parche—. Y no creas, los muy cabrones te obligan a bañarte y luego en el dormitorio te leen la Biblia. Yo disimulo, pero los veré en el infierno.

El Desconocido sonríe.

—¿Eres ateo, amigo?

—Yo no soy tu amigo, y en efecto, no tengo motivos para creer en Dios. Mira, perdí un ojo en una cacería de lord Berner cuando tenía catorce años. El muy hijo de puta de su sobrino, borracho, no supo distinguir entre un perro y un lacayo, ¿sabes? Me despidieron los muy bastardos… «Un ojeador tuerto no es algo que quede bien en una casa decente», dijo el dueño, ¡maldito cabrón! Tuve que ganarme la vida en las calles. He pasado más tiempo en la cárcel que en la calle. Es más, te aseguro que si esta noche no entro en el albergue la lío para pasar dos semanas a costa del erario público. ¡Lo juro!

—Pero la cárcel…

—¿Prefieres dormir al raso? ¿En Whitechapel? —dice el tuerto mirando a su interlocutor como si fuera tonto.

Al fin se abre la puerta y dos tipos fornidos, bien vestidos y con aire de pastor protestante, comienzan a contar a la gente para dar acceso al interior. Son voluntarios de la iglesia. Hombres píos que intentan ayudar a la chusma y predicar entre ellos la palabra de Dios.

—Entran setenta y cinco —dice el del parche.

—Y nosotros, ¿en qué puesto estamos?

—El ochenta yo y tú el ochenta y uno. Lo tenemos jodido.

De pronto, dos mujeres comienzan a dar gritos. La una empuja a la otra arrancándole el chal y provoca que salga despedida. Antes de que nadie pueda reaccionar, la primera se lanza sobre la segunda tirándole de los pelos a la vez que grita:

—¡El broche es mío! ¡El broche es mío!

Todos las rodean coreando a las contendientes. Es obvio que la agresora va a vencer, es mayor y de mayor tamaño. Mientras sujeta a su víctima por el pelo, golpea su cara una y otra vez con el puño cerrado. Se oyen silbatos. Vienen los *bobbies*.

—Por aquí, aprovecha. ¡Ahora! —dice una voz que tira del brazo del Desconocido.

Éste, sin apenas tiempo para reaccionar, consigue avanzar más de una decena de puestos situándose justo en la puerta.

—Esta noche dormiremos calientes —dice el tipo que le ha ayudado. Es un mendigo encorvado, de larga barba pelirroja y que luce una cicatriz espantosa en el lado derecho de la cara. Víctor no se explica por qué le ha auxiliado.

Llegan los guardias haciendo sonar los silbatos. Han aparecido en unos momentos. La atacante propina patadas a su víctima, que yace inconsciente en el suelo con la cara ensangrentada. No se mueve. Han de sujetar a la agresora entre cuatro agentes.

—No se deje conmover, es el pan nuestro de cada día aquí.

—¿Cómo?

El mendigo habla de forma extraña, ahora no parece uno de ellos.

—Disimula, hombre, que estamos dentro.

—Pero ¿quién eres?

—¡El siguiente! —grita una voz mientras unos brazos tiran de ellos hacia el interior.

Dos porteros de aspecto patibulario les piden la filiación e insisten para obtener determinados datos como sus oficios o los lugares y albergues donde han dormido antes. Enseguida les hacen moverse de nuevo, como si fueran ganado.

A empujones recorren un oscuro pasillo y acceden a una estancia más amplia. Es de ladrillo rojo y un murete la divide en dos zonas.

—¡De un lado, las mujeres, y de otro, los hombres! —ordena un tipo muy alto, fuerte, y que luce una abundante cabellera, imponentes patillas y manos grandes de campesino. Está acostumbrado a dar órdenes y trabajar con aquella gente, no hay duda.

Sin perder un momento les hacen quitarse la ropa. La visión de aquellos cuerpos desanima al Desconocido.

—Disimula, disimula —repite el mendigo, que ha notado su consternación.

Cuerpos mancillados por el hambre y la enfermedad les rodean. Pústulas y forúnculos, viejas cicatrices y piernas y brazos delgados hasta el extremo. Algunos tienen la barriga hinchada por la desnutrición. Miembros flácidos, sin musculatura alguna y pechos de lata, acostumbrados al hollín y al humo de la ciudad, a la semiesclavitud de las fábricas.

El mendigo murmura mientras se asean con unos paños mojados con agua fría como el hielo:

—Sólo dos generaciones son necesarias para convertir a una raza de campesinos ingleses, sanos y fuertes como robles, en esto. Un desecho de la era industrial, cuerpos desnutridos, sacudidos por las más atroces infecciones desde la infancia, acostumbrados a vivir en condiciones insalubres, sin higiene, rodeados de ratas y sin nada que comer. Dos generaciones, no más. Está comprobado ya. Llegan a miles y sus hijos acaban convertidos en esto. Todos sucumben, amigo, así que no te tortures. Es un ejercicio inútil. La ciudad, Whitechapel, es una máquina de picar carne humana, los recibe y los tritura, y nunca tiene bastante. Llegaron poco a poco ocupándolo todo, y los propietarios vieron que realquilando una casa a treinta desconocidos se sacaba más dinero que con una sola familia. Lo demás vino solo. Este barrio se fue degradando hasta el extremo y ahora no hay solución. Con el tiempo la gente decente se fue viendo desplazada por esta legión de hambrientos, de campesinos primero, delincuentes después. Esto es territorio enemigo, así que disimula, amigo. Tienes que mejorar.

—¿Cómo? —apenas acierta a contestar el Desconocido, porque, ¿quién es ese mendigo que habla de aquella manera? ¡Y en Whitechapel!

Aquellos desgraciados se lanzan como desesperados sobre la cena que les sirven. Todos llevan una suerte de camisón que debe de haber sido utilizado ya por miles de hombres y que lleva meses sin ser lavado. El Desconocido comprende en ese momento por qué las enfermedades contagiosas campan a sus anchas por Whitechapel: cualquier medida higiénica que evite su propagación es algo desconocido en aquel rincón sin esperanza de Londres.

El mendigo, que sigue a su lado, come como los demás. Les sirven seis onzas de pan y tres cuartos de pinta de gachas. En realidad no es otra cosa que una especie de papilla asquerosa que resulta de cocer tres partes de avena diluida en tres cubos y medio de agua caliente. Hace esfuerzos por tragar aquello y su amigo, el pelirrojo barbudo de la horrible cicatriz, que le mira de reojo, le dice:

—Disimula las arcadas, amigo. Yo antes de venir aquí estoy dos días sin comer. Así doy el pego.

—Tú no eres uno de ellos. Eso es evidente.

—No, pero a mí no se me nota tanto como a ti. Eres español, ¿no?

—Sí.

—Ese disfraz puede engañarles a ellos, pero no a mí. Muchos de estos tipos matarían por esas botas que llevas. Las compraste en una tienda de ropa de viejo, ¿verdad?

El Desconocido asiente mirando al mendigo con cara de sorpresa.

—Pues un verdadero habitante de Whitechapel, de los que están en el arroyo, no podría pagárselas, ¿comprendes? Tu disfraz es muy mejorable.

—Ya.

—Otra cosa, amigo.

—¿Sí?

—De momento, puedes engañar a esta gente con la excusa de que eres extranjero, pero tu forma de expresarte te delata.

—El inglés no es mi primera lengua, ¿recuerdas?

—Ya, ya, pero si se supone que aprendes nuestra lengua en las calles, debes hablar como se hace en las calles, ¿entiendes? Cuando te refieras a alguien dile «tío», vivir en las calles es «estar en el arroyo»...

—Tomo nota.

—Esto es «el clavo».

—¿Cómo?

—Sí, que no digas ir a un albergue. Entrar en uno de estos lugares es estar en «el clavo».

—¿«El clavo»?

—Sí, esto se llama «el clavo». Hablan de ello con desdén, detestan venir aquí pero lo hacen para descansar.

—¿Descansar?

—¿Cuánto tiempo llevas aquí?

—Apenas unas horas.

—Se nota. Tienes que aprender. Mira, a ti te delata tu buena forma física, en el baño he visto que estás bien nutrido.

—Tú en cambio estás muy flaco.

—Es mi constitución, tengo suerte en eso. Además sólo como para mantener viva esta maquinaria, los placeres de la buena mesa nunca fueron algo que me sedujera. No pierdo el tiempo en cosas inútiles. La mente es lo importante, amigo. El cuerpo es sólo un pequeño soporte que te permite mantenerla funcionando. El caso es que se nota que llevas poco tiempo aquí. Un habitante del arroyo suele ser mayor que tú, no pueden acceder a un trabajo por su aspecto y su debilidad y vienen a los albergues cuando pueden para poder echar unas horas de sueño. En las calles es impensable. No se puede dormir de noche en mitad de una plaza en Whitechapel, te desplumarían en un abrir y cerrar de ojos. Pero es que por las mañanas es imposible encontrar un rincón tranquilo porque enseguida se te acerca un guardia y te dice: «Circule, circule». Por eso, cuando estos desgraciados llevan dos o tres días vagando por las calles sin dormir, vienen a uno de estos albergues, donde duermen dos noches. Ingresan, pasan un día entero trabajando en tareas para el albergue, y al día siguiente salen. Es un círculo vicioso: si están en las calles se deterioran y si están aquí no pueden buscar trabajo. Están condenados.

—Vaya, es algo terrible.

—No es de extrañar que los anarquistas y los socialistas estén haciendo su agosto en este pozo de miseria. Pero debes concentrarte en hablar en jerga, ¿entiendes?

—Sí, «el clavo». ¿Se enfadarán si no como? Los vigilantes, digo.

—Mal dicho. Se «mosquerarán».

—Sí, perdón. Se «mosquearán».

—Exacto. No te preocupes por eso, yo me como lo tuyo. Tengo hambre. Pero ojo al lenguaje. Por ejemplo, si te refieres a alguien del West End dices: «un petimetre», «un peripuesto» o «un pijo».

—Ese tío es un pijo —dice el Desconocido demostrando que aprende la lección.

—¡Correcto! Aprendes rápido. ¿Qué eres, detective? ¿Qué hace un español disfrazado de pordiosero en el East End? ¿Qué se te ha perdido aquí? Debe de ser algo muy gordo —reflexiona el mendigo.

El Desconocido mira entonces a su interlocutor con curiosidad.

Contraataca:

—¿Y tú? Esa cicatriz que llevas... es látex, ¿verdad?

—Vaya, eres observador... Sí señor, una sustancia que se extrae de una planta...

—*Hevea brasiliensis.*

—Sabes muchas cosas, amigo.

—Tú más.

—Un español, probablemente detective... aquí... es raro... —dice el mendigo.

—Sólo conozco a un tipo capaz de disfrazarse así, como tú, y vive en Londres, curiosamente —apunta el Desconocido.

—Disfrazado, con redaños para meterse en el East End... El mejor de Europa, bueno, el segundo...

—Un tipo que conoce los bajos fondos como para disfrazarse y dar el pego... Tú eres... usted es... ¡Holmes!

—Y usted ¡Víctor Ros!

2

Henry Bradbury pasea con su esposa a caballo por La Milla de las Damas, donde la concentración de amazonas y jinetes es impresionante, un auténtico deleite para los sentidos. Cuando llegan al lugar donde les esperan sus sirvientes con el picnic, desmontan y se dirigen hacia la pequeña mesita atiborrada de sándwiches y pastas, donde aguarda una humeante tetera. Es entonces cuando un criado tiende, solícito, una nota a su señor y le indica un árbol del fondo. Un inmenso castaño en el que aguarda apoyado un joven bien plantado.

Lady Bradbury ve cómo la tez de su marido se torna lívida a la vez que se excusa un momento. Algo esta pasando y sigue discretamente a Henry con la mirada, que se acerca hacia ese joven que atrae las miradas de todas las damitas que pasan a caballo.

—Usted dirá —dice con fastidio Bradbury a su interlocutor.

—Lord Bradbury —saluda Romero inclinando la testa.

—¿No había otro momento?

—No.

—¡No le consiento que me importune en mi descanso familiar!

—Usted consiente lo que nosotros digamos. He de informarle de que tenemos más fotografías de su hijo. No fui el único en aquellos dos días de éxtasis, opio y sexo. No quiso ni acercarse a una chica, ¿se da cuenta? Las llevo en el bolsillo, por cierto. ¿Prefiere las del negro? ¿O la de los dos jóvenes árabes?

—¡Basta, basta! Lo he entendido, usted manda, de acuerdo. ¿Qué quiere?

—Vengo a que me dé su respuesta.

—¿Mi respuesta? ¿A qué?

—A lo del barco.

Lord Bradbury ladea la cabeza como si no supiera de qué le hablan.

—¿He de recordárselo? Usted ha de ordenar que sus hombres, en aduanas, hagan la vista gorda cuando llegue el barco de las pertenencias de Mr. Davis. Sólo eso. ¿Lo hará? Es fácil.

El prohombre aprieta los puños. Es difícil decidir entre perder su honor prestándose a esos manejos o perderlo de todas formas contemplando cómo su familia sufre el escarnio público. No tiene opción alguna y Romero lo sabe.

—¿Qué le digo a Mr. Davis? —insiste el joven mirando inquisitorialmente a Bradbury.

Con lágrimas en los ojos, luchando para recomponerse y volver junto a su mujer, lord Bradbury se gira y musita:

—Dígale que sí, que lo haré.

Y mientras camina hacia su esposa maldice el día en que conoció a Mr. Davis.

Los hombres permanecen acostados sobre camastros que no son sino toldos de lona tensados sobre unas patas que casi tocan el suelo. Están tapado con mantas y no hace demasiado frío, algo mucho mejor que las calles de Whitechapel por la noche.

El director del albergue, el tipo de grandes patillas y aspecto severo, camina arriba y abajo leyéndoles la Biblia. Una auténtica tortura. Es una de las concesiones que los hombres del arroyo han de hacer para pasar dos noches lejos del raso.

Cuando el lector se aleja, Víctor y su compañero hablan entre susurros.

—Entonces, querido amigo mendigo, es usted Holmes... Quiero pedirle disculpas por mi excesiva familiaridad en nuestro tanto. Me refiero a hace un rato pero, claro, las circunstancias...

—No diga tonterías, Ros, somos colegas.

—Pero yo lo he leído todo sobre sus casos. Me carteo con muchos detectives de Europa e incluso América y nunca me atreví a hacerlo con usted. Es el mejor.

—No se lo voy a discutir —dice el detective de Baker Street oculto bajo la piel del mendigo—. Pero dada su trayectoria y su edad, creo que acabará usted superándome. Me impresionó su trabajo en Oviedo y en Madrid, con aquel asunto de la Casa Aranda.

—¡Vaya! Es increíble que conozca esos casos, ¡me siento muy honrado! Mucho.

—Bah, en este mundo de mediocres es agradable que exista gente brillante, se siente uno reconciliado con la humanidad, ¿sabe?

Los dos hombres cesan en su conversación pues el estirado pasa junto a ellos recitando fragmentos del Apocalipsis. No es lo más idóneo para tipos que vienen del infierno de las calles del East End.

—¿Y qué hace aquí, disfrazado de esta manera? —Víctor, cuando el lector se aleja.

—Un caso.

—Ya, hombre, me hago cargo.

Holmes señala con las cejas al director del albergue.

—Es un pájaro de cuidado. Lo voy a desenmascarar.

—¿Qué ha hecho?

—No lo quiera saber, pero le apuntaré que hay gente que, en nombre de la religión, se enriquece y comete auténticas tropelías.

—¡Qué me va a decir! Vivo en España, ¿recuerda?

Holmes suelta una pequeña carcajada pero se cubre la boca con la mano para no ser escuchado.

—Muy buena su caracterización —apunta Víctor.

—El arte del disfraz es algo fundamental para el detective moderno. Sé lo que hizo usted en Barcelona cuando se metió en la piel de aquel artista bohemio.

Víctor sonríe en la oscuridad.

—Me fue muy útil el *Manual para la caracterización y el disfraz* de Auguste Regnault.

—Una publicación excelente y muy útil para un detective que quiera aplicarse de verdad a su trabajo.

—¿Podrá ayudarme con mi caso? Conoce usted Londres a la perfección y me temo que ando algo perdido.

—Estoy saturado de casos, pero tenemos un largo día de trabajos forzados por delante, así que vaya usted contándome y veremos en qué le puedo orientar. Pero en cuanto salga de aquí parto a Luxemburgo; tengo allí un asunto de extorsión a las altas esferas.

—Pues no desaprovecharé su presencia aquí, Mr. Holmes. Verá…

María Fuster sale de casa de la señora Smith, en Gloucester Street, cuando alguien la llama. Se gira y ve a Martin Roberts.

—Buenas tardes —dice inclinando el sombrero.

—Buenas. —La otra, con cierto desdén. Se hace evidente que no le agrada ese tipo.

—Vengo a ver a don Alfredo.

—Se acaba de acostar, le duele mucho el tobillo y ha tomado un poco de láudano que le prescribió el médico. Le da mucho sueño.

—Sí, lógico. Venía a contarle las últimas novedades.

—Pues me temo que tendrá usted que esperar a mañana.

—¿Le importa si la acompaño un trecho?

Ella lo mira, como queriendo decir que no puede negarse, así que comienzan a caminar el uno junto al otro.

—¿Es usted soltera?

—Sabe usted que sí. —Ella, visiblemente molesta.

—Yo también —dice Roberts con su mejor sonrisa.

—Lo sé, Martin, lo sé.

—Quiero decirle que está usted haciendo un gran trabajo con don Alfredo. Ahora que Víctor se ha infiltrado en Whitechapel, no tengo a nadie que me permita entenderme con él.

—Gracias.

—Me alegra que mis compañeros me la recomendaran. Es usted eficaz, una joven preparada y muy bella.

Ella se para y le mira a los ojos. María Fuster es una joven con carácter.

—Eso último ha sobrado. Yo no soy una de sus conquistas.

Martin mira al suelo apesadumbrado.

—Perdone usted, pero no era mi intención importunarla en absoluto. Todo lo contrario. Simplemente quería decirle algo agradable, lo pensaba y lo solté, así soy yo. Quizá debería pensármelo antes de hablar.

Ella lo mira como extrañada y continúa caminando para decir:

—¿Y qué tenía que decirle a don Alfredo?

—Poca cosa, que no sé nada de Víctor ni de su paradero. Que el Negro Blake sigue desaparecido y que ese número de coche que anotó, el de los pilluelos, no me ha servido para nada. Hablé con el cochero y recuerda haber hecho ese servicio, sí. Llevó a uno de esos pilluelos, al moreno, pero el otro no le dio una dirección, le pidió que le dejara en la South Eastern Railway Terminus.

—Vaya, muy inteligente. Una estación de tren.

—Sí, esos pilluelos saben lo que se hacen. ¿Sabe usted si Víctor se ha puesto en contacto con don Alfredo?

—No, no lo ha hecho.

—Vaya, mal asunto. Pues seguiremos trabajando. Ahora, si me disculpa, he de irme. Y le ruego vuelva a perdonarme por ese comentario que tanto le molestó. Dije lo que pensaba. No se preocupe, que no volverá a suceder, nada más lejos de mi intención que pretender importunarla.

Y dicho esto María Fuster se queda mirando como Martin Roberts se aleja a paso vivo de su lado. Parece sorprendida por la última reacción del detective y por un segundo piensa que lo juzgó mal de inicio. Al momento, desecha la idea.

Decididamente es imposible dormir en esos camastros, están a unos centímetros del suelo y el olor a pies, los ruidos de las ventosidades y las toses de aquellos individuos condenados ya, no permiten pegar ojo. A ellos les da igual, por la situación de extremo cansancio que arrastran, así que mientras todos los desarrapados duermen, Víctor y Holmes se ponen al día.

—Si se me permite decirlo, ese Aldanza es tipo peligroso. Supe de sus andanzas por Sudamérica, pero nunca operó aquí. No me podía imaginar que siguiera vivo —apunta el inglés.

—Ni yo —dice Víctor.

—Está claro que el tiempo va en su contra, querido Víctor. Hall y su desaparición es lo único que tiene usted para seguir la pista de Aldanza. Igual su amiguita le puede ayudar.

—¿Y si se ha ido?

—¿De Whitechapel? De aquí, por desgracia, no sale nadie. Esto es un agujero que absorbe y absorbe vidas humanas. ¿Adónde iría una pobre prostituta irlandesa, una adolescente por ende analfabeta? No, no, estoy seguro de que debe de estar por aquí.

—Iré al bar de su amiga.

—Sí, ella puede haberla visto. En cuanto a eso que me ha contado del último atentado que ha sufrido usted...

—¿Sí?

—Ese joven que murió por el dardo dijo algo de Tao, ¿no?

—Sí, seguro.

—Conozco a Tao. Es un mal bicho, un lascar, tiene un fumadero de opio junto al río, no muy lejos de los muelles de Limehouse. Un tipo peligroso y un lugar nada recomendable. Sus enemigos han debido contratarle. Yo de usted me dejaría caer por allí, convenientemente disfrazado, claro. Tiene usted que ser muy discreto, Víctor, yo he ido varias veces y de pocas me descubren. Si le pillan no sale vivo de allí, ¿entiende?

—Sí, en Barcelona y Madrid también hay sitios así. Me he manejado en lugares muy parecidos.

—Bien, pues sea prudente, observe y tire de ese hilo. Pero ojo, en casa de Tao tiene que hacer como yo aquí, observar y no hacer preguntas. Si se pasa de listo, le detectarán; no les agradan los curiosos y no se andan con chiquitas.

—Tomo nota, Mr. Holmes.

—Debe ser cauto, tiene a dos asesinos notables tras de usted. La verdad, en cierta medida le envidio.

—¿Cómo?

—Sí, hombre de Dios. Es un reto: el mundo del crimen está lleno de mediocridad.

—Holmes, decididamente, es usted el mejor.

—Sí, sí, pero ahora durmamos. Mañana nos espera un duro día de trabajo.

—¡Lo he encontrado! —exclama Roberts entrando en el salón de la señora Smith, donde Blázquez engulle un bollo en mitad de una clase de inglés con María Fuster.

—¿A quién? —responde don Alfredo que ya parece ir entendiendo algo—. ¿A Víctor?

Mientras María va traduciendo al detective del Yard, éste apunta:

—No, hombre, no, al amigo de Cornelius Hall, al Negro Blake. Su compañero de juergas.

—¡Acabáramos! —exclama Blázquez algo desanimado.

—Es importante, ese hombre debe llevarnos tras el rastro de Hall.

—Si Hall está vivo aún.

—En efecto, si está vivo.

—¿Cómo lo has encontrado, Martin?

—Pues es sencillo, pregunté aquí y allá, a compañeros que ya le habían detenido, pero nadie sabía nada. Pregunté en las calles y el tipo parecía haberse esfumado.

—Es curioso pero todos aquellos que conocían la otra vida de Hall han decidido quitarse de en medio. Primero, Emma Sanders, y ahora el Negro.

—Ya, claro, pero entonces... pensé: estos tipejos como Blake, ¿dónde pasan la mayor parte de su vida?

—En las calles —dice don Alfredo.

Roberts niega con la cabeza.

—En prisión —sentencia María Fuster.

—¡Ahí lo tienes! —contesta Roberts señalando a la joven con el índice—. Esta chica es inteligente. ¡Y bellísima, si se me permite decirlo!

Entonces, Roberts se para un momento y bajando la cabeza musita:

—Perdone de nuevo, María. Me dejé llevar por el entusiasmo, le aseguro que no volverá a ocurrir.

—No ha tenido importancia —dice ella con cara de pocos amigos. No parece agradarle la idea de que Roberts deje de piropearla. Quizá, en el fondo, no le resulte tan antipático.

El policía del Yard retoma el discurso:

—Pues esta clase de tipos pasa la mayor parte de su vida en prisión. Mandé a mi ayudante a mirar los archivos y *voilà!* Está en la prisión de Newgate.

—¿*New* qué? —pregunta Blázquez, que progresa con el inglés pero no tanto.

—Newgate es una prisión situada en el mismo centro —le aclara María que se está convirtiendo en su mano derecha; la izquierda es ya su proveedora de bollos, la señora Smith—. Hace esquina entre Newgate Street y Old Bailey. No es un sitio agradable.

—He descubierto que Blake cumple un mes por una pelea, casi raja a un tipo. Tenemos que ir a hablar con él. Bueno, tú no puedes moverte, Alfredo.

—¿Cómo? ¡Yo voy! Está fuera de toda discusión. Tengo que informar a Víctor de todo. ¿Sabes algo de él?

—No, he telegrafiado a la comisaría de Whitechapel, en Leman Street. Los agentes están avisados pero será difícil dar con él. Sabe disfrazarse y por las calles del East End vagan más de treinta y cinco mil tipos que están en el arroyo. Espero que si se ve en algún apuro acuda a buscar ayuda a la comisaría.

—Debería haber dejado algún nexo, algún punto de contacto con nosotros. Porque, si averiguamos algo sobre ese Blake, ¿cómo se lo haremos saber?

—Ya iremos pensando algo —dice Roberts—. Pero ahora deberíamos ver al amigo de Hall, igual adelantamos algo. Mucho me temo que Víctor está buscando a Emma Sanders en Whitechapel. No está mal pensado, él tira de un hilo y nosotros de otro. A ver si adelantamos algo. Nos espera un coche.

Cuando el coche de punto llega a Newgate, María Fuster aclara a don Alfredo:

—No hay duda, este sitio fue construido así a propósito. O eso dicen. Ya sabe usted, para disuadir a los delincuentes y que cambien de vida.

—Eso no sirve de nada, creedme —aclara Roberts—. Londres, desde hace tiempo, es una ciudad que atrae al delincuente. El paraíso del fulero, el estafador, los proxenetas y los ladrones. Algo leí en una novela de Dickens, *David Copperfield*; de hecho recuerdo a un personaje, uno de estos tipejos que pululan por la City con la firme intención de vivir del cuento, que decía que «algo bueno tenía que salirle a uno en una ciudad con catedral». Así es esta gente. No tienen remedio. Llevo mucho años trabajando y luchando con ellos. Creedme. No cambian.

De pronto, sin mediar aviso, Roberts se saca una rosa de la chaqueta.

—Para usted, María, espero que le alegre el día en este lugar tan desolador. —Está claro que llevaba la flor escondida, preparada para, llegado el momento, dársela a la joven dama.

—¿Cómo? —dice ella que queda muy parada.

Blázquez observa. No sabe si el detalle ha gustado a la chica o tiene cara de malos amigos, así que decide cambiar de tema.

—¡Menudo sitio este! —dice.

El edificio es, sin lugar a dudas, imponente. Una mole de ladrillo, oscura y horrible. Situado junto a los tribunales de Old Bailey, no se puede decir que la justicia inglesa sea lenta. Una maquinaria inflexible y dura que provee de miles de hombres a su sistema penitenciario y a las colonias que siempre solicitan mano de obra. El inmenso edificio en que se sitúa la prisión está dividido en dos secciones, con un patio central. Una es para pobres, la otra para gente acomodada.

—Esta sociedad no es tan justa como me decía mi buen amigo Víctor —apunta Blázquez—. Me da a mí que en todas partes cuecen habas. Aquí los ricos viven muy muy bien y los pobres sufren un infierno, como en España.

Tras esta reflexión del castizo policía madrileño, atraviesan las recias puertas y se encuentran con un funcionario que les espera. Pasan junto a un patio cerrado, agobiante, en el que el preso sólo ve muros de ladrillo y donde una cincuentena de hombres camina en círculos como un inmenso caracol. Parecen desesperados. Como muertos en vida, tipos sin voluntad.

—Les sacan media hora al día —aclara Roberts—. Para que hagan ejercicio.

—¡Qué detalle! —dice con sorna María Fuster.

Blázquez se siente intimidado, aquel lugar encoge el alma de veras.

Enseguida entran en una galería estrecha donde hay unos balcones que dan acceso a las celdas. Tiene tres pisos y parece, ya de por sí, una inmensa jaula. Unas escaleras metálicas permiten llegar a la estrechas plataformas de acceso a los habitáculos. Es una nave alargada, bien iluminada pero diseñada para retener a la gente. No es un lugar agradable.

Enseguida llegan a la celda de Blake. Es un lugar pequeño, una reducida estancia, alargada, forrada de ladrillos y con el techo abovedado. Comparado con lo que han visto antes, resulta hasta acogedora. Al fondo hay un ventanuco con una reja de hierro. El Negro Blake está sentado en un catre cochambroso. Viste ropas andrajosas, una levita que debió de pertenecer a un rico, tres o cuatro tallas más grande que la suya y que le da un aspecto ridículo. Los pantalones, que parecen de frac, van llenos de parches y manchurrones y sus botas parecen dos guiñapos. Es de tez clara, aunque la mugre que impregna su rostro no permite percibirlo del todo bien.

Al verles entrar se levanta de un salto.

—Siéntate —ordena Roberts, marcial.

María Fuster va traduciendo a don Alfredo para que pueda seguir la conversación.

—Queríamos hablar contigo de un asunto —dice el sargento del Yard.

—No sé de qué me hablan —contesta el otro—. Sólo estoy aquí por intentar robar un nabo.

Roberts mira a sus compañeros con cara de cansancio. Aquél es su día a día desde hace muchos años, tratar con mentirosos, con delincuentes que nunca dicen la verdad.

Blázquez repara en que los ladrones son iguales en todas partes. Tipos que van trampeando por la vida, acostumbrados a sobrevivir, a robar y engañar, que viven atrapados en una miseria de la que no pueden salir. Están acostumbrados a mentir por sistema y cuando ven a un policía, más aún. Se siente identificado con su colega inglés y le sonríe.

Roberts, con cara de pocos amigos, da un paso al frente y propina un tortazo a Blake que le hace caer al suelo desde el catre. A continuación, lo coge por los hombros y, como si fuera un muñeco, lo deposita de nuevo en el camastro. Aquellas sábanas y la fétida manta son un nido de pulgas y chinches.

—No tengo tiempo para idioteces, ¿entiendes, escoria? Empiezo a estar hasta los cojones de gentuza como tú. Hoy no tengo un buen día, ¿sabes?

El otro asiente pasándose la mano por la mejilla, que ya parece haberse puesto violácea.

—Busco a un tipo, un compadre tuyo, Hall.

Blake levanta la mirada.

Tiene la cara muy delgada, los diente podridos y va sin afeitar. No se quita la chistera ni allí dentro y su pelo escaso, grasiento y cano, aparece bajo el sombrero en la zona de la nuca.

—Hace años que no le veo.

Otro tortazo.

—Señorita, va usted a tener que salir de aquí —dice Martin Roberts sin apartar la vista de Blake, como si mirara a una presa—. Esto se va a poner feo. No quiero que vea usted algo así, me consta que es una persona sensible.

—¡No, no! No será necesario. ¡Que se quede, que se quede! —implora el preso, que parece cambiar súbitamente de actitud al ver la que se le viene encima.

3

Mejor así. Mira, Blake, sabemos que eras compañero suyo de correrías en la Red House y que tienes ascendiente sobre él. Estuviste con Hall en Sudamérica, lo hemos averiguado. ¿Dónde para?

—No tengo ni idea —dice el preso ladeando la cabeza.

Roberts da un paso hacia él y el reo, reculando en su camastro, grita:

—¡No, no! ¡No me pegue más! ¡Se ha esfumado! ¡Lo juro!

—Dime algo que no sepa, empieza a hablar.

—¿Qué quiere saber?

—Todo, te escucho.

—¿Podría beber un vaso de ginebra?

—Te doy otro sopapo a la mínima de cambio, ¿eh? Me están dando ganas de llevarte al sótano del Yard. Ewan, el animal, está de guardia hoy, ¿sabes?

—Bien, bien, amigos, no vamos a llegar a eso. No quisiera tener que vérmelas con él. Todos le conocemos y aquí, somos viejos conocidos, ¿no? Pregunte, pregunte…

—¿De qué le conoces, a Hall?

—Chile. Navegamos juntos dos temporadas en un carguero danés y nos dejaron tirados allí con la paga de dos años. Un paraíso, ya sabe. Aquello es muy barato y habíamos cobrado bien. En lugar de buscar un barco de vuelta y dejar que nos explotaran, decidimos pasar allí una temporada viviendo a lo grande.

—¿Y?

—Él hizo buenas amistades. Se enroló en un barco de buscavidas, ya sabe...

—¿Buscavidas?

—Sí, gente valiente, que va a por lo que quiere. En el mar impera la ley del más fuerte.

—¿Piratas?

—Algo así. Trabajaban para un pez gordo. Allí no hay ley si «engrasas bien la maquinaria», ya saben ustedes. Mientras que yo me fui puliendo las ganancias en putas y priva, Cornelius fue ganando un dinero. En noches de borrachera me contó algunas de sus aventuras, no faltaba de nada: barcos asaltados, damas violadas y sobre todo secuestros y extorsiones. Un buen día se vino a Inglaterra, desapareció de allí. Yo logré volver a Londres a los dos años y un día me lo encontré a la puerta de su negocio. Noté que se ponía muy violento, nervioso. Supe al instante que no quería que le vieran conmigo. Ahora tenía una vida decente y no le interesaba nada que se supiera de su pasado. Al parecer montó un buen negocio, conoció a una buena mujer y se casó.

—Y le extorsionaste.

—No, no, lo juro, no hizo falta. Me dijo de vernos en la Red House y desde entonces me ha tratado muy bien. ¿Lo hacía por miedo a que yo hablara? No lo sé, supongo que un poco, pero me trató como a un amigo que ha caído en desgracia. No crean, yo podría haberle hecho chantaje, pedirle mucha pasta, pero nunca lo hice. Él tuvo siempre mejor cabeza que yo. Pero claro, añoraba la vida de tunante, el juego y el puterío, la bebida, así que de vez en cuando se expansionaba en Whitechapel y la Red House. Siempre le gustaron jovencitas, casi niñas.

—Ya. ¿Y la mujer? ¿Crees que pudo haberlo matado?

—No creo. A mí me da que se quitó de en medio él solo.

—¿Por qué? ¿Tenía miedo? ¿Huía de alguien?

—No, pero ese tipo, su jefe…

—¿Sí? —Roberts, muy interesado.

—Sí, el tipo para el que trabajó en Sudamérica…

—Te escucho.

—… parece que vino a vivir a Londres.

—¿Cuándo?

—Hace unos años. Luego se fue unos meses, pero volvió definitivamente. Vino por primera vez desde Madrid hará unos cuatro o cinco años, no lo sé con certeza.

Blázquez y Roberts se miran con cara de complicidad.

El sargento del Yard prosigue:

—¿Cómo se llama?

—No sé, en Chile le llamaban Bustos. Pero Hall me dijo que era ciudadano del mundo. No era español. Creo que en realidad era francés.

Víctor y Roberts se miran de nuevo. Bien podría ser el conde del Râzes. Alberto Aldanza nació en Francia, de origen noble.

—¿Y ese tipo encontró a Hall?

—No, creo que siempre estuvieron en contacto. Se escribían y eso. Tenían buena relación, pero me consta que a Cornelius le preocupó que viniera a Londres. Me dijo que «le hacía encargos». Mi amigo tenía mucho que perder, ya saben; él había logrado crearse una buena reputación y los domingos, con la excusa de la pesca, se daba sus buenas juergas. Era una buena vida, un gran retiro para un tipo que tenía vivido lo suyo.

—¿«Le hacía encargos»?

—Sí; no pude saber a qué se refería, pero está claro que Cornelius no podía negar nada a ese hombre. Se lo debía todo, además él sabe cosas de su vida anterior que podrían hundirle y encima…

—¿Sí?

—Hall le tenía miedo. Se le notaba muchísimo. Le temía. Me dijo que era un tipo maléfico, que siempre se iba de rositas, riquísimo e inteligente, con gente despiadada a su servicio. Un auténtico diablo, brutal y cruel. Con unos gustos un tanto… inquietantes. Uno de esos hombres a los que es mejor no tener como enemigo. Le daba mucho miedo y no le podía negar nada. Me dijo que tenía la esperanza de que algún día se fuera de Londres igual que había venido, pues tiene casas en medio mundo. Eso esperaba el bueno de Cornelius.

—¿No sabes nada sobre él, cómo era, su aspecto, un apellido, algo?

—No. Nunca le vi, gracias a Dios. Igual ahora estaría desaparecido, como Cornelius.

—¿No dices que crees que se quitó de en medio?

—Eso quiero creer, pero igual el otro decidió eliminarle. Ustedes le siguen la pista a través de Cornelius, ¿no?

—No es tonto este tipo, no —apunta Blázquez.

—Es probable que ese hombre eliminara a Cornelius para borrar su rastro —dice Blake.

Todos guardan silencio, pensando por unos momentos. Entonces Roberts toma la palabra de nuevo.

—¿Y dices que puso casa en Londres?

—Sí, claro.

—No sabrás dónde.

—Pues ahora que lo dice… Un buen día Hall me dijo que se iba antes porque tenía que visitar a su «antiguo jefe», que le había mandado llamar a su casa…

—¿Y?

—Que recuerdo que se le escapó algo, al despedirse.

—¿Sí?

—Dijo algo así como: «Me voy ya que aún tengo que ir hasta Hampstead».

—¿Piensas que ese tipo vive allí?

El Negro Blake asiente.

Roberts, María Fuster y don Alfredo se miran.

—Es algo —dice el sargento del Yard—. No perdemos nada por buscar allí, pondré a mis hombres en ello. Que pregunten y busquen. Igual damos con nuestro hombre así.

—Sí, habrá que buscar una casa señorial y un propietario extranjero —dice la chica.

—Hampstead —murmura Martin—. Algo es algo. Ya tenemos por dónde empezar a buscar.

Entonces arroja unas monedas a Blake y sentencia:

—No te metas en más líos, Blake, no quiero volver a verte por aquí.

Holmes y Víctor trabajan con denuedo apilando piedras para reconstruir un murete del albergue. El director y los otros voluntarios les tratan con dureza. No les gusta que los internos hablen durante el trabajo. No parece que les importen demasiado aquellos hombres y mujeres del arroyo, pues están más empeñados en salvar sus almas que sus cuerpos. Es por eso por lo que los mendigos de Whitechapel les miran mal y nunca podrán tener en cuenta sus prédicas.

—La gente del arroyo los llama «ladrones de almas» —dice Holmes, perfectamente caracterizado como mendigo—. Esta gente no entiende que aquí, en Whitechapel, casi nadie cree en Dios, es más, la muerte les parece un descanso. ¿Se imagina usted metido en este barrio todos los días de su vida? Sin dormir, sin apenas comer y teniendo que hacer horas de cola para entrar en un sitio como éste? Muchas de estas personas han padecido enfermedades, perdido a sus familias y no tienen trabajo. Su estado físico les impide conseguir uno nuevo y una pinta de ginebra ayuda a aguantar las noches a la intemperie. La ecuación es sencilla. Una muerte rápida sería una salida de aquí. ¿Cree que temen al infierno?

—Su infierno esta aquí.

—En efecto, amigo.

—¿Y ese tipo, el director?

—Estoy aquí para identificarle. Un viejo conocido de la justicia que cambió de identidad. Sólo quiero corroborar que es él.

—¿Y cómo lo hará?

—¿Eso? Es bien sencillo. Espere —dice Holmes abandonando el trabajo para dirigirse hacia su hombre.

Entonces toma la palabra:

—Perdone, caballero, querría agradecerle lo que hacen ustedes por nosotros.

—Es la labor de Dios, hermano. Nosotros somos sus meros instrumentos, nada más.

—Ya, ya. Pero, aun así, ¿podría estrecharle la mano?

El otro, el tipo severo y estirado, le tiende la diestra y Holmes se la estrecha con fuerza agitando las manos de ambos. El gesto, de exagerado, resulta hasta cómico.

—¡Gracias, gracias! —dice volviendo a su sitio.

—¿Y? —susurra Víctor a su amigo sin dejar de trabajar.

—Es mi hombre.

—Pero ¿cómo lo ha sabido?

—Un tatuaje, en su muñeca derecha, lo he visto. Sabía que lo lleva desde joven, un ancla.

—Por eso le estrechó la mano…

—Correcto, una artimaña.

Víctor sonríe satisfecho.

—Mañana mismo, cuando salga de aquí, avisaré a Blackburn, de Scotland Yard. Estarán encantados de echarle el guante.

—Estoy deseando salir de aquí, Holmes. Tengo muchas cosas que hacer.

—Sí, lo primero quitarse todos los chinches, pulgas y piojos que ha cogido usted en este lugar infecto.

—¿Cómo?

—Sí, haga como yo: alquílese una buena habitación fuera de Whitechapel y otra aquí, que sea su tapadera. Al menos podrá salir cada dos días y darse un baño, descansar y comer bien. Si no cuida su organismo se debilitará y no podrá cumplir con su misión. Es importante que sepa cuidarse. Éste no es lugar como para desfallecer, podría costarle caro.

—Sí, tiene sentido eso que dice, Holmes, como siempre.

Henry Bradbury disfruta de uno de los mayores placeres de la vida en el tercer teatro de la Royal Opera House, en Covent Garden. La ópera le fascina, le relaja y le evade. Le gusta sentarse en el patio de butacas, una excentricidad según sus conocidos, y disfruta sobremanera haciéndolo solo, además. Deja que su familia disfrute del palco al que él sólo acude en el entreacto a picar algo y a hacer vida social, y se abandona a la música en solitario. A él le gusta concentrarse en el espectáculo, desde cerca, contemplar el vestuario, el montaje, disfrutar de la partitura y de los grandísimos artistas que desfilan por aquel templo del buen gusto. No le agrada que aquello sea más un lugar de encuentro social que un espacio dedicado a la sensibilidad artística y al buen gusto musical.

Adelina Patti está bordando su papel de Violetta en *La Traviata* y es que Verdi acertó cuando dijo que, con la edad, y algo más de peso, la diva había mejorado mucho en los tonos graves ganando en intensidad y belleza. Patti, que es una auténtica diosa de la música, ha desmontado sus joyas y ha hecho engarzar sus diamantes, valorados en doscientas mil libras, sobre el traje que luce. Se rumorea que hay dos policías de la cercana comisaría de Bow Street infiltrados en el coro para no quitar ojo a tan valioso tesoro.

De pronto, lord Bradbury se siente observado; es una percepción, una rara sensación, algo estúpido. ¿O no?

Alza la vista y mira hacia uno de los palcos de la izquierda. Allí está, vestido de frac, ¿no le va a dejar en paz nunca? Mr. Davis le observa fijamente con sus prismáticos. Impertinente. No cesa de mirarle. No presta atención alguna a la función, sólo se dedica a escrutarle a él, descaradamente. Como un halcón que acecha a su presa antes de lanzarse sobre ella. Aquél es un tipo maligno, desagradable y cruel.

¿Cómo no lo vio a tiempo? Henry Bradbury se siente incómodo. Chester Davis se ha propuesto amargarle la vida. Y él, un hombre de honor, un noble inglés, no tiene salida.

Entonces una figura vestida de negro entra en el palco de Mr. Davis y, discretamente, le dice algo acercándose a su hombro. Es una incorreción porque no debe interrumpirse para nada el espectáculo aunque, en aquel momento, nadie repara en ello.

Mr. Davis se gira un poco y escucha atento lo que le susurra su hombre de confianza, Romero.

—Ha desaparecido. Se volatilizó tras el atentado. Los perros que le seguían han perdido su rastro. Ya no está en la pensión de Gloucester Street.

—Actuó igual en Barcelona. Se hizo pasar por un artista bohemio —apunta el americano—. Ahora es más peligroso que nunca. Hay que localizarlo y quitarlo de en medio.

—No va a ser fácil.

—Pues no coloques a inútiles tras él. Dales una lección a esos imbéciles.

—Entendido.

—No repares en gastos ni en dureza, quiero saber dónde se esconde. Mientras sabíamos dónde estaba nos podíamos anticipar, ahora no. Con este estado de cosas nos ha ganado la iniciativa y ahí es donde Ros es muy peligroso. Hay que localizarlo antes de que él nos encuentre a nosotros. No falles. Me juego mucho en esto.

—Sí, señor —dice el esbirro retirándose mientras camina hacia atrás con aire servil.

El pilluelo está enfrascado intentando leer *La isla del tesoro* en inglés, cuando se abre la puerta del cuarto y entra otro joven mal vestido. Es el rubio.

—Nada, no hay ni rastro. Ha desaparecido.

El moreno se levanta y va a abrazar a su compañero.

—Estaba preocupado, mamá —dice.

El rubio se quita la gorra y deja paso a la contemplación de una mujer hermosa, con el pelo rubio como el trigo cortado a trasquilones. Viste como tantos y tantos jóvenes que pululan por las calles malviviendo, bien en Londres, Barcelona, París o Madrid.

Clara Alvear sonríe y sujetando a Eduardo por los hombros le lleva hasta la cama, donde se sientan.

—¿Has comido algo? —pregunta el crío.

—Una empanada de carne, mientras vigilaba. Alfredo no se mueve mucho, ya sabes, por su tobillo.

—No vamos a sacar nada de la calle Gloucester. Papá se ha esfumado y andará disfrazado por las calles, como cuando hicimos aquella pantomima en Barcelona.

—Lo sé, hijo. Lo conozco bien.

—¿Cómo vamos a poder protegerle si no sabemos dónde está?

—No tengo ni idea, hijo. Pero ya conseguimos salvarle la vida una vez. Bárbara Miranda lo va a intentar más veces, de eso no hay duda. Pero no sé cómo podremos encontrar su rastro de nuevo. Tu padre sabe esconderse bien en las calles, creció en la Latina. En ese sentido estoy más tranquila.

—¿Y qué haremos?

—De momento seguir vigilando la casa de Gloucester Street por si aparece…

—No lo hará.

—Lo sé. Pero aquellos que le quieren mal estarán atentos, vigilando.

—Tenemos que identificarlos.

—Y seguirlos.

—Exacto, madre. Tengo que hacerme con un equipo de limpiabotas.

—Buena idea, Eduardo, y yo me haré todos los días con un paquete de periódicos. Simularé que los vendo. Ambos debemos llevar dinero encima por si tenemos que seguir a nuestros sospechosos.

—Sí, eso es buena idea.

—Pero ojo, Eduardo, en caso de que aparezcan, sólo habrá que seguirlos. Saber dónde se esconden para poder avisar al otro, ¿entiendes?

—Claro.

—No hay necesidad alguna de hacerse el héroe.

Holmes y Ros se despiden estrechándose la mano en la puerta del albergue de St. Jeremy.

—No dude en venir a verme a Baker Street antes de irse.

Creo que lo de Luxemburgo me llevará un par de semanas, así que estaré pronto de vuelta.

—Descuide, lo haré. Muchas gracias, Mr. Holmes.

—Nada, nada, ha sido un placer pasar con usted estas horas. Yo también he aprendido mucho. Ahora, debo acudir al Yard. Mucha suerte, amigo —dice girándose para caminar a paso vivo. No es hombre que suela perder el tiempo.

Víctor ve al mendigo fundirse entre la multitud. No hay duda de que es el mejor detective del mundo, nadie conoce Londres como él.

Enseguida repara en que tiene mucho trabajo que hacer. Ha de buscar un alojamiento digno para escapar por unas horas al día de Whitechapel y reponerse. Un buen baño de vez en cuando le ayudará a evitar los parásitos y las infecciones. Además, debe localizar a la amiga de Emma Sanders, porque lo más probable es que la joven irlandesa siga en el East End, oculta.

—Eh tú —dice mirando a un tipo sucio y zarrapastroso que hay tirado en la acera—. ¿Me cambias las botas?

El otro lo mira extrañado pues las suyas son apenas unos andrajos llenos de agujeros que apenas si cubre con dos inmensos trapos.

—¿Qué eres, maricón?

—¿Cómo? —responde Víctor.

—Sí, joder, ¿por qué iba alguien a querer cambiar esas botas tuyas por las mías que están peor? ¿Qué buscas? ¿Qué quieres a cambio?

Víctor repara en que así es la vida en Whitechapel. Allí nadie da nada a cambio de nada.

Mira con desdén a su interlocutor y le dice:

—Mira, hermano, hay miles de tipos que me las cambiarían, así que si no te interesa, adiós.

No ha caminado ni dos pasos cuando el andrajoso le llama para aceptar el trato.

Con aquellos desechos en los pies, Víctor se encamina hacia Wellclose. A la taberna en que trabaja la amiga de Sanders. Es una plaza cerrada con mucho trasiego de gente. Un lugar coqueto, abrigado, pero sucio y destartalado como todo en aquel barrio.

Cuando llega al local comprueba que es un sitio relativamente agradable. Con paneles rojos en la puerta y la figura de madera de un león colgada a la entrada, es un establecimiento algo mugriento y repleto de paisanos que beben ginebra y cerveza pese a que aún es temprano. Es evidente que allí nadie tiene trabajo. Nada más entrar, repara en una joven que se afana en limpiar la barra. Allí atienden dos camareros varones y esa chica, así que tiene que ser ella. Se dirige a la joven y ordena:

—Una pinta de ginebra.

Ella le sirve con presteza y él paga religiosamente.

—¿Cómo te llamas, guapa?

—¿Y a ti qué te importa?

—Porque me han dicho que podría encontrarte aquí.

—¿A mí? —Ella poniéndose sobre aviso—. ¿Para qué? Si no fuera porque se nota que eres extranjero pensaría que eres un «pasma».

Víctor estalla en una carcajada:

—No, no —aclara—. Yo llegué en…

—Sí, me sé la historia: llegaste en un barco, desembarcaste, fin de trayecto. Te lo gastaste todo en mujeres y alcohol y ahora esperas embarcar donde sea para salir de aquí. Hay miles como tú.

—Bueno, no es exactamente así. Tengo dinero.

—Eso no casa con la calidad de tus botas.

—Me dieron una paliza y casi me lo roban todo. Decidí vestirme como los lugareños —dice poniendo una libra sobre el mostrador.

La camarera abre mucho los ojos, sorprendida, y mira con cierta avidez el dinero que hay sobre la barra.

—¿Y eso?

—Es para ti. Busco a una chica. Me han dicho que es amiga tuya.

La joven da un paso atrás.

—No sé de quién me habla.

—Emma, irlandesa, pelirroja, casi una niña. Me pirra esa tipa, estuve con ella dos veces hace un año.

—¿Sí? ¿Y dónde si puede saberse?

—En Chicksand Street.

—Pues no sé quién es.

—¿Cómo te llamas?

—No te importa.

—¿Quieres la libra? No te compromete decirme tu nombre.

—¿Por ese dinero?

—Exacto.

Ella coge el dinero y responde:

—Rose.

—Mira, Rose, veo el miedo en tus ojos. Necesito estar con tu amiga.

—Tú no buscas un polvo. ¡Eres uno de ellos!

Parece que la joven se asusta por momentos. Es guapa, morena, de tez rosácea y viste muy limpia. Se nota que goza de buena salud. Está claro que tiene trabajo y no vive en las calles.

Víctor apura la pinta y dice:

—Sé que tu amiga corre peligro y comprendo que no quieras decirme nada, pero yo la puedo ayudar. No soy uno de ellos, créeme. Volveré por aquí a preguntarte y si me llevas junto a ella podré sacarla de aquí. Está en peligro, es cierto.

—Te he dicho que no sé dónde para.

Es evidente que la chica va a intentar proteger a su amiga y nada dirá, de momento. Así que Víctor decide cambiar de tema.

—Mi novia me echó de casa. ¿Sabes dónde podría conseguir un alojamiento?

—Habla con ese tipo del fondo, el calvo, Rutherford.

—¿Y tú? ¿No tendrás sitio?

—No te canses, amigo. Yo vivo aquí mismo, en la taberna, seis chelines por semana y una cama caliente. Emma no está aquí, no podría vivir conmigo. No sé nada de ella desde hace casi un año.

—De acuerdo —contesta Víctor decidiendo recular. Tendrá que intentarlo de otra forma.

4

Después de hablar sobre el alojamiento con aquel tipo del León Escocés, el calvo que le ha indicado Rose, Víctor sale al exterior. Cuatro chelines semanales por compartir un cuarto con el tal Rutherford y tres tipos más, durmiendo en dos colchones, es una perspectiva, la verdad, poco halagüeña. Según Rutherford, despedido de una fábrica de zapatos, los dos compañeros de cuarto son gente fiable y de horarios bastante normales. Víctor se imagina el olor, los piojos y las noches al lado de tres desconocidos y comprende que, como dice Roberts, Whitechapel es demasiado duro incluso para él.

En Wellclose hay mucho movimiento y Víctor observa a su alrededor. No pierde detalle y repara en un grupo de pilluelos que parece organizado. Juegan, saltan y corretean pero no pierden ripio. Hubo una época en que él mismo fue así, en la Latina. Parece que hace una eternidad de aquello.

—Eh, tú —dice refiriéndose al que parece el jefe—. ¿Querríais ganar dos libras?

—¿Dos? —dice un chaval con el rostro ennegrecido, cara de viejo y un organismo que, es evidente, no se ha desarrollado como debiera por la desnutrición.

—Sí, una ahora y otra cuando obtengáis resultados.

El chaval parece receptivo, así que Víctor le hace una descripción de Emma Sanders. Le insiste en que no deben perder de vista a la camarera y que estén muy atentos por si aparece la pelirroja.

—Pasaré por aquí dos veces al día a ver qué tal va el asunto.

—Me parece perfecto, jefe —dice el crío, que le recuerda a su hijo, Eduardo, cuando éste se ganaba la vida en las calles de Barcelona. La miseria de los poblados de andaluces y murcianos no era menor que aquélla.

—¿Estáis siempre por aquí?

—Claro —responde el pilluelo como si fuera un general—. Esta plaza es nuestra.

Víctor recuerda aquellos tiempos en que pugnaba con su banda por hacerse un hueco en el Madrid de su infancia y siente que le invade la nostalgia y la pena por aquellos chavales y sobre todo por los viejos amigos que quedaron en el camino. Muchos no superaron la miseria y murieron de enfermedad; otros, no tuvieron la suerte, como él, de que alguien les sacara de las calles y perdieron la vida en cárceles o refriegas con la policía.

Se despide y sale a paso vivo de allí; tiene cosas que hacer.

Pasa por una tasca junto a Leman Street donde dejó sus ropas en un hato, «un lío», como dicen en argot para referirse a esa masa de ropa que muchos llevan atada con un hilo mientras que «llevan la bandera» por las calles del East End.

No tarda en salir de aquel submundo y en Fenchurch Street ve un cartel de SE NECESITAN HUÉSPEDES. Le resulta fácil encontrar acomodo en una pensión confortable, limpia y con un cuarto decente. Dos comidas y posibilidad de bañarse cuando sea necesario por unos peniques extra. Todo por cinco chelines semanales. No le parece caro. Cierra el trato y, dado su aspecto, se ve obligado a pagar un mes por adelantado. Le dice a la patrona que es un periodista y tras darse un baño caliente, relajante y que le permite eliminar piojos y pulgas, almuerza como si no hubiera comido en su vida. Entonces se mete en la cama de sábanas limpias y perfumadas y duerme profundamente, vencido por un cansancio extremo.

—No sé si esto es buena idea —dice María Fuster, arrebujada bajo su grueso abrigo de lana. Apenas se le ve el rostro envuelto en una bufanda—. Además usted apenas si puede andar.

—Sí, hija mía, y encima estoy jubilado. Debería estar en mi casa comiendo torrijas con anís al calor de mi brasero. Pero no perdemos nada, María. Total, lo normal es que no sirva de nada —contesta don Alfredo.

Son las doce de la noche y hace un frío terrible, húmedo y penetrante, que se aloja en los huesos y entumece incluso el alma.

Saint Paul Piers es un muelle no muy grande situado a la vista del Railway Bridge. Apenas un pantalán con un par de ramificaciones donde Cornelius Hall tenía amarrada su barca de pesca. Tras un tira y afloja de María con el guardián, consiguen que éste les identifique la embarcación y les dé paso franco.

—Dice que tenemos quince minutos, no más. Que se juega su puesto —comenta la joven, que no deja de sorprender a Blázquez por su valentía.

Hace mucho frío y el aire escuece en los pulmones allí, junto al Támesis.

La embarcación no es demasiado pequeña y enseguida suben a bordo. Tiene un abrigo reducido justo en la proa que da acceso al interior de un camarote no muy grande.

—Aparejos de pesca... —murmura Blázquez repasando

aquello y abriendo un armarito—, botellas de whisky, ginebra... ¡Vaya!

—¿Qué es eso? —dice la joven.

—¡Nada, nada! —Don Alfredo echando a un lado unas postales pornográficas visiblemente azorado.

—¿Y esto? —murmura la joven.

Entonces don Alfredo repara en un pequeño infiernillo. Acerca los dedos y tiene que quitarlos al instante porque se quema.

—¡Está caliente! —exclama.

Lentamente saca el revólver y hace a un lado a la chica. Es probable que hubiera alguien allí al llegar ellos, pero ¿quién?

Se acerca el índice a los labios indicando a la joven que guarde silencio. Se oyen crujidos que no sabe si son de la madera, efecto del bamboleo del agua o la evidencia de que tienen compañía. Don Alfredo echa un vistazo alrededor y ve una botella de vino abierta, queso y migas de pan. Hay un pequeño caldero con una sopa fría. Está claro que han interrumpido a alguien justo antes de calentarse la cena.

Se oye un crujido y María Fuster dice:

—Ahí.

La joven está señalando hacia la popa. Don Alfredo se acerca a un camastro que hay al fondo y echa un vistazo. No hay nadie. De pronto algo rueda desde debajo de la otra cama, haciendo caer a don Alfredo sobre la misma. El policía grita de dolor pues aquello, lo que fuera, ha impactado con su tobillo herido.

Antes de que puedan reaccionar, un embozado que ha surgido de la oscuridad bajo el otro catre se pone en pie y se abalanza sobre María, echándola a un lado para salir de allí a toda prisa. Ella actúa rápidamente y le arrea un trastazo con la botella en la nuca pero el otro, tras tambalearse un poco, sale huyendo de la embarcación.

María acierta a ayudar a don Alfredo, que ha perdido el revólver y se retuerce de dolor sobre la cama sujetándose el tobillo.

—¡Se escapa! —grita—. ¡Se escapa!

Parece que es demasiado tarde.

—¿Cómo decís que iba vestido? —pregunta Martin Roberts.

—Yo no vi nada —contesta don Alfredo—. Rodó desde debajo del catre y me hizo caer. Cuando impactó en mi tobillo vi las estrellas, creo que me cegó el dolor.

—Era un pobre, no hay duda —apunta María Fuster—. Vestía andrajos e iba embozado con una bufanda negra y una gorra gris.

—¿Pensáis que era un vagabundo refugiado en el barco? —Roberts.

—No creo, hay un guarda —dice Blázquez.

—Ya. —El sargento del Yard, pensativo—. Porque según me decís no era grueso, ¿no?

—No, no, eso seguro. Era un tipo de mediana altura y en buen estado físico —dice la chica.

—Eso descarta a Hall. Se me pasó por la cabeza que pudiera estar vivo y que se hubiera escondido en su propio barco pero, claro, Hall era un tipo entrado en años y de prominente barriga, no habría podido moverse con tanta agilidad —comenta Martin Roberts.

—Sea quien fuere, se estaba preparando la cena cuando llegamos —dice Blázquez.

—Este caso es más complicado de lo que pensaba en un principio —reconoce el inglés, que percibe que el policía español va ya captando palabras sueltas—. No sé muy bien por dónde seguir, pero no debéis actuar por vuestra cuenta, y menos sin avisarme a mí. Podría haberse producido una tragedia y Víctor no me lo perdonaría.

—Fue idea mía ir a la barca de Hall —confiesa María Fuster.

—Admito que es usted atrevida y que tiene buena cabeza, pero mire al pobre don Alfredo, ahí lo tiene, con el pie en alto y rabiando de dolor. No puedo tener que preocuparme, además, de estas cosas. Víctor está desaparecido y temo por su seguridad, no puedo avanzar más en la desaparición de Hall y ese «jefe» misterioso al que tanto temía es un fantasma.

—¿Cómo? —pregunta Blázquez.

—Sí, hemos peinado Hampstead. Es una zona relativamente tranquila pero no hay rastros de un tipo así en el vecindario. Las autoridades locales no conocen a ningún extranjero instalado en mansión alguna de la zona. Nadie recuerda nada sobre algún noble venido de fuera, a no ser que se haya hecho pasar por inglés. ¿Podría, Alfredo?

—Por lo que sé de él, sí. Pero claro, yo soy un pobre policía de Madrid y no sé de idiomas y lenguas extranjeras, ni de acentos. Víctor quizá podría decírnoslo.

—No podemos contar con él —dice Roberts.

—Ya, espero que mi amigo sea capaz de averiguar algo en ese agujero de Whitechapel.

—Yo también, Blázquez, porque aquí no podemos averiguar nada más, al menos con lo que tenemos de momento.

—Yo sé que Víctor encontrará a la pelirroja, pero claro, otra cosa es que eso nos lleve a Hall.

—Si está vivo…

—O a sus asesinos, en cuyo caso me temo que daríamos con Alberto Aldanza y, por consiguiente, con el oro.

—Y el tiempo corre.

—Sí, y me temo que el Gobierno de mi país se va a ver en un serio apuro.

—Pues así es, amigo —dice Roberts tendiéndoles un periódico—. Mirad ahí.

Fuster y Blázquez echan un vistazo al *Morning Post* que les entrega Martin.

—¿Es esta noticia de España y Francia? —dice la joven.

—No, no, eso hace referencia a que el mariscal Serrano ha asegurado que no hay intencionalidad alguna de España de realizar una alianza con Alemania, vamos, que siguen teniendo buena relación con Francia pese a que allí algunos periodistas no han tratado demasiado bien al rey Alfonso. No, no es ésa; mirad más abajo, donde dice SPAIN.

María Fuster traduce en voz alta la noticia:

—«La caída de los fondos españoles en la bolsa esta tarde, especialmente de las acciones del Banco de España, ha provocado una considerable sensación en los círculos políticos y financieros. Un ligero terremoto se sintió el viernes en Málaga.»

—Vaya —dice don Alfredo—. Esto tiene mala pinta. ¿Se sabrá algo del robo del oro?

—Ni idea, pero me da la sensación de que los financieros de media Europa algo sospechan.

—Tenemos que actuar rápido, ¿dónde estará Víctor? —dice Blázquez mirando por la ventana.

—Bueno, yo os dejo —anuncia Martin.

—Le acompaño —contesta Fuster, que camina con el policía hacia la salida.

Cuando llegan a la escalera que accede a Gloucester Street, él se gira y la mira muy fijamente. La joven se azora.

—Cuídese, Martin, este asunto es peligroso. Por favor, tengo miedo.

—No tenga cuidado, querida, soy perro viejo en estos menesteres.

Y sale de allí sonriendo. ¿Es posible que la joven sienta algo por él?

Ella suspira, cierra la puerta y se encamina al salón para continuar con las lecciones de don Alfredo.

Víctor despierta con un dolor de cabeza terrible. Se levanta como puede y se acerca a la palangana que hay frente al espejo de su cuarto. Moja un pañuelo en el agua y aprovechando que está muy fría se lo coloca sobre la nuca. El golpe de anoche se le ha inflamado bastante y apenas si puede mover el cuello. Esa María Fuster es una joven aguerrida, no hay duda.

Da una voz y acude su patrona, a la que encarga el desayuno. Mientras tanto, se sienta en la pequeña mesa de que dispone y toma notas para ordenar sus ideas.

Alberto Aldanza preparó un gran golpe, un asalto al Banco de España que él mismo saboteó para poder robar dos tercios del oro español en la banca Roschtild. Escapó de milagro y, de algún modo, llegó a Inglaterra.

Curiosamente, el hombre que le suministraba el ozono, Cornelius Hall, un viejo conocido que trabajó para él, ha desaparecido.

Cornelius Hall tenía una amiga, Emma Sanders, que, otra casualidad, se ha quitado de en medio también.

Whitechapel es un buen lugar para esconderse, ¿no podría estar con ella?

Víctor, por desgracia, cree que Hall ha sido eliminado pero confía en que la joven pueda darle algún detalle que le permita cazar a Aldanza.

Por otra parte, está ese tipo, Blake. Si Martin da con él quizá podrían averiguar algo. Es posible que deba establecer contacto con sus amigos, pero no quiere arriesgarse a que sus perseguidores le sigan de nuevo el rastro.

Ha constatado que Bárbara Miranda contrató a aquel tipo que intentó asesinarle. Por algún motivo, dos pilluelos que le seguían a todas partes, evitaron su muerte. ¿Serían hombres de Aldanza? Haberle salvado sería un gesto muy típico de don Alberto: dejarle vivir para llevar a cabo un *tour de force* con el detective y luego vencerle.

No ignora que está perdido: una ciudad de tres millones de almas, toneladas de lingotes de oro que recuperar en muy poco tiempo y dos asesinos tras él. No puede permanecer quieto, no puede dedicarse sólo a buscar a Hall. Comprende que tiene que protegerse, actuar.

El chico que murió por el dardo envenenado dijo algo de un tal Tao. Holmes le contó que era un mal bicho, el propietario de un fumadero de opio. Debe acercarse allí y encontrar la pista de quién le quiso asesinar. Sí, deberá ser cauteloso pero ha de pasar a la acción. Quien da primero da dos veces. Y quizá ese Tao fue contratado por Alberto Aldanza.

Debe andarse con tiento, Holmes dijo que Tao era un tipo peligroso y su fumadero, un lugar muy poco recomendable al que tendrá que acudir debidamente disfrazado y ser muy discreto.

Entonces repasa lo ocurrido en el barco de Hall la noche anterior. Cuando llegó comprobó que había restos de comida e incluso el hornillo estaba caliente. Quizá el tipo que vivía allí le oyó llegar por el pantalán. ¿Sería un vagabundo o era el propio Hall que se ocultaba en su barco?

De pronto llegaron Fuster y Blázquez y Víctor tuvo que esconderse y salir de aquella manera porque no quiso ser descubierto. Los pinchazos que siente en el cuello le hacen comprender que bien podía haber provocado una tragedia con sus propios amigos. No puede seguir actuando así, no es inteligente y lo sabe. Tiene que encontrar una forma de comunicarse con ellos, una manera fiable, segura. Sí, lo ha decidido. Debe cambiar de sistema si no quiere que todo aquello acabe en catástrofe.

Alguien toca a la puerta. Es la patrona con su desayuno. Huele a huevos con beicon y pan recién hecho. Parece que sus sentidos se comportan ya como los de un habitante del «arroyo».

Su mente vuelve a la noche anterior en la barca. ¿Ha estado Cornelius Hall viviendo en su barca? ¿Estará vivo?

5

Sir Craigh Barnet llega a su despacho del Yard a primera hora y se encuentra con una sorpresa.

—¡Vaya, Henry! ¿Qué haces aquí?

—Esperándote, Craigh.

—¿Y cómo no avisaste de que venías, amigo? No me gusta que esperes ahí sentado, como una visita más. Por Dios, amigo, ésta es tu casa.

—Estaba resolviendo unos asuntos por aquí cerca y he decidido hacerte una visita, no sé si será buen momento.

—Siempre tengo tiempo para «el Ardilla», ¿recuerdas?

Henry Bradbury sonríe con cierta amargura.

—Sí, recuerdo aquellos tiempos de zaguero en la universidad, todo era sencillo, sin complicaciones…

—Te veo serio, Henry. No te me pongas trascendental.

—¿Podríamos hablar a solas un momento?

—Pues claro, amigo. Newham, traiga té y pastas. ¿O prefieres café, Henry?

—Hombre, si no es molestia…

—Café para lord Bradbury. Vamos adentro.

Una vez dentro del despacho del comisionado, ambos caballeros toman asiento. La vista del río, de los árboles que rodean la zona, es magnífica. Ha amanecido un día soleado, cosa rara en Londres y más aún en noviembre.

—¿Qué tal está Adele?

—Muy bien, como siempre. Disfrutando de la temporada.

—¿Y los chicos?

Bradbury ladea la cabeza.

—¿Puedo hablarte con franqueza?

—¿Qué pasa, Henry? ¿Problemas con el Parlamento? ¿Las tasas?

—No, es algo personal.

—Ya.

—Excuso decirte que lo que voy a contarte es estrictamente confidencial.

—Me hago a la idea.

—No me halaga tener que ponerte en este compromiso, ¿sabes?

—Los amigos estamos para eso. Además, no tengas cuidado, aquí nos las vemos con asuntos realmente escabrosos y delicados. Sabes que soy una tumba.

—Lo sé, pero es un asunto…

—¿Qué tal si comienzas por contármelo?

En ese momento entra el secretario del comisionado con la bandeja y sirve el té y el café. En cuanto les deja a solas, Craigh Barnet mira a su amigo y dice:

—Adelante. No temas en contármelo todo. No sé de qué se trata, pero sabes que cuentas con el apoyo de la mejor policía del mundo.

—No sé por dónde empezar, la verdad.

—Por el principio, Ardilla.

—Tienes razón, Craigh. Mira, hace unos meses conocí a un individuo, un caballero norteamericano, Mr. Davis.

—Me parece, querido, que son términos excluyentes. Me refiero a «caballero» y «norteamericano» —dice Barnet echando a un lado su flequillo. Tiene buen aspecto pese a la edad. Delgado, fibroso, sin canas y con el pelo abundante, parece más joven cada día a ojos de Bradbury.

—Por desgracia ha resultado ser así. El caso es que desde el primer momento me sentí muy cómodo en su presencia, nos hicimos amigos. Es un tipo avanzado y ya sabes que soy un enamorado del progreso. Es un hombre que hizo fortuna en Sudamérica y que tiene importantes negocios en Chicago, así que podemos decir que está muy viajado. Un tipo harto interesante, ha cazado osos en Alaska y conoce el Sudán; en fin, un hombre cosmopolita y que habla varios idiomas. Me agradaba mucho su compañía.

—Te sigo.

—Cayó muy bien a mi familia, muy atento con mi esposa y cariñoso con mis hijos. Parecía una buena persona, ya sabes, era hasta amable con el servicio.

—Estos americanos... —Craigh ladea la cabeza con desdén—. Nunca han tenido maneras y nunca las tendrán. Es muy típico de ellos excederse en las confianzas con el servicio. Ya me voy haciendo una idea del personaje, amigo, pero sigue, sigue.

—El caso es que Mr. Davis comenzó a frecuentar mucho mi casa.

—¿Y tú la suya?

Lord Bradbury se queda parado por unos segundos, como el que descubre una gran verdad. Se nota que su interlocutor dirige nada menos que Scotland Yard.

—Pues ahora que lo dices, no. Nunca he estado.

—¿Y no te pareció raro?

—En ese momento, no. Ahora, sí.

—¿Dónde vive? —El comisionado comienza a tomar notas vivamente interesado en el asunto.

—En Hampstead.

—¿Dónde? ¿Dirección?

—Ni idea.

—¿Y su nombre completo?

—Se llama Chester, Chester Davis.

Craigh lo anota en un papel y hace sonar un timbre. Al momento aparece Newham en la puerta en posición de firmes.

—Baje al archivo y que me miren qué tenemos de este tipo. Discretamente. Encárguese usted mismo, ¿entiende?

—Sí, señor —contesta el joven saliendo del cuarto.

—Bien, Henry, sigue contándome.

—Mi esposa y yo comenzábamos a preguntarnos si Mr. Davis estaba interesado en nuestra hija, ¿comprendes?

—Sí, claro, era una posibilidad. Muchos de estos tipos buscan emparentar con buenas familias inglesas para entrar en sociedad. Les sobra el dinero pero les falta pedigrí.

—También hizo migas con John; de hecho, fueron a cazar un par de días.

—¿Sabes dónde?

—Creo que cerca de Thetford, pero ya no estoy seguro.

—¿A una casa de Mr. Davis?

—No lo sé, la verdad.

—¿Y por qué no preguntas a tu hijo?

—No me atrevo.

—¿No te atreves?

Se hace un silencio.

Craigh mira a lord Bradbury sin entender nada.

—Mira, es complicado. Ahora te lo aclaro. Un buen día quedé con Mr. Davis para comer en el club, ¿de acuerdo?

—Sí, últimamente voy poco. Lo reconozco.

—En aquella comida, Mr. Davis se descolgó con una petición un tanto… extraña.

—Tú me dirás.

—Digamos que quería que yo hiciera la vista gorda.

—¿En?

—Este caballero, por llamarlo de algún modo, quiere fijar su residencia en Inglaterra. De manera que querría traer ciertos bienes desde Estados Unidos eludiendo los aranceles.

—Y ahí entras tú como comisionado de Aduanas.

—En efecto, me pidió que cursara órdenes para que, desde mi departamento, se mirara hacia otro lado...

—¡Vaya!

—Pues sí, y sabes que soy de hombre de honor.

—Y en mi opinión lo eres en exceso.

—Nunca es suficiente.

—Sí, Henry, lo sé: patria, familia y Corona... pero ¿y qué más da?

—¿Cómo? ¡Eres el comisionado del Yard! ¿Cómo puedes hablar así?

—Y tú de Aduanas, pero Henry, querido, ¿y qué importa que este hombre pase un par de alfombras? A veces me sorprendes, te lo juro. Es que parece que te falte mundo, una mano lava a la otra y punto.

—No, no me sigues, Craigh. No se trata de un candelabro y un cuadro de la abuela, es algo más grande.

Barnet adelanta la cabeza, interesado.

—¿Más grande?

—Sí, mucho más grande.

—¿De qué se trata?

—De un barco.

—¿Un barco? —Craigh se incorpora en su silla—. Pero ¿qué quiere introducir ese hombre en el país, por amor de Dios?

—No sé, cuadros, joyas, muebles y creo que oro.

—¿Oro? ¿Has dicho... oro?

—Sí, su patrimonio de toda la vida. Al parecer lo tiene todo en oro.

—Pero… ¿un barco? Mucho oro es eso, ¿no?

—Es rico.

—Sí, sí, pero ¿un barco cargado de oro? Eso es raro, amigo. ¿Tú sabes lo que es eso? ¡Un barco cargado de oro!

—Comprenderás que tuve que negarme.

—Claro, claro.

—Me ofreció un porcentaje. Sabía el estado de mis cuentas, insinuó que me vendría bien.

—Vaya. ¿Y tú qué hiciste?

—Pedirle que abandonara el club y retirarle mi amistad.

—¡Bien hecho!

—Ya.

El comisionado mira a Bradbury y añade:

—Pero supongo que la cosa no acaba aquí.

—Pues no. Hace unos días me envió a un tipo.

—¿Quién?

—Un tal Romero: joven, alto, recio y guapo. De rasgos meridionales. Tienen fotografías.

—¿Fotografías? ¿Quiénes? ¿Qué fotografías?

—Sí, de mi hijo. En actitud licenciosa con él, se le ve totalmente drogado.

—Vaya, ¿el opio otra vez?

—Creo que nunca lo dejó. Ese tipo me hizo ver que o hago la vista gorda con lo de su barco o Mr. Davis hará públicas las fotografías. Dicen que tienen más.

—Sospechas que lo de la caza fue una trampa, claro.

—En efecto, ese tipo investigó a mi familia, es obvio que sabía de las «inclinaciones» de mi hijo… Y se aprovechó de mi confianza: con la excusa de llevarlo de caza supongo que le montó una buena fiesta. Lo demás vino solo.

—Las fotografías…

—¿Sí?

—¿Son licenciosas?

—¡No sabes cuánto!

—¿Coristas? ¿Putas?

—Ojalá.

—¿Cómo?

—¡Que ojalá fuera con mujeres!

—¿Otra vez con aquello, Henry?

—Sí, quería creer que eso era historia pero sí, otra vez. Ese Romero y, al parecer, otros tipos.

—Pues estás en un aprieto, amigo, sí.

—Sí.

Los dos hombres se quedan en silencio un rato.

Entonces el comisionado junta sus manos, entrelazando los dedos, y apoya su barbilla en ellos. Toma la palabra:

—Mira, Henry. La cosa no sería muy complicada. Tú haces como que cooperas y montamos una operación conjunta entre el Yard y Aduanas. Esas cosas «arriba» gustan mucho…

—Lo sé.

—… tendríamos la información de cuándo llega el barco y podríamos caer sobre ellos. Les pillaríamos de improviso, claro. Nos apuntaríamos un tanto y ese tipo acabaría en la cárcel para siempre. Ya nos encargaríamos de que fuera enviado a Nueva Zelanda y de que lo pasara mal allí. Ahora, hay un problema.

—¿Cuál?

—Que ese tipo no es tonto. Habrá previsto esa posible contingencia y tendrá todo preparado, ya sabes, para que en caso de que se le detenga las fotografías lleguen a hacerse públicas.

—Eso no lo dudo.

—Así que estamos atados de pies y manos.

—¿Qué puedo hacer?

De pronto, Newham toca a la puerta.

—¡Adelante! —dice el comisionado.

—No tenemos nada sobre ese tipo, señor.

—Vaya. —Craigh, con cara de circunstancias—. Bien, gracias, Newham. Déjenos solos.

Los dos prohombres quedan en silencio otra vez.

—Mira, Henry, esto es lo que haremos. Voy a poner a dos buenos detectives en el asunto, ¿de acuerdo? Haré que investiguen sus propiedades de Hampstead, aunque me temo que el tipo bien puede haberte engañado al respecto y no vivir allí.

—Es una posibilidad, sí.

—Tú sigue igual. Si te contactan me mantienes informado y sigues adelante con el plan; es importante que crean que te tienen cogido, ¿comprendes? Mientras tanto, nosotros intentaremos localizar al pájaro.

—¿Cómo?

—Te colocaré una contravigilancia; y si esos tipos aparecen para contactarte, mis hombres les seguirán y los tendremos.

—Vaya, no se me había ocurrido.

—Y entonces, lo resolveremos.

—¿Y qué solución le ves?

—Sólo una, pero no es demasiado limpia, amigo.

Tao aspira lentamente la droga, haciendo que el humo inunde sus pulmones. Sentado en su amplia cama con dosel, preside el local como si fuera un rey en su trono. Al fondo, las literas que tapizan los oscuros pasillos están atestadas de adictos que permanecen tumbados durante horas, a veces días, sumergidos en la profunda somnolencia que provoca el opio. Hay tipos andrajosos, aristócratas con frac, putas y amas de casa. Son muchos los esclavos que el opio tiene en la City. Los que acuden allí buscando el olvido son legión, están en cierta medida en sus manos y él lo sabe.

Uno de sus ayudantes le dice que el Rata quiere verle. Tao da su aprobación y aquel tipejo se presenta frente a él.

—¿Y bien? —pregunta el inglés—. ¿Lo habéis matado?

—Se ha esfumado —contesta el lascar—. ¿Quieres una pipa?

—No, gracias, Tao. Siempre me he mantenido lejos de eso. Con la ginebra tengo bastante. Mi jefa no está contenta. Fallasteis en el atentado y ahora, ¿ha desaparecido? ¿Cómo es eso?

—El tipo anduvo listo; Rata usó al señuelo como escudo y mi hombre no pudo cumplir la misión por unas pulgadas. Tuvo que escapar de allí a toda prisa.

—Creía que nunca fallabais.

—Creo que tu jefa ya tuvo otro error, ¿no?

—Sí, contrató a un pistolero para descerrajarle un tiro en la nuca pero justo cuando el tipo iba a hacerlo aparecieron dos pilluelos que le salvaron la vida.

—¡Vaya! ¿Alguien más seguía a nuestro hombre?

—Parece que sí; de hecho, frustraron el atentado. Dos pilluelos, no sabemos para quién trabajaban.

—Este negocio no es sencillo, Rata.

—¿Y ahora qué, Tao? La señora se impacienta.

—No esperábamos que el tipo se quitara de en medio. Se ha volatilizado y eso es malo. No será fácil encontrarlo, estoy vigilando la pensión de Gloucester Street, pero si ese individuo es tan listo como dices no aparecerá.

—¿Devolverás el dinero?

El lascar mira fijamente al Rata que siente como si una serpiente fuera a engullirle. Pone cara de pocos amigos y dice:

—Tao nunca devuelve el dinero. Tao siempre cumple los encargos. Dile a esa Bárbara que lo resolveré, es cuestión de tiempo. ¿Entendido?

—Entendido.

—Y ahora, déjame, tengo asuntos que resolver.

El Rata se da la vuelta y se encamina hacia el estrecho y

largo pasillo. Nadie repara en que un andrajoso adicto que yace junto al catre de Tao se ha levantado al escuchar la palabra «Bárbara». Tambaleándose por el efecto del opio, el tipo sigue al Rata hasta la calle.

Una vez en Lower Shadwell Street, el Rata gira hacia la izquierda y sale a la más concurrida High Street. El sujeto que le sigue queda atascado entre el gentío y repara en que su hombre sube a un coche de punto que le esperaba. Choca con una mujer y el contenido de su cesta se desparrama por el suelo. Pisa una manzana y cae cómicamente al suelo mientras que aquella mujerzuela le increpa y golpea por haberle tirado la compra. Cuando consigue zafarse de aquella pesada, el coche parte ya sin que pueda evitarlo. A través de los cristales ve al Rata dando explicaciones a una dama que asiente: es Bárbara Miranda.

Víctor aguarda en la acera, pensativo. No ha pasado ningún otro coche de alquiler y no ha podido seguirles, pero al menos ha conseguido algo importante: el número del coche de alquiler en que ha visto a Bárbara: 7578.

Pese a que lo esperaba, pese a que sabía que ella estaba en Londres, ha sentido un vuelco en el corazón al ver a aquella mujer, a la demente que le torturó y que de pocas le mata. Piense en Clara, en su mujer, que le salvó la vida. ¿Qué hará en ese momento? Debería escribirle.

Se restriega los ojos, rojos por las cebollas que estuvo trasteando antes de ir al fumadero de Tao para parecer un adicto. Se ha puesto polvos de talco en el rostro y está blanquecino, pálido, con ojeras que se ha pintado para semejar ser un esclavo del opio. Su disfraz es convincente. Ha tratado de ser muy discreto y le ha costado simular que fumaba de su pipa, pero afortunadamente, el local de Tao es un sitio oscuro.

Debería hablar con Roberts, hay que vigilar aquel antro. Por si Bárbara o ese tipejo, el Rata, vuelven por allí. Decididamente tiene que contactar con sus amigos. No puede seguir solo con aquello.

Si no encuentra a Emma Sanders, su investigación entrará en vía muerta. Se reafirma en que tiene que pasar a la acción. El que da primero da dos veces.

Necesita hablar con Roberts sobre ese tipo, el Rata, igual en el Yard saben dónde localizarle. Además, es posible que su amigo haya averiguado algo sobre el compañero de correrías de Cornelius Hall, ese tal Negro Blake.

Tiene que hablar con sus amigos sobre el incidente de la barca de Hall. ¿Quién pernoctaría en ella?

Víctor está seguro de que Hall fue sacado a la fuerza de su almacén de ginebras pero la idea de que el tipo anduviera escondiéndose en su propia barca de pesca no le parece descabellada. Igual escapó de sus agresores y se ha estado ocultando allí hasta que las cosas se calmen. Cada vez tiene más claro que la desaparición de Cornelius está relacionada con la vuelta de Aldanza de España. O eso, o no tiene caso. Y esa perspectiva no es demasiado halagüeña.

6

Don Alfredo apura su cuarto bollo de la tarde acompañado de otra taza de té bajo la mirada reprobatoria de María Fuster.

—Se está usted poniendo fondón.

—¿Y qué voy a hacer sino comer? No me dejan apenas moverme con este maldito tobillo, no entiendo ni papa y aquí hace un frío del carajo, me aburro y sufro por Víctor.

—Está usted haciendo muchos progresos con el inglés, don Alfredo.

—¡Qué va, hija! ¡Qué va! Si al menos consiguiera emparejarla con Martin…

—¡No diga eso ni de broma!

—Pues sepa usted que se ha mudado de pensión. Estaba… «muy relacionado» con su patrona y no se lo ha pensado dos veces. Creo que es por usted.

—¿De verdad piensa que puede ser por mí? —pregunta ella entre interesada e indiferente.

—No me cabe duda —responde Blázquez—. Creo que está en el momento de sentar cabeza y, querida, ¡mírese! Es usted maravillosa, María.

Entonces, en ese momento, aparece la señora Smith en el umbral de la puerta acompañada por dos tipos inmensos. Uno va de negro y parece del sur; el otro, rubio y con el pelo largo, recogido en una larga coleta, tiene aspecto nórdico.

La mujer apenas se atreve a moverse por lo que Blázquez percibe que el segundo la apunta con una pistola.

—Buenas tardes —saluda el moreno en español sacando un inmenso revólver—. Me llamo Romero y tengo unas preguntas que hacerles.

—¿Cómo? —dice Blázquez.

—Ni se mueva o le vuelo los sesos a esta palomita —responde el tipo apuntando a Fuster a la cabeza. El rubio apunta a la señora Smith y el moreno a María.

Don Alfredo comprende al instante que está en una situación delicada.

—Ustedes dirán —contesta bajando su mano derecha para apoyarla en el muslo. Entre el cojín y el brazo del sillón tiene escondida un arma. Espera que los dos tipos no lo noten.

—El negocio es bien sencillo. ¿Dónde está Ros? —pregunta el tipo moreno.

—No pierda tiempo, amigo, no lo sabemos.

El matón amartilla el arma junto a la sien de María Fuster, que da un respingo.

—¡No, no! ¡Espere! —Blázquez, muy alarmado.

—No tenemos tiempo, amigo.

La señora Smith vuelve a desmayarse y aquellos tipos no le hacen ni caso. Choca contra el piso con estrépito; no en vano, está entrada en carnes. La buena mujer queda tirada en el suelo, con un brazo extendido y la cabeza sobre el mismo. María hace ademán de agacharse para socorrerla pero el matón, Romero, le dice que no con la cabeza. El rubio apunta ahora a Blázquez con su arma.

—Si supiera dónde está, ya le habría visto. Necesitamos hablar con él y no podemos —explica el detective español.

—No me tome por tonto —dice Romero sacando una navaja.

De pronto, y sin que su cómplice deje de apuntar a Blázquez, guarda su arma, coge la mano de María Fuster y con la navaja la atraviesa clavándola literalmente en la mesa del salón.

Un grito de dolor de la joven hace que Blázquez esté a punto de levantarse. Romero sujeta a la joven con fuerza para que no desfallezca.

—¡No lo sé! ¡Le digo que no sé dónde está Víctor! ¡Déjela! ¡No le haga daño!

Romero saca otra navaja del bolsillo de su inmenso abrigo negro y dice sonriendo como un sádico:

—Tengo más.

—¡No, no, espere! ¡Whitechapel! ¡Está en Whitechapel! —grita don Alfredo totalmente fuera de sí.

—¿Dónde?

—No lo sé, se lo juro. Pienso que está en Whitechapel porque buscaba a la amiguita de Hall, una tal Emma Sanders, pero no sé más, lo juro. Tampoco tengo la certeza de que esté allí, se ha quitado de en medio sin decir nada a nadie. ¡Déjela! Está en Whitechapel, es lo único que puedo decirle. ¡De verdad!

Romero mira a su compañero con una amplia sonrisa.

—¡Mátalo! —dice sacando su arma de nuevo. Extrae la navaja de la mano de María, que cae al suelo a punto de desmayarse, y la limpia con un pañuelo. La joven parece medio mareada y Blázquez ve que el otro, el rubio, se acerca a él apuntándole con el revólver.

El ruido de unos pasos a la carrera hace que los dos individuos se giren hacia el recibidor. Martin Roberts ha entrado en la estancia.

—¿Qué pasa? Me he encontrado con que la puerta está abierta y…

Cuando acierta a ver a la señora Smith sin sentido, en el suelo, a María Fuster con la mano ensangrentada y a Blázquez con cara de pánico, Roberts ya tiene el revólver de Romero en la cabeza. No tiene tiempo apenas para reaccionar. Levanta las manos. La situación empeora por momentos. Blázquez desliza la mano tras el lateral de su pierna y palpa el revólver con disimulo.

—Vais a morir todos —dice Romero haciendo una seña con la vista a su acompañante.

—Un momento. No tan deprisa.

Una voz hace que todos se giren de pronto.

Allí está Víctor Ros con un revólver que apunta a la cabeza de Romero.

Éste, hábilmente, se sitúa tras Roberts mientras le apunta a la testa con su arma.

—¡Vaya, ya estamos todos! Hemos ganado tiempo. Menuda suerte la nuestra, ¿eh, Olson?

El rubio sonríe sin dejar de apuntar a Blázquez.

Víctor mira a su amigo y éste asiente. Lanza una mirada hacia el brazo de su sofá y Ros nota que tiene el brazo oculto.

Sin perder la compostura y siempre mirando a su presa, Víctor dice:

—Esto me recuerda aquella noche en la calle Montera, ¿te acuerdas, Alfredo?

—Como si fuera hoy mismo.

—¿Qué dicen? —Romero, que comienza a sospechar de una treta.

Roberts, que intuye algo, mira a Ros y señala con las cejas a su captor. Espera una señal de su amigo. Romero se oculta tras el sargento del Yard y no es blanco fácil. Víctor sabe que debería darle en la cabeza para asegurarse de que no hace fuego, pero el esbirro se escuda tras Martin.

—Sí, sí… —continúa Víctor en voz muy alta—. ¿Recuerdas?

—Sí. —Blázquez.

—Eran dos tipos más duros que éstos, ya te digo, y cayeron en un decir Jesús, María y ¡José!

En ese momento, Roberts propina un codazo a Romero para que Víctor, inesperadamente, gire su arma disparando al rubio, cuya cabeza vuela hecha añicos mientras que don Alfredo, que ha sacado su arma, hace fuego una, dos, tres veces, sobre Romero, que cae rodando mientras que Roberts se ha lanzado al suelo eludiendo los disparos.

Hay un momento de silencio.

—¿Todos bien? —grita Víctor—. ¿Todos bien? —grita de nuevo.

—¡Sí! —responden todos.

Romero, que se duele de un hombro, corre ya hacia la calle perseguido por Víctor y Roberts. La portezuela de un coche que le espera está abierta y se lanza a su interior. Desde el pescante, un tipo con una escopeta hace fuego astillando en mil pedazos la puerta de la señora Smith.

—¡Cuidado! —grita Roberts tirando a Víctor al suelo.

Ambos ruedan por el pavimento ágilmente. Antes de que se puedan dar cuenta, el coche vuela calle abajo. Los han perdido.

En la esquina, un coche de alquiler inicia su traqueteo de manera discreta. En su interior, Eduardo, vestido de pilluelo, sigue a los asaltantes a distancia.

—Vamos, adentro —dice Víctor apoyándose en Martin, que parece aturdido por tanto golpe y caída.

Justo detrás de ellos, María Fuster, que les ha seguido hasta la puerta, se gira para volver al salón. Víctor repara en que, oculto en la palma de su mano buena, lleva un fino estilete que, con disimulo, oculta bajo la manga de encaje de su vestido.

Roberts, muy preocupado, va hacia ella:

—¿Está usted bien, querida? Dígame que está usted bien —dice muy nervioso el policía del Yard.

—Esta mujer nos echa de casa. Es el segundo ataque que vive y no gana para desmayos y sobresaltos —dice Blázquez refiriéndose a la señora Smith.

—La verdad es que la pobre ha sufrido ya dos soponcios: primero el asunto del dardo y la tarántula, y ahora, esto. Es demasiado para alguien de su edad —añade Víctor.

—Tranquilos —apunta Martin Roberts—. Sus dos sobrinas la cuidan en su habitación y he ordenado vigilancia policial en la casa durante las veinticuatro horas, agentes uniformados. Eso la tranquilizará y ahuyentará a los criminales.

—No sé, debe de estar harta —responde Blázquez.

—Alfredo —tercia Víctor—. ¿No temerás por tu suministro de bollos? Has ganado peso en estos días.

—¿Ve usted como tengo razón? —apunta María, que luce un aparatoso vendaje en la mano izquierda.

—¡Estáis todos en contra mía! —dice Blázquez levantando la voz.

—Bueno, bueno, dejémonos de bromas y pongámonos al día —dice Víctor mientras la joven traductora sirve el té.

Están sentados a la inmensa mesa de comedor y Roberts ha esparcido sus notas por la misma.

—¿Está usted bien, María? —pregunta el sargento del Yard mirando ensimismado a Fuster, que lleva la mano vendada.

—Sí, sí —responde ella azorada—. El médico me ha dado unos puntos y dice que no es nada.

—Es usted muy valiente —dice Roberts mirándola a los ojos. Ella hace otro tanto.

—¿Qué tal si trabajamos un poco? —interrumpe Víctor de golpe, provocando que ambos dejen de mirarse muy avergonzados.

Roberts tose y Blázquez sonríe divertido.

—Aldanza preparó un golpe maestro en Madrid —repasa Víctor—. Todo salió perfecto pero ni imaginaba que sabríamos que él estaba tras el golpe. De pocas le sorprendemos en la habitación del hotel que tuvo que abandonar precipitadamente. Aquello le generó dos problemas: uno, las dosis de ozono que vimos y dos, dejó el rastro en la Transatlántica. Él suele borrar muy bien su husmillo y supo que yo le seguiría hasta Londres. Además, como es muy cauteloso supuso que seguiría la pista hasta su proveedor de ozono. ¿Y quién le entregaba las botellas?

—Cornelius Hall. —Blázquez.

—Exacto, así que comprendió que Cornelius Hall era el único eslabón que podía permitirme tirar del hilo. ¿Y qué ocurre entonces?

Roberts interviene:

—Que desaparece Hall.

—Y yo no creo en casualidades. Parece que la mujer y su amante no son culpables, aunque nunca se puede tener la certeza, así que sólo nos quedan dos vías de investigación: su amigo Blake y Emma Sanders.

Entonces Martin toma la palabra:

—Encontramos al amigo de Cornelius Hall, el Negro Blake. Estaba en la cárcel de Newgate.

—¡Claro! Era evidente —exclama Víctor—. En la cárcel, ¿cómo no lo pensé?

Roberts cuenta entonces la historia de las correrías en Sudamérica de Hall y cómo estableció el nexo con Blake.

—¿Y ese tipo dice que Hall comentó que «iba a ver a su jefe a Hampstead»? —pregunta Ros.

—Sí, dice estar seguro de eso —aclara Roberts.

—¿Y?

—Allí no hay rastro de un tipo así, aunque seguimos buscando. He enviado a un par de hombres y nadie sabe nada.

—¿No es posible que la casa no esté a su nombre? ¿Que se hospede en casa de algún amigo o cómplice?

—Sí, Víctor, eso que dices no es descabellado. Pero entonces será más difícil encontrarle. De momento tengo avisada a la policía del lugar y mis hombres siguen peinando casa por casa.

—No perdemos nada.

Entonces Víctor relata a sus amigos el incidente del embarcadero.

—¡Eras tú! —exclama Alfredo.

—Lo siento —se excusa Fuster—. Por el trastazo con la botella.

—No fue nada.

Víctor les cuenta que había alguien viviendo en el barco de Hall.

—¿Y no sería un vagabundo? —Roberts.

—Sea quien fuere, no creo que vuelva —dice Víctor.

—¿No pensabas que Hall estaba muerto? —pregunta Blázquez.

—Y de momento lo sigo pensando, aunque no puedo descartar ninguna posibilidad. Pero tengo más cosas que contar. Estuve en el fumadero de opio de Tao, el tipo que envió al asesino del dardo. ¿Y sabéis? ¡Vi a Bárbara Miranda!

—¡Cómo! —Blázquez.

—Sí, se me escapó por poco, pero tengo el número del coche de punto que la trasladaba. Iré a ver al cochero.

—Algo es algo —dice Roberts.

—Iba con un tipo al que llaman el Rata. Él se entiende con Tao. ¿Te suena, Martin?

—Pues no, pero esos apodos se cuentan por cientos aquí: el Negro, el Rata, el Comadreja... Están a la orden del día en los bajos fondos, por ahí no vamos a sacar nada, a no ser que me des un nombre o un apellido.

—Ya. —Víctor, con cara de contrariedad.

—Recapitulemos, entonces —ordena Blázquez—. Seguimos a Aldanza y Miranda te sigue a ti. ¿Qué hacemos ahora?

Víctor toma la palabra y reparte tareas:

—Tú, Martin, encárgate de Hampstead. Debes encontrar la pista de Aldanza. Yo iré a hablar con el cochero para seguir la pista de Miranda, y mientras tanto, seguiré oculto en Whitechapel esperando noticias de Emma Sanders. Vosotros, María y Alfredo, sobornad al guarda del embarcadero para que nos avise si regresa el intruso del barco.

—¿Vas a volver a Whitechapel? —dice Roberts—. Estos tipos que nos han atacado saben que te escondes allí. Y uno, al menos, escapó con vida.

—No tengo miedo, les esperaré. Además, tendrán que encontrarme.

—¿Y quién les envió?

Víctor da su versión:

—Si Tao me busca con sus chinos por encargo de Miranda y ahora aparecen dos tipos nuevos, occidentales, yo apostaría a que son hombres de Aldanza.

—¿Y los pilluelos? —Blázquez.

—Ahí sí que me dejas en blanco. No tengo la menor idea de cómo encajan estos dos en todo este galimatías. No lo sé, no tengo ni idea de para quién trabajaban, pero debéis estar atentos por si aparecen de nuevo. Alfredo, no pierdas ripio: ese sillón, tus bollos y tus clases serán tu atalaya. Desde ese ventanal ves la calle perfectamente. Estudia inglés con María y no pierdas detalle. Si hay algo avisas. Os daré las señas de donde me hospedo; pasaré al menos una vez al día por allí. Estaremos en contacto. Y ahora, Roberts, quiero echar un vistazo a ese tipo rubio.

—¡Si le has reventado la cara de un disparo!

—Romero le llamó Olson, empezad por ahí. Además,

quiero examinar el cuerpo. Alguien me dijo una vez que «los muertos hablaban» y ese alguien fue Aldanza. Te aseguro que ese tipo va a lamentar haberme enseñado.

—Pare aquí —dice Eduardo al cochero mientras observa cómo el Hansom se introduce en una propiedad enteramente rodeada de bosques. Están un poco más allá de los Hampstead Ponds, un conjunto formado por tres estanques algo al oeste de la población. Está atardeciendo y pronto caerá la noche.

Tras dar una propina al cochero, baja y salta la valla corriendo semioculto entre los troncos de los inmensos árboles. Un sendero de tierra lleva a una casa grandiosa, de color blanco y rojos tejados. Es de corte neoclásico, un auténtico palacete.

Eduardo se acerca a través de un delicioso jardín de aire italiano y se esconde entre los setos. Escucha voces y ve, a la izquierda, a un caballero y dos damas jugando al críquet. Camina con cuidado y se acerca a la casa oculto tras un tupido rosal. Allí ve cómo un tipo vestido de negro baja del coche de caballos al que ha seguido, doliéndose del hombro. Ha escuchado disparos en la casa de Gloucester Street, así que supone que el matón está herido.

—No es nada, un rasguño —dice con muy malas maneras a dos sirvientes que salen a auxiliarle.

—¡Romero! ¿Está usted bien? —exclama un hombre que ha aparecido en la puerta de la mansión. Es muy elegante, con guantes, esbelto y peina canas. Debe de ser ese tipo que busca su padre, Alberto Aldanza.

—No es nada, don Alberto —contesta el otro.

Entonces, una mano ruda agarra a Eduardo por el hombro. Se gira y ve a un hombre de rostro rubicundo y con el pelo largo. Tiene una porra en la otra mano y lleva una escopeta colgada al hombro.

—¡Vaya! ¿Qué haces aquí, pilluelo? No nos gustan los intrusos.

El crío repara en que debía haber dicho algo al cochero por si le ocurría algo. Ha cometido un gran error al dejarse llevar por la emoción. Ahora nadie sabe que está allí. Recuerda las enseñanzas de su padre y comprende que es bueno pensar antes de actuar. Lo ha cegado el entusiasmo. Se veía a sí mismo recibiendo felicitaciones por haber encontrado a aquel hombre y haber resuelto el caso. Ha sido un idiota.

Antes de que Eduardo pueda darse cuenta, el otro descarga un golpe con la porra y todo se vuelve negro.

Adele y Margaret Bradbury disfrutan de su paseo a caballo por La Milla de las Damas, en Kensington Gardens. Aquel ambiente nada tiene que ver con los sórdidos rincones de Whitechapel; niños de cara sonrosada, lacayos con librea y damas y caballeros montando hermosos corceles se cruzan aquí y allá saludándose educadamente. Londres puede ser una ciudad maravillosa.

Si se tiene suerte, claro.

Ambas damas visten igual: elegante chaqueta azul marino y falda de amazona, sombrero alto rematado con un largo pañuelo de tul que cae graciosamente a la espalda. El de Margaret, más joven, es rosa, casi fucsia, mientras que su madre luce uno más discreto en blanco inmaculado. Madre e hija se muestran agotadas por la jornada que aún no ha terminado. Han desayunado con sus amigas las Goldsmith, para pasar el resto de la mañana en Christie's adquiriendo unas hermosas alfombras persas para la casona que la familia tiene en Escocia. El almuerzo, agradable pero agotador, ha tenido lugar en Holland House, donde han podido ver a mucha gente y ponerse al día de lo que se rumorea aquí y allá, de los últimos cotilleos, las jóvenes que han causado sensación en la temporada y los más cotizados solteros que han aparecido recientemente por la City. Tras pasar por casa y cambiarse, el ejercicio vigoroso de la equitación en aquellos hermosos jardines no es sino una excusa para exhibirse y contemplar a sus iguales mientras se hace tiempo para la cena. La Milla de las Damas está, literalmente atestada por las idas y venidas de caballeros que montan briosos caballos jerezanos y damas que dominan a la perfección a sus monturas, ejemplares espectaculares del pura sangre inglés o del hunter irlandés.

En medio de aquella majestuosidad, lo frondoso de aquellos árboles y las hermosas flores, Adele y Margaret deciden que es hora de volver a casa.

Cuando encaran un estrecho camino que discurre paralelo a Kensington Road, para salir del parque, dos tipos con mal aspecto les salen al paso.

Apenas tienen tiempo de reaccionar cuando ambos individuos sujetan las bridas de sus corceles para que cuatro tipos que salen de los matorrales sean capaces de agarrarlas, desmontarlas y llevarlas en volandas a la umbría donde, oculto en mitad de dos inmensos avellanos, les espera un tipo imponente, que lleva el brazo en cabestrillo. Es moreno, parece venido del sur.

Lady Bradbury no puede entender qué está pasando; se encuentran en mitad de la capital, en un lugar concurrido y han sido asaltadas por unos bandoleros. Ambas yacen en el suelo, sujetas, y no pueden gritar pues las inmensas manos de sus captores se lo impiden. Hay por lo menos seis hombres allí.

Antes de que puedan hacer nada, el tipo del brazo herido, el que manda, corta con una navaja el vestido de su hija, dejando al aire un corsé blanco que otros dos tipos desgarran con sus manos. Sus senos, jóvenes, duros y sonrosados, quedan al aire, bajo la contemplación de las sucias miradas de aquellos facinerosos. La joven intenta gritar y se retuerce mientras lady Bradbury intenta zafarse, pero comprueba que no puede.

Se teme lo peor pero no puede defender a su hija. Gritaría que se lo hicieran a ella, que a la niña no, pero no puede apenas hablar con esa mano negruzca y de uñas sucias que le sujeta la boca. Sus asaltantes huelen a ginebra, a tabaco, cebollas y sudor.

Aquellos degenerados, como si lo tuvieran preparado, suben la falda de la joven Margaret dejando al aire sus hermosos muslos y su sexo, para inmovilizarla abriendo sus piernas mientras el jefe apoya una navaja en el rostro de la chica. Ambas mujeres luchan inútilmente, gimen y sollozan pero nadie las puede oír. Entonces uno de ellos se agacha con el pene en la mano, es inmenso y está erecto. El tipo es muy grande, un gigantón, lleva la cabeza rapada y sólo tiene un diente. Lady Bradbury sabe lo que va a hacer y se sacude mientras el tipo acerca su miembro al sexo de la joven. Lo pasa sobre el mismo con suavidad y mira al jefe, que dice:

—¡Basta!

Cuando las damas lo creían todo perdido, el gigante se retira y se sube los calzones.

—Dígale a su marido que soy Romero. Esta vez ha quedado en un aviso. Si vuelve a ver a la policía iremos hasta el final.

Y dicho esto arroja un daguerrotipo sobre lady Bradbury y emite un silbido que provoca que aquella panda de facinerosos se disuelva, se funda entre los madroños, lentiscos y matorrales que rodean el lugar. Han desaparecido con la misma facilidad que aparecieron, como fantasmas.

Las dos mujeres sollozan, abrazadas en el suelo, sin poder creer lo que han vivido. Comienzan a escucharse voces de hombres que, parece, ya vienen en su auxilio.

—¡Socorro! ¡Ayuda! ¡Aquí! —gime la madre a voz en grito y presa del pánico.

Un paisano se asoma entre los arbustos, las mira y grita:

—¡Avisen a la policía!

Sin dejar de abrazar a su hija, lady Bradbury alza la foto y contempla una instantánea de su primogénito practicando una felación al gigante que hace unos segundos de pocas deshonra a su hija. Es evidente que la pesadilla no ha terminado. ¿Qué está pasando allí?

7

Sir Craigh Barnet trabaja en su despacho desde primera hora. Hombre atareado donde los haya, intenta ganar tiempo al tiempo para poder pasar un rato con su familia por las tardes, aunque la mayor parte de las veces la jornada se complica.

Su asistente aparece en la puerta y le dice que tiene visita: son dos tipos muy bien vestidos que, al parecer, traen una recomendación del mismísimo Secretario de Estado del Foreign Office.

Barnet examina la esquela, que no deja lugar a dudas. Despacha a su ayudante y ordena a los dos visitantes que tomen asiento tras estrecharles la mano.

—Wells y Rooney, ¿no?

—Sí, señor.

—Me ordenan que les atienda con la mayor celeridad posible y que les provea de todo lo que necesiten. Según dice aquí, es asunto de Estado y ustedes me explicarán de qué se trata.

Los dos caballeros se miran y uno de ellos, el más joven, toma la palabra:

—Bien, se hará usted una idea de que todo esto es extremadamente confidencial.

—Me hago cargo, Mr…

—Yo soy Wells. Bien, pertenecemos al Foreign Office.

—Hasta ahí llego.

—Estamos incluidos en un departamento, digamos, no oficial, ¿me sigue?

—Servicio secreto —dice el comisionado.

Ambos caballeros asienten. Wells sigue hablando:

—El caso es que hemos sabido que un conocido suyo, de una familia muy destacada y con un cargo realmente importante, vino a pedirle ayuda sobre un asunto… delicado.

Sir Craigh Barnet parece asombrado.

—¿Cómo saben ustedes eso?

—Es nuestro trabajo.

—Ya.

—¿Estamos en lo cierto?

—Sí, así fue. Pero se harán cargo de que es un asunto familiar grave, muy delicado y no puedo…

—Sabemos de qué va el asunto. No se moleste. Es muy loable que sea usted discreto con algo que compromete así a un buen amigo y a su familia, pero no se canse, estamos al tanto. Le digo que es nuestro trabajo —insiste Rooney, el mayor de los dos espías.

—Vaya.

—Sí, y no tenemos mucho tiempo. Sabrá usted que las relaciones internacionales tienen sus cloacas y a veces jugamos con informaciones que pueden valer su peso en oro.

—Nunca mejor dicho —apunta el otro, Wells. Es más joven y su pelo es rojo como el fuego.

—En efecto, compañero —sigue Rooney—. El caso es que hemos sabido que su amigo, lord Bradbury, vino a pedirle ayuda. ¿Era sobre algo relacionado con Aduanas?

—Así es, sí. —Craigh, entrelazando las manos e incorporándose levemente.

—Bien, bien. Alguien le está chantajeando para que ese barco entre en Inglaterra —dice Wells.

—Correcto.

—Pues ese barco debe entrar.

—¿Cómo? —El comisionado del Yard, muy sorprendido.

—Lo que oye.

—¡Pero es una ilegalidad! —exclama sir Craigh Barnet.

—Lo sabemos, y caeremos sobre ellos.

—¿Y el escándalo? Ese tipo hará públicas las fotografías.

—¿Qué fotografías?

—Ese Mr. Davis chantajea a Bradbury con unas fotografías comprometidas de su hijo. Creí que lo sabían todo.

—¿Y? Mejor para nosotros.

El hombre al cargo del Yard mira a aquellos tipos con extrañeza.

—No les sigo. Podemos, en efecto, tender una trampa a ese hombre. Hacer como que Bradbury colabora y caer sobre ellos, pero entonces Davis hará pública la información que tiene sobre esa familia a la que debemos proteger.

—No nos importa.

—Pero una gran familia se verá destrozada…

—¿Qué importa una familia comparada con una nación?

—¿Pretenden ustedes que yo…?

—Usted tiene que hacer lo que se le ordene, el Primer Ministro está al tanto. Éste es un asunto importante, una gran oportunidad de hacernos con algo que nos interesa y asestar un golpe mortal a un país que molesta a nuestro aliados.

—No sé de qué me hablan.

—Ni necesita saber más, sólo tiene que hacer creer a Bradbury que está a salvo. Que siga con la pantomima y cuando llegue el barco, nos haremos con él y usted se apuntará un tanto deteniendo a esos contrabandistas. No se preocupe, intentaremos ayudar a Bradbury, pero no podemos asegurar que sea posible parar el asunto de las fotografías. Lógicamente, su amigo no debe saber nada de esto.

—Esto que me piden es muy irregular.

—Los asuntos exteriores del Imperio no son nada irregular. Para hacer una tortilla hay que romper algunos huevos, no le quepa duda. Encárguese del asunto. Y otra cosa: uno de sus hombres está interfiriendo.

—¿Cómo?

—Sí, se llama Martin Roberts. Está buscando a ese hombre, al americano, por Hampstead; puede dar al traste con nuestra operación.

—Pero ¿ustedes saben dónde está?

—¿Davis? Claro.

—¿Dónde?

—Eso no podemos decírselo.

—¿Y dicen que Martin busca a ese hombre?

—Sí, está ayudando a un amigo suyo, un policía español, Víctor Ros. Fue enviado por el Gobierno de España para investigar este mismo asunto.

—¿Podrían decirme de qué se trata?

—Un robo, en Madrid; no debe saber más, hágame caso, no le conviene. Algo que interesaría a todo el mundo, sea un particular o una nación, es una maravillosa golosina que va a ser nuestra. Cuanto menos sepa usted, mejor. El caso es que Roberts no puede interferir, encárguese de él, ¿entendido? —Parece que Wells es el hombre al mando, no hay duda.

—Entendido.

—Dígale que está actuando sin permiso, que no puede usar los recursos del Yard para un amigo, lo que sea, pero bloquee usted esa investigación. Nos va mucho en ello.

—Lo intentaré. Ya se me ocurrirá algo.

—Mañana vendremos a verle para ver cómo siguen las cosas. Por cierto, el Secretario de Estado le envía saludos a usted y a su esposa. Quiere que vayan ustedes a su casa a cenar, me dice que le hará llegar la invitación en unos días. Ésta puede ser una gran oportunidad para usted, Craigh, aprovéchela.

Víctor va de camino al Yard, donde espera poder participar en la autopsia de Olson, uno de los asaltantes que de pocas asesinan a don Alfredo y a María Fuster. En el interior del Hansom que le traslada repasa sus notas y las líneas de investigación que tiene abiertas. El caso no es demasiado complejo, tiene claro cuál fue el delito y quién lo cometió: Alberto Aldanza. Pero la situación es difícil. Dispone de poco tiempo para recuperar el oro robado al Tesoro y eso pasa por localizar a Aldanza en una ciudad de tres millones de almas.

Tienen el nombre de un lugar, Hampstead, pero de momento los hombres de Roberts no encuentran nada.

El asunto se ha complicado por la presencia de Bárbara Miranda en la ciudad, que ha intentado matarle en dos ocasiones. En cuanto termine con la autopsia acudirá a buscar al cochero que llevó a Miranda y al Rata al fumadero de Tao; espera que recuerde la dirección. Luego tiene que vestirse como un paria y acercarse a Whitechapel para saber si los pilluelos han averiguado algo sobre Emma Sanders, la amiguita de Hall. Son demasiadas cosas y el tiempo es limitado.

Siente que está dando palos de ciego. Perdido en una ciudad inmensa, ocultándose de dos asesinos como Aldanza y Miranda y sin saber de dónde le vienen los golpes.

Cuando el coche llega a su destino, Roberts le espera en la puerta. Parece contrariado. Mientras le indica el camino hacia el laboratorio, le cuenta:

—Me han llamado de arriba. Me quitan los hombres que tenía peinando Hampstead. Me han dicho que andamos cortos de efectivos y que es un asunto personal.

—¿Cómo?

—Sí, que no hay petición alguna de tu embajada para que colabore contigo y que lo hago a título particular. Me han dicho que si persisto pueden sancionarme.

—Algo se podrá hacer, hombre, me refiero a que el Estado español formule una petición de ayuda.

—¿Y hacer público que les han robado el oro? ¿No viste la noticia de la caída de los fondos españoles? Los tiburones huelen la sangre. No pueden correr ese riesgo.

—No, claro, eso no. Pero ¿cómo vamos a encontrar la guarida de Aldanza? Yo estoy con lo de Sanders y tengo que acercarme a investigar al cochero que llevó a Miranda. Por no hablar de ese Olson: habrá que ver si averiguamos algo.

—Yo me pasaré por allí, por Hampstead, por las tardes, en mi tiempo libre. Descuida, emplearé cada minuto disponible en patearme aquel lugar, pero tengo otros casos. Hoy mismo me han asignado varios. Parece que lo hayan hecho a posta. Esto me huele mal.

Llegan al laboratorio y Víctor queda impresionado por la dotación del mismo. Roberts hace las presentaciones de rigor y deja a Víctor con el forense, Wilkins, su ayudante, y un estudiante de medicina.

Olson, un tipo delgado, con el pelo largo y muy alto, yace desnudo sobre la camilla.

—Luego vuelvo —dice Roberts—. No puedo con estas cosas.

Víctor está reunido con sus amigos en The Guardian, la taberna situada junto al domicilio de Roberts. Sentados a una mesa, disfrutando de la cena, están don Alfredo, María Fuster, Ros y el detective del Yard.

—Vayamos por partes —dice Ros, que pretende poner orden en el asunto—. La autopsia de Olson y el examen de sus pertenencias han dado resultado.

Roberts saca un sobre del bolsillo tras el comentario de Víctor, que éste abre al instante.

—Llevaba siete chelines, un billete de tren a Rochester, en Kent, y una fotografía de esta joven.

Todos miran la vieja instantánea.

—Parece guapa —dice don Alfredo.

—Al tipo no se le puede identificar, mi disparo le reventó la cabeza, literalmente. No portaba documentación alguna. Sabemos que nuestro hombre es diabético y llevaba restos de esto en los bolsillos —dice Ros sacando una especie de florecillas secas de un papel que lleva doblado en el bolsillo.

—¿Y eso? —pregunta Roberts.

—Es lúpulo.

—¿Y? —pregunta María Fuster.

—Se usa en la elaboración de cerveza. El sabor amargo y la somnolencia que provoca se deben a él —continúa Víctor—. Así que veamos: María y Alfredo, tenéis que hacer trabajo de campo. Yo tengo que hablar con el cochero que llevó a Bárbara Miranda y controlar Whitechapel por si aparece Emma Sanders; Martin tiene que intentar encontrar a Aldanza en Hampstead...

—¿Y nosotros? —La joven.

—Vosotros tenéis que ir a Kent y buscar a esta muchacha. Buscad en lugares donde se fabrique cerveza e intentad localizar a la novia de Olson. Si no da resultado, probad en tabernas.

—Pero ¿por qué en Kent? —cuestiona don Alfredo—. ¿Estás seguro?

—Veamos —aclara Ros—. Ese tipo, Olson, tiene que ser sueco o noruego, o danés, pero en las embajadas nórdicas no saben nada de él. Parece que esos hombres trabajan para Aldanza, porque Miranda me ha colocado detrás a ese chino,

Tao. Bien, si trabaja para Aldanza, vivirá en Hampstead con él, se sabe rodear de tipos bragados. Entonces ¿por qué llevaría un billete de tren para Kent? Además, veamos, lleva una fotografía de una mujer joven en el bolsillo. Probablemente su novia o su hermana, creo que una novia. Este tipo no elabora cerveza, es un matón, luego ¿cómo es posible que encontráramos restos de lúpulo en el bolsillo de su gabán?

—Ha estado en un lugar donde se fabrica. —Roberts.

—Exacto. Si él no trabaja en eso quizá lo haga la novia.

—Víctor, la gente va a Kent a trabajar en la recolección de lúpulo; igual la novia o él mismo han trabajado como jornaleros —aclara Martin Roberts.

—No, Martin, el lúpulo a estas alturas está más que recolectado. Es más, en septiembre ya está seco en los almacenes y recuerda que estamos en noviembre.

—Eso está muy traído por los pelos. —Blázquez, castizo como siempre.

—¿Tenéis algo mejor? Ah, y era diabético, así que si sabéis de algún médico en Kent que sea conocido por tratar esa dolencia, hacedle una visita.

—Entendido —contesta don Alfredo.

—Sí, parece que estamos dando palos de ciego y lo sé, pero no tenemos nada más a qué agarrarnos. Tengo fe en que alguno de estos hilos nos permita encontrar el buen husmillo. Así que adelante, tenemos trabajo. Si me perdonáis, he de acudir a buscar al cochero y luego a Whitechapel. Aquí tenéis anotada mi dirección, nos veremos en esta misma taberna todos los días a las siete, que no os sigan.

Víctor se despide de sus amigos y sale al exterior. Mira alrededor y comprueba que, en efecto, no hay nadie tras él. Cuando sube a un coche de punto que para en mitad de la calle, un pilluelo que surge de detrás de un barril sigue sus pasos.

CUARTA PARTE

Caminos

1

Víctor

Víctor llega a Macks Road en las que Lower Clapton a eso de las cuatro de la tarde. Las caballerizas en las que descansan los coches de punto de Faith Co. son unas amplias instalaciones donde un joven oficinista, Perkins, le atiende con suma amabilidad.

—Usted dirá —dice el joven, que lleva visera y las mangas sujetas con cintas negras para no mancharse con la tinta.

—El otro día vi a un viejo conocido en un coche de su compañía y me gustaría poder hablar con el cochero. Anoté el número —aclara Víctor tendiéndole un papel.

—El 7578. No puedo darle esa información.

Víctor pone un billete sobre la mesa.

—Este amigo mío me dice que sí —concluye el detective.

El joven mira a uno y otro lado y, con suma rapidez, lo introduce en el bolsillo de su chaleco.

—No creo que tarde en llegar. A eso de las cinco y media suelen volver los del turno de día. Ahí enfrente hay una taberna, si quiere puede esperar allí. Yo no le he dicho nada, que quede claro.

Víctor da las gracias y sale al exterior. Queda poco tiempo y decide esperar en la calle. No quiere arriesgarse a que el tipo se le escape y se vaya a su casa a cenar. Mientras fuma un cigarrillo piensa intentando relajarse.

Está metido en un auténtico lío: Bárbara Miranda le envió a un pistolero, dos pilluelos le salvaron por fortuna y Aldanza está buscándole porque mandó a dos hombres armados a averiguar su paradero sin pararse ante nada ni ante nadie. De no ser por su llegada a tiempo, es probable que a esas alturas Alfredo, María y Martin estuvieran muertos. Esa gente juega fuerte. A veces piensa en tirar la toalla y dedicarse, simplemente, a vivir. Desea volver a casa cuanto antes, a Madrid, donde todo es conocido y más fácil.

¿Qué necesidad tiene de vérselas con gentuza de esa calaña? Su mente vuelve al caso: si Bárbara contrató a Tao y Aldanza envió a esos dos tipos... ¿Quiénes eran, entonces, esos dos pilluelos que le salvaron y a los que casi captura en la calle con Alfredo? ¿Quién los envía? ¿Dónde están ahora? Hay demasiadas incógnitas que despejar en aquel caso y su mente no consigue que encajen las piezas del rompecabezas. Está perdido.

Un traqueteo le hace levantar la cabeza y ve a dos coches que llegan tras una larga jornada: el primero no es el suyo, pero cuando el segundo pasa junto a él ve la placa. El 7578. Lo sigue rápidamente al interior de las caballerizas.

Una vez dentro comprueba que un tipo menudo se baja del pescante frente a una caballeriza y se dispone a soltar el caballo.

—Buenas tardes. ¿Ha tenido buena jornada?

—Buenas tardes —contesta el otro tocándose el ala del sombrero—. Sí, no se ha dado mal, pero estoy ya fuera de servicio. Mi mujer me espera para cenar y es tarde.

—No, no, no le entretendré. Sólo quiero hacerle unas preguntas.

El cochero deja lo que está haciendo y se gira con el barboquejo del caballo en las manos.

—¿Cómo? Usted es extranjero, no es policía. ¿Qué puede querer?

Víctor sonríe y saca otro billete:

—Digamos que soy un amante resentido.

—Asuntos de damas, ¿eh?

—En efecto.

—Qué va a decirme, yo llevo a tres en danza. ¡Y no me canso! Tengo cuarenta y estoy hecho un toro.

—El caso es que el otro día seguí a cierta damita —dice Víctor, que quiere eludir los detalles sobre la vida íntima del cochero—. Sé que iba en su coche, anoté el número. Yo la vi subir a su Hansom en Lower Shadwell Street, subió con ella un tipo menudo, miserable. ¿Lo recuerda?

—Sí, claro, no hace tanto tiempo.

—¿Y recuerda adónde los llevó? —pregunta el detective.

—No. Hago muchos trayectos al cabo del día.

—Vaya, pues lo siento, amigo, gracias por su tiempo.

Cuando Víctor se va a dar la vuelta para irse, el otro le dice:

—Pero anoto todos los viajes que doy, por la contabilidad, ya sabe.

—¡Bendito sea Dios!

El cochero sube al pescante y coge una especie de libreta.

—No irá usted a hacer una locura, parece italiano y sé que son ustedes muy celosos.

Víctor le tiende otro billete.

—Soy policía, amigo, español. Mire, ésta es mi placa. He venido desde España a buscar a esa mujer, ¿le parece bien? ¿Se queda tranquilo así?

El otro lo mira con cara de extrañeza. Es evidente que el billete le ha convencido más. Remira en su libreta y dice señalando con el índice:

—Aquí está, Chepstow Villas.

—¿Dónde cae eso?

—Lejos de aquí, más allá de Kensington Gardens. Fue un buen trayecto, la dejé en el número catorce. Es un lugar agradable.

—Está lejos, hoy ya no llego a tiempo. Gracias, amigo —dice Víctor estrechando la mano del cochero con otro billete en ella.

—¡Vaya, menudo día! —escucha decir al buen hombre mientras se aleja de allí.

Bradbury

—Me temo que padece fiebre cerebral —dice el doctor al matrimonio Bradbury.

—Pero, Mr. Thatcher, ¿se pondrá bien? —pregunta ella muy preocupada.

—No lo sabemos, la impresión recibida ha sido muy fuerte. Pero es joven, eso va a nuestro favor. Confío en que la naturaleza siga su curso y se recupere. Debió de ser una experiencia muy impactante.

—Me hago cargo del mal rato que pasó mi hija —dice lord Bradbury.

—Se avisó a la policía, ¿no? —pregunta el médico.

—No, no, afortunadamente unos paisanos acudieron en auxilio de mi mujer y mi hija. Mis criados, que esperaban fuera del parque, escucharon el jaleo. Llegaron en unos segundos y avisaron a casa para que las recogiera un carruaje.

—Pero la policía debe tener conocimiento...

—No, no, se lo ruego. —Bradbury, muy apurado.

—Pero es mi deber informar a las autoridades sobre los incidentes violentos.

Henry se acerca a su interlocutor haciendo un aparte con él.

—No diga nada, por favor. Nadie resultó herido, en realidad no hubo ninguna herida que tenga usted que comunicar. No hace falta avisar a la policía.

—Pero fue un asalto en la vía pública, debería ponerse en conocimiento de las autoridades.

—¡Le digo que no! —grita fuera de sí Henry Bradbury.

Thatcher da un paso atrás. No le ha gustado aquello, es evidente. Mira con espanto al dueño de la casa.

Entonces Bradbury, sabedor de que ha perdido los nervios, se recompone y pone las manos en los hombros del médico con una familiaridad impropia de gente de su clase.

—Mira, Percy, perdóname, tengo problemas y este asunto ha minado mi estado de ánimo. Tú has sido el médico de la familia durante años, atendiste los partos de mi esposa y eres como de la familia. Sabes cómo es esta ciudad y cómo se extienden los rumores. Sí, fue un incidente lamentable, unos ladrones que acorralaron a mi esposa y a mi hija en un rincón y de pocas se da una desgracia. Afortunadamente no llegó a más. Si esto trascendiera la gente podría pensar que la virtud de mi hija se vio comprometida, ¿me sigues? La gente se adorna en sus comentarios, añade cosas y es mala, cotilla, y no quiero que eso pase. Demasiada suerte hemos tenido.

—Sí, eso que dices tiene sentido, Henry.

—He de pedirte, en honor del juramento que proferiste como galeno, que guardes silencio sobre el asunto y que ayudes a que mi hija se recupere. Apelo a nuestra amistad de años.

El médico mira a los Bradbury, se lo piensa y resuelve:

—Así será. Que le sigan dando la corteza de sauce y la valeriana. Mañana a primera hora estaré aquí. Buenas noches.

Mientras el doctor baja por las espaciosas escaleras de la residencia de los Bradbury, Adele mira a su marido y dice:

—¿Qué está pasando, Henry? ¿Por qué quieres ocultar esto? Avisa a la policía. Es lo lógico. Nos atacaron unos bandidos, iban a por nosotras, ¡nos conocían!

—¡No! —grita él de nuevo.

—Esos hombres me enseñaron una fotografía que…

—¡Calla, mujer!

—Henry, tú nunca me has hablado así.

—¡He dicho que calles!

—Se trata de nosotras, ¿no nos vas a proteger? Esa gente sabía cosas… ¿Quiénes son?

—¡Calla! ¿No entiendes que estoy protegiendo, en efecto, a esta familia?

—Si no avisas a la policía tú, lo haré yo.

—¡Ni se te ocurra!

—Haré lo que me plazca —dice ella dando por terminada la conversación con aire desafiante.

Entonces, Henry Bradbury propina una bofetada a su mujer que la hace caer hacia atrás.

—¡Harás lo que se te diga, mujer! —dice él para girarse y perderse en sus habitaciones.

Tras lady Bradbury, su doncella, que lo ha visto todo, la ayuda a levantarse y aplica un pañuelo para secar la sangre que mana de su labio inferior. Hay lágrimas en los ojos de la dama, que no se explica qué está sucediendo con su marido.

Eduardo

Eduardo despierta con sabor a sangre en la boca y un tremendo dolor en la cabeza. Le han atizado fuerte, sin duda. Alguien le ha hecho oler algo desagradable y ha vuelto en sí, quizá sea éter. Está en medio de una biblioteca repleta de volúmenes, con hermosas alfombras y muebles delicados.

—¡Vaya! Hemos conseguido que se despierte. Eres Eduardo, el hijo adoptivo de Víctor Ros.

Habla un tipo delgado, muy elegante y que viste guantes

oscuros. Es canoso, con el flequillo a un lado y lleva unas gafitas redondas que le dan cierto aire intelectual.

El crío ladea la cabeza como contestando que no y un tipo que lleva el brazo en cabestrillo le propina un puñetazo.

—¿Vas a hacerte el duro, hijo? —pregunta el señor.

—Es usted Alberto Aldanza, ¿verdad? Le he encontrado.

—Sí, soy yo. Buen trabajo, chaval. Pero te va a servir de poco. Me decepciona que Víctor haya enseñado tan mal a su discípulo. ¿A quién se le ocurre venir solo? ¿Cómo no lo pensaste?

—La policía vine de camino. Di aviso.

—No te esfuerces, hijo —dice Aldanza llenando un vaso de agua—. Llevas aquí varias horas. De ser así, ya habrían caído sobre nosotros. Anda, bebe agua.

El crío bebe del vaso que le acerca Aldanza pues tiene las manos atadas hacia atrás.

—Tendrás que contarnos qué sabe Víctor sobre nosotros y nuestro paradero.

—Me temo que poca cosa. No sabe ni que estoy aquí.

—¿Cómo?

—Sí, que no sabe ni que estoy en Londres.

Aldanza estalla en una carcajada. Parece un loco.

—¿Y pretendes que me crea que has venido solo desde España?

—No, con mi madre.

—Imposible.

—Es como le digo. Vinimos para cubrirle.

—Vaya, Clara Alvear le ha cogido el gusto a la acción. Supe que resolvió el caso de Oviedo. ¿Y de verdad dices que nuestro héroe no sabe que estáis aquí?

—Vinimos tras él al saber que Bárbara Miranda le había seguido hasta Londres. Quiere eliminarle. Y no se lo vamos a permitir.

—Dime algo que no sepa. Pobre desequilibrada. Si esa idiota se me cruza la eliminaré. Víctor es mío, sólo mío.

—¿Va usted a matarle?

—Debí hacerlo cuando pude, hace años en Madrid. Víctor no supo valorar lo que había hecho por él. Creé un gran policía, le enseñé todo lo que sabe y mira cómo me lo pagó.

—Usted es un loco, mi padre me lo contó todo.

—Ya. Es un mojigato, nunca entendió nada.

—Sí, usted se muere y por eso quiso dejar un legado, un policía estupendo que luchara contra el mal, para compensar lo que hizo usted.

—¿Eso te dijo?

Entonces Alberto Aldanza se acerca al joven y le dice una cosa al oído.

Eduardo abre los ojos en señal de sorpresa y el dueño de la casa se gira para encaminarse hacia la salida.

—¿Qué hacemos con él? —dice el esbirro.

—De momento, nada. Puede sernos muy útil. Nos hemos encontrado, sin quererlo, con un as en la manga.

Roberts

Martin Roberts pasea por Hampstead sin saber muy bien dónde buscar. Sabe que el refugio de Aldanza debe de ser una casa grande, probablemente aislada. Ha echado un vistazo por las afueras pero no ha encontrado lo que buscaba. Un par de pintas en dos tabernas no le han servido de nada, los parroquianos no parecen tener información relevante al respecto. ¿Dónde se esconde Alberto Aldanza?

Es como si se lo hubiera tragado la tierra. Camina con las manos en los bolsillos y pasa junto a los barracones militares para continuar hacia la calle principal. Delante de la biblioteca pública se para a pensar y echa un cigarro antes de volver a Rosslyn Avenue.

Se dirige a la estación pero, en el último momento, decide acercarse a los Hampstead Ponds, un conjunto de tres embalses donde la gente se baña en verano, pesca y acude a esparcirse. Es un lugar muy bonito, un reducto de naturaleza a apenas seis kilómetros de la mismísima Trafalgar Square y prácticamente al lado de la estación de Hampstead. Los domingos, muchos ciudadanos de la City pasan allí el día con sus familias.

Sale de la carretera de Hampstead and North London y toma un camino que va paralelo a unas masas arboladas que protegen los tres embalses. Está en Hampstead Heath, un inmenso parque, un remanso de paz. Toma unas briznas de hierba y, mientras camina, las lanza al viento.

Entonces la ve.

Una casa.

Está más allá del último embalse, el que llaman Mixed Bathing Pond. Es una vivienda inmensa, blanca, de corte neoclásico y, guiado por un impulso, corre hacia ella a través del bosque. El corazón se le acelera. Cree que puede ser el lugar pues está aislada, justo lo que necesitaría Aldanza para esconderse: un lugar discreto, apartado y a un paso de Londres.

Cuando está a apenas unos doscientos metros se encuentra con una verja de hierro, alta, repujada y sólida. La espesura le cubre perfectamente y la mansión queda muy lejos. No le pueden ver.

—Amigo —susurra una voz tras él—. No puede estar aquí.

Roberts se gira y ve a dos tipos bien vestidos. Son altos y fornidos.

—¿Cómo? Estoy en una zona pública, que yo sepa. —Sus sentidos se ponen alerta, aquéllos deben ser, sin duda, esbirros de Aldanza.

—Está usted entorpeciendo.

—¿Entorpeciendo qué?

—Lo que a usted no le importa. Circule, amigo.

—Soy policía.

—Lo sabemos, es usted Roberts, va usted a acompañarnos y alejarse de esa casa, ya.

Martin queda sorprendido, estupefacto. ¿Ha dicho Roberts? ¿Le conocen?

En ese momento lamenta no haberse echado encima el revólver. Qué tonto ha sido. Llevado por la sorpresa contesta:

—¿Cómo?

—Lo que le digo —dice el tipo que le habla; es joven, pelirrojo y parece acostumbrado a mandar—. ¿O quiere usted acabar destinado en Afganistán?

2

Víctor

Víctor se acerca a Wellclose, en Whitechapel. Está muy cansado pero quiere saber si los pilluelos han averiguado algo sobre Emma Sanders. Pasa por su pensión y se pone las ropas de pordiosero. Tras pintarse la cara con algo de betún y ennegrecer sus uñas en lo posible, se dirige al lugar. Cuando llega ya es noche cerrada, pasan de las siete y media. Teme no encontrar a los pilluelos pero el jefe de la banda está allí, vigilante. Cuando ve llegar a Víctor da un respingo y se dirige correteando hacia el detective. Víctor conviene que parece una criatura más, un infante inocente, y no el jefe de una banda de rufianes capaces de robar o incluso asesinar al más pintado.

—¡Ya era hora! La tenemos.

—¿Cómo? —dice Víctor.

—Sí, a la pelirroja. Mi gente vigiló la taberna que nos dijo usted.

—¿Y?

—Pues que esta mañana ha aparecido. Nos debe usted la otra mitad del dinero.

—Un momento, un momento, primero tendré que ver que la información es buena —replica Ros.

—Me parece justo —dice el crío, que habla con la solvencia de un adulto—. ¡Mofeta! ¡Ven aquí!

Un criajo de no más de nueve años, con pantalones cortos, vestido con andrajos y con los mocos colgando, acude raudo sujetándose una inmensa boina para evitar que ésta se le vuele.

—Dime, jefe —responde el crío como si saludara a un general.

—Lo de la pelirroja —ordena el otro.

—Sí, sí, estábamos el Pantera y yo frente a la taberna y apareció ella. Entró y charló un rato con la camarera esa que teníamos que vigilar. Se tomó un vaso de ginebra. Es muy guapa. La otra salió a despedirla.

—¿Cuánto tiempo charlaron, hijo? —Víctor.

—Como una hora, más o menos. Entonces se despidieron y la camarera dijo: «Cuídate, Emma».

—Es ella, no hay duda —dice Ros—. ¿Y adónde fue?

—Se encaminó hacia la estación de Whitechapel. Yo me pegué a ella justo cuando iba a comprar el billete, para escuchar adónde iba, ya sabe usted.

—¿Y lo escuchaste?

—Sí, dijo: «Deme uno para Kingston».

El jefe de los pilluelos sonríe satisfecho y extiende la palma de la mano. Víctor le paga y se despide dejando una propina al otro crío.

—¿Cómo te llamas, chico?

—Mike —contesta el otro.

Los ve alejarse y se ve a sí mismo de niño, cuando era uno más en la Latina y se ganaba la vida como chirlero. Siente pena por aquellos críos que no llegarán a los treinta. Nadie se ocupa de ellos. Él tuvo más suerte, don Armando se cruzó en su camino y le sacó de las calles para darle un futuro. Ellos no tendrán esa suerte. Hay miles así en Whitechapel. Se gira y se encamina a su pensión.

Martin Roberts no termina de salir de su asombro:

—Enséñenme sus credenciales —repite a su interlocutor.

Los dos tipos que le han sorprendido junto a la verja de la mansión de Hampstead insisten en que debe abandonar la zona. Ha acudido un carruaje del que han bajado otros tres hombres.

El pelirrojo, que se niega a darle su nombre, parece muy decidido a hacerle abandonar Hampstead.

—Está usted interfiriendo en una investigación de rango superior. No puede usted acercarse a la casa.

—Dígame cómo se llaman ustedes. —Roberts.

—Es asunto oficial, a usted no le importa saber nuestros nombres.

—¡Soy policía!

—En efecto, amigo, es usted policía, un simple policía y le digo que está interfiriendo en un asunto de Estado. Como siga molestando acabará destinado en Afganistán. Llevamos tiempo vigilando esta casa y va usted a dar al traste con una operación de suma importancia.

—Sus credenciales o no me voy. Usted insinúa que pertenecen al servicio secreto. ¡Demuéstrelo!

El pelirrojo mira a sus cuatro compañeros con aire burlón. Todos visten ropas de calidad, se nota que son gente bien pagada. Entonces, hace un gesto con la cabeza y dos de ellos sacan sus armas de debajo de los abrigos. Uno apunta a Roberts con un revólver y el otro con una escopeta. Un tercero saca una porra y le rodea por detrás.

El pelirrojo se gira y acompañado por el cuarto de sus secuaces, se desentiende del asunto y camina en dirección a la carretera principal.

—¡Ésas son las credenciales que va usted a ver, amigo! —dice sin volver a mirar atrás.

El detective del Yard comprende que el asunto se ha puesto feo. No sabe si esos tipos son lo que dicen ser, pero está claro que no se andan con chiquitas. Si lo que le han dicho es cierto, se verá aplastado por el sistema. Es veterano y entiende que debe echarse atrás y averiguar algo más antes de actuar.

—De acuerdo, de acuerdo —dice alzando las manos como el que no quiere crear problemas—. Me iré por donde he venido, ¿de acuerdo?

Comienza a caminar hacia atrás, sin perder de vista a los tres tipos, y ve que se relajan. Cuando está a unos metros se gira y avanza a paso vivo. No le siguen. Está a salvo. Sólo querían alejarle de allí. Respira aliviado sin aminorar el paso.

Martin Roberts sabe lo que tiene que hacer a continuación.

Vuelve a la calle principal y ve a un mendigo. Le da ocho chelines por cambiarle su sombrero y su abrigo. Se coloca la gorra del pordiosero y un añoso abrigo y se dirige a la estación. Pasa junto a una tienda y entra a comprar una bufanda que ha visto en el escaparate. Al ver su aspecto la propietaria se sobresalta pero en cuanto saca la cartera y enseña la placa, la buena mujer se relaja.

Sale de allí convenientemente caracterizado, con el rostro cubierto por la bufanda, y se aposta en la estación, justo detrás de una columna, mientras decide fumar un cigarro para matar el tiempo y aliviar el frío.

Clara

Víctor llega exhausto a su pensión de Fenchurch Street. Está muy cansado y se desviste para dejarse caer en la cama. Ni siquiera le apetece cenar. Debe ir a Kingston a seguir el rastro de Emma Sanders y a la vez debería echar un vistazo a la dirección de Bárbara Miranda. Necesitaría veinte hombres para poder resolver aquel caso. Para revisar todos los flecos. Está solo en una ciudad de tres millones de almas y carece de medios. Aldanza se le va a escapar. Fue muy listo huyendo a aquella ciudad.

Entonces le parece escuchar un suave murmullo. Está en ropa interior, sobre la cama y el infiernillo que calienta la estancia surte efecto.

El sonido deja de escucharse y se tranquiliza; era una falsa alarma. En la calle le ha parecido sentirse observado, seguido, pero no ha visto a nadie así que ha llegado a la conclusión de que era un exceso de celo por su parte. A veces hila demasiado fino.

Un momento, parece que sí, se escucha algo al otro lado de la puerta. El sonido ha vuelto. Se levanta sin hacer ruido y se sitúa junto a la misma. Toma el revólver en la diestra y con la izquierda, con cuidado, abre de sopetón.

Tira de un bulto que asoma en el oscuro pasillo y se encuentra apuntando a la cabeza del pilluelo rubio que le salvara la vida la noche del pistolero.

—¡No, no! —grita el extraño levantando las manos—. ¡No, Víctor!

El detective se queda paralizado. Sus ojos no pueden creer lo que ven.

—¿Clara? —se escucha decir a sí mismo.

—Sí, soy yo —dice ella quitándose la gorra para dejar a la vista su pelo corto, desparejo y rubio como el trigo.

—Tu pelo... ¿Qué has hecho? ¿Qué haces aquí? ¡En Londres!

—Me lo corté.

—Pero ¿por qué?

—Supimos que Bárbara Miranda había pasado por la Transatlántica siguiendo tu rastro. Eduardo y yo decidimos venir a protegerte.

—¿Pero estás loca?

—Ella no se lo esperaría. Te salvamos la vida, Víctor.

—Os habéis puesto en peligro.

—Evitamos que aquel tipo te volara la cabeza, cariño.

Víctor la abraza y se besan. Durante una eternidad.

—¿Cómo me has encontrado?

—Seguí a Alfredo y a esa chica hasta el lugar donde cenasteis.

—Ya, pero... ¡Estás loca! ¡Estáis locos! Por cierto, ¿y Eduardo?

—Por eso estoy aquí, Víctor —responde ella con cara de circunstancias.

—¿Cómo? ¿Qué ocurre?

—Me temo que ha desaparecido.

—¿Desaparecido?

—Sí, él estaba de guardia, delante de vuestra pensión en Gloucester Street. Iba caracterizado como limpiabotas. Nos turnábamos. Cuando llegué había desaparecido. Su cajón estaba allí. Vi policías acordonando la zona, me dijeron que había habido un tiroteo. Hablé con un mendigo y me contó que había visto salir a un tipo de la casa, iba herido en un hombro y subió a un carruaje que le esperaba. Según me dijo el mendigo, Eduardo subió a un coche de alquiler y les siguió.

—¿Vio el número de placa?

—No, no lo vio. Comprendí que estaba tras la pista de los agresores y volví a nuestro cuarto al caer la noche. No regresó y comencé a preocuparme. No sé qué hacer, la verdad. En cuanto te he encontrado he decidido hablar contigo. No quiero imaginar que lo hayan capturado.

Víctor la toma en sus brazos y mira por la ventana pensativo. Clara solloza.

—Creo probable que ese tipo, el que nos atacó, se diera cuenta de que Eduardo le seguía.

—¿Crees que pueden haberle hecho daño, querido?

—Espero que no. Tenemos que encontrar a Aldanza.

—¿Y cómo sabes que esos tipos que os atacaron no eran enviados de Bárbara?

—Bárbara ha puesto tras de mí a la gente de un lascar que regenta un fumadero de opio, un tal Tao. Éstos eran enviados de Aldanza, querían saber dónde estaba yo.

—¿Y sabes cómo encontrar a Aldanza?

—No estoy seguro. ¿Has comido algo?

Ella niega con la cabeza.

—Pidamos algo de comer y te pongo al día de todo lo que he averiguado. Tendremos que movernos rápido. Eduardo nos necesita.

Roberts

Martin Roberts aguarda emboscado en la estación de Hampstead. Son casi las diez de la noche y está a punto de desistir pues le invade el cansancio, cuando ve aparecer al pelirrojo por el fondo del andén. Perfecto. Espera que coja el tren. Pasa junto a él y nota que el otro no le reconoce. Se alegra de haberse camuflado bien con la indumentaria del mendigo, que ahora disfruta de un buen abrigo y un sombrero elegante. Lo más probable es que los venda para comprar ginebra. Así es la gente de la calle.

Roberts sigue al pelirrojo y ve cómo compra un billete.

Espera convenientemente alejado de él y cuando llega el convoy, sube en el vagón siguiente al que ha elegido el supuesto agente secreto.

El trayecto no es demasiado largo pero da para pensar un poco en el asunto. ¿Quiénes son esos tipos? ¿Por qué habría el servicio secreto de vigilar la casa de Alberto Aldanza? Eso suponiendo que esa vivienda sea la del tipo que busca Víctor, claro, porque no ha podido acercarse lo suficiente.

¿Y si ha dado por casualidad con una investigación importante sobre otro caso? Aquella casa bien podría ser de otra persona. No lo puede saber. Aunque hay un detalle que le indica que hay algo sucio en todo aquello. Se le ha retirado el apoyo logístico y se le ha insistido en que los asuntos de Víctor no son suyos. Pero, ¿por qué habría de estar el Gobierno interesado en el asunto? Además aquellos tipos le han llamado por su nombre, le conocían. Martin, como Víctor, no cree en las casualidades.

La única posibilidad que se le ocurre es que el Gobierno británico esté colaborando con el español, pero de ser así, habrían avisado a Víctor que está aquí enviado por el Presidente de Gobierno y el Ministro de la Gobernación de su país. No, no es eso. Es evidente que no hay colaboración alguna entre ambos gabinetes. El Gobierno español no desvelaría a nadie que le han robado el oro, es un asunto de auténtica supervivencia nacional. De hecho, Martin lo sabe por Víctor, por su estrecha amistad y porque le ha ayudado a título personal. Entonces un negro presentimiento comienza a invadirle.

Es en ese momento cuando el tipo al que vigila baja en la estación de Upper Baker Street y él hace otro tanto. A distancia, ocultándose en portales y tras algún que otro transeúnte, Roberts sigue al pelirrojo por York Place que luego gira en Paddington para terminar entrando en una casa de Weymouth Street.

—Ahora sé dónde vives —dice Roberts preparándose para una larga noche.

3

María y Blázquez

Don Alfredo y María Fuster llegan a Rochester a eso de las diez de la mañana. Él está muy sorprendido por la eficacia y puntualidad de los ferrocarriles británicos:

—Son el orgullo del Imperio —aclara María.

En un trayecto de algo más de una hora se han plantado en la localidad más importante del condado de Kent. Nada más llegar dan un paseo por la ciudad y preguntan en un par de tabernas. La única fábrica de cerveza del lugar está situada a las afueras, hacia Rainham. Se llama Mosby Sons y da trabajo a bastante gente en el pueblo. Echan un vistazo al Rochester Castle, imponente y estilizado, y se acercan a la catedral que llama mucho la atención del policía jubilado, sobre todo el inmenso órgano.

—Son austeros estos templos, ¿eh?

—Esta gente es muy práctica, don Alfredo.

—¿Esta gente, dice? Si usted es inglesa, hija.

—Sí, sí, en efecto —dice ella algo azorada.

Después de tomar un ligero refrigerio en una taberna se acercan a la fábrica de cerveza. El encargado, tras un pequeño soborno, les permite hacer sus pesquisas. Con la foto de la supuesta novia de Olson en la mano, recorren las distintas instalaciones. Ya de inicio, comprueban con desasosiego que allí sólo trabajan hombres. Primero, en el exterior, de donde salen inmensos carros repletos de barriles. Hombres fornidos con petos de cuero sacan rodando barriles llenos de cerveza al exterior donde se acumula en espera de ser distribuida. Don Alfredo repara en que los romanos dividían en dos el mundo: los pueblos bárbaros, bebedores de cerveza, y los civilizados, bebedores de vino.

—Y pensar que ahora éstos son los más avanzados y nosotros, con nuestro vino, seguimos atrasadísimos —murmura por lo bajo.

Ninguno de los hombres reconoce a la joven de la fotografía tras ser interpelados por María Fuster. No parece que la suerte les vaya a sonreír. Una vez dentro de la fábrica, se encuentran con una amplísima nave de ladrillo rojo donde más de diez empleados con libretas siguen el complejo proceso de la elaboración de cerveza moviéndose ente las zonas de malteado, cocción, fermentación, embarrilado y almacenaje.

En las piscinas donde se realiza el majado, obreros con el torso descubierto y sumergidos hasta la cintura en el líquido con pantalones de pescador, mezclan con palas el agua y la malta para conseguir un líquido del color del ámbar que se llama *wort* y que luego es hervido en unos inmensos calderos de cobre. Nadie reconoce a la joven de la instantánea. De allí pasan a otra amplia estancia donde unos enormes barriles contienen el *wort* que se enfría y fermenta en dos variedades, negra y *entire*. Son inmensas barricas a las que se puede subir por unas escaleras que las rodean. Después de emplear más de una hora en ello, María Fuster y Blázquez salen desmoralizados de la fábrica. Son casi las cinco y allí se cena pronto.

—¿Y si Víctor se equivocó? —dice ella—. Es probable que el tipo viniera a Kent, pero la flor de lúpulo pudo acabar en su bolsillo en cualquier otro lugar. Además, ¿de dónde sacamos que la joven de la fotografía es de Kent? No tenemos pruebas de ello.

—Sí, en eso puede tener razón. Pero no perdemos nada por intentar encontrarla, ¿no?

—¿Qué propone?

—No quiero volver a Londres con las manos vacías, pero me vendría bien tener el pie en alto un rato. Quizá deberíamos buscar alojamiento por aquí cerca. Mañana, si le parece, recorremos el pueblo con la fotografía de la chica y si no conseguimos nada, a la tarde cogemos un tren para la City.

—Me parece buena idea, don Alfredo. Vamos a buscar acomodo.

Víctor

Víctor y Clara desayunan en la pensión. Ella vestida como un pilluelo y él con sus ropas de diario. Ambos saben que deben decidir rápido cómo actuar. El tiempo puede ir en contra de Eduardo.

—Alberto Aldanza es un monstruo. ¡Quién sabe qué puede estar haciéndole ahora mismo! —se lamenta ella.

—No te alarmes, querida, no le va a hacer daño —dice él intentando simular seguridad para calmarla.

—¿Y cómo puedes saber eso?

—Es fácil, querrá tenerlo junto a él. Podría ser su seguro de vida si lo encontramos. Algo con lo que negociar.

—No me tranquiliza esa perspectiva, cariño.

—Lo sé, pero al menos nos permite ganar tiempo. Es algo que me da consuelo, querida, y además, es lo más lógico. Si lo tiene lo cuidará. Sabe que es importante para mí y eso le da una buena baza. Créeme, ese tipo será un degenerado y un criminal, pero no es tonto.

Ella queda pensativa mirando al infinito.

—¿Y por dónde empezaremos? —pregunta de pronto mirando a Víctor.

—No sé, tengo que acudir a Kingston a seguir la pista de Emma Sanders, podría llevarme a Cornelius Hall que sabe dónde encontrar a Aldanza. Ése es mi camino más corto para hallar a Eduardo. Blázquez y María Fuster están siguiendo el rastro de Olson, uno de los tipos que participó en el ataque a la pensión de la señora Smith.

—¿Y Roberts?

—Se encargará de Hampstead. No tiene medios pero me aseguró que dedicaría su tiempo libre a echar un vistazo por la zona. Estará pateándose aquello. No descarto que encuentre algo: Martin es un tipo avispado y se mueve en las calles como nadie.

—¿Y qué quieres que haga yo?

—Pues ahora que lo dices, hay una gestión que debo hacer y al no poder desdoblarme quedaba pendiente. Podrías ayudarme con ella, sí. Creo que deberías echar un vistazo a la dirección de Bárbara Miranda que me dio el cochero. Llévate el cajón de «limpia» y simula que trabajas allí. Si la ves salir, la sigues, pero con cuidado. No te metas en lugares peligrosos.

—¿Cómo estaremos en contacto?

—Lo de Kingston me llevará todo el día, escríbeme a la oficina del Telégrafo de allí con cualquier noticia de importancia, ¿de acuerdo?

—¿Crees que encontrarás a Emma Sanders, cariño?

—No me cabe duda de que sí, ten fe. Esto se ha complicado: ya no es cuestión de recuperar el oro, Eduardo está en peligro.

Los dos esposos se abrazan e intentan disimular su miedo.

María y don Alfredo cenan en una taberna situada junto a la pensión en que han encontrado acomodo. El policía jubilado echa en falta los bollos y las pastas de la señora Smith.

—Ha cogido usted mucho peso, debería comer menos dulces —dice la joven.

—Es que la señora Smith es un ángel del cielo, ¡y cómo cocina!

—Eso no es bueno para su tobillo.

—Cuando vuelva a España me pongo a plan —responde él, que sigue viéndose obligado a caminar con bastón para descargar así el pie dañado.

De pronto, unas voces les hacen girar la cabeza. Tres tipos de aspecto patibulario han entrado en la taberna entre risotadas y palabras soeces. Van bebidos.

Todos los parroquianos miran hacia otro lado. Es evidente que esos tres intimidan al resto. Deben de ser viejos conocidos en el lugar.

María y don Alfredo vuelven a lo suyo.

—¿Qué haremos ahora? —dice ella—. Igual Víctor se equivocó y Olson ni tenía novia ni había pisado Kent.

—Puede ser, pero llevo años con él y créame, de una forma u otra, Víctor siempre encuentra la buena senda.

Ella ladea la cabeza como si no estuviera muy convencida.

—¡Hijo de puta! —grita de pronto uno de los tres borrachos, que ha chocado con un tipo que está sentado en un taburete.

El hombre, de aspecto tranquilo, no ha hecho nada; ha sido el otro el que al pasar junto a él se ha chocado con su hombro.

Los otros dos tipos se sitúan junto a su amigo.

—¿Quieres gresca? —grita el borracho.

—¡Santo Dios! —exclama la camarera—. ¡Ya la tenemos liada!

Antes de que nadie pueda mediar, el borracho toma una jarra de arcilla y la estampa contra el rostro del paisano, que se desploma. En un momento los tres camorristas se lanzan sobre él pateándole los riñones y la cabeza.

—¡Lo van a matar! —dice María Fuster.

—Mal asunto, hija —susurra don Alfredo.

La gente se aparta como queriendo alejarse de aquello. Son unos cobardes. Es en ese momento cuando se oye una voz, en perfecto inglés, que dice.

—¡Dejadle tranquilo!

Ha sido don Alfredo, que se ha puesto de pie. María se sorprende y lamenta que sus lecciones de inglés estén resultando provechosas hasta ese extremo.

Los tres camorristas se han girado y miran fijamente al policía jubilado. El más bravucón suelta:

—Y si no lo dejamos... ¿qué harás? ¿Pegarnos con ese bastón?

Don Alfredo saca un revólver y replica:

—No, con esto. Fuera de aquí.

De pronto, otra jarra vuela por el aire e impacta en el rostro de Blázquez, que cae hacia atrás quedando semiinconsciente sobre la bancada de madera. El revólver ha caído al suelo y los tres tipos van a por él. Uno ha sacado una navaja.

En ese momento, y sin mediar palabra, María Fuster salta por encima de la mesa remangándose el vestido. Es alta, fibrosa y rápida. Antes de que el primero pueda reaccionar propina un golpe con sus nudillos en la nuez del matón, que se desploma al suelo entre gorjeos de asfixia mientras se sujeta el cuello con ambas manos. El segundo de los matones lanza un puñetazo al rostro de la joven que se agacha ágilmente y propina un codazo en el estómago al borracho que le hace doblarse como un junco. El tercero de ellos, fuera de sí, va hacia ella lanzando zarpazos con la navaja.

—¡Te voy a rajar, puta! —grita el borracho.

Ella se apoya en la pared de madera y queda quieta. Cuando el otro intenta apuñalarla, se aparta y gana la espalda al matón retorciendo su mano aplicando una llave que machaca el pulgar del oponente contra la muñeca. Con su cuerpo empuja al hombre contra la pared y le coloca un estilete en la garganta que ha aparecido como por arte de magia bajo la puntilla de su manga.

—No, escoria —dice ella muy resuelta—. Soy yo quien te va a rajar a ti, hijo de puta.

Don Alfredo, sentado y con la cabeza hacia atrás, no puede creer lo que ven sus ojos. ¿Quién es María Fuster? Entonces, tres policías de uniforme entran en la taberna para hacerse cargo de los camorristas. Blázquez se relaja, y pierde el sentido.

Roberts

El pelirrojo sale de su domicilio en Weymouth Street y Roberts, que apenas si ha pegado ojo refugiado en un portal, le sigue a paso vivo. Ahora las calles están transitadas por multitud de viandantes que van y vienen a sus lugares de trabajo. En Londres no hay lugar para el ocioso. Hombres de negocios con sus carteras pulcramente vestidos, las voces del lechero o los críos que venden periódicos son la señal de que ese gigante que es la City vuelve a su febril actividad diaria. Roberts disimula a lo largo de London Street y se ve obligado a cambiar de acera hasta que el pelirrojo, tras atravesar el sur de Somerstown, llega a Wharton Street, donde queda apostado frente a una vivienda muy lujosa.

Roberts, que se mantiene a distancia, observa el entorno y comprueba que su hombre hace una seña a un cochero que espera ocioso, parado junto a la acera. Hace otro tanto tocándose el ala del sombrero para saludar a un tipo con pinta de obrero que hay en el otro lado de la calle. Son señas convenidas, no hay duda.

Es evidente que disponen de un dispositivo de vigilancia en toda regla sobre esa vivienda.

De pronto, un caballero muy elegante sale de la mansión y sube a un coche que ha acudido a recogerle. El pelirrojo se mueve con rapidez y alza el brazo solicitando los servicios del coche de alquiler que sirve de tapadera a su otro agente. Está bien pensado, es una buena forma de vigilar una vivienda disponiendo de transporte rápido en caso de que sea necesario.

Roberts echa un vistazo alrededor pero no encuentra ningún coche de punto con que seguir a los otros dos carruajes. Además, el obrero está pasando junto a él y se tapa el rostro para no ser identificado.

Decide pasar desapercibido y ve alejarse al agente con aspecto de trabajador. Irá a informar sobre los últimos acontecimientos mientras el pelirrojo sigue a su hombre en el coche de caballos.

Cuando todo está despejado, se acerca a la vivienda que estaba siendo vigilada por aquellos tipos. Una criada que vuelve con una cesta repleta de verduras se dispone a entrar en la casa.

—Perdona, guapa —dice el detective disfrazado de pordiosero—. ¿De quién es esta choza tan rimbombante?

Ella le mira con desprecio y subiendo los cuatro escalones de acceso a la casa contesta:

—De sir Henry Bradbury.

Roberts, en cuanto la joven desaparece tras la puerta, tira

el andrajoso abrigo y la gorra a una papelera y corre hacia el Yard. Tiene trabajo.

Bradbury

Sir Henry Bradbury entra en el gabinete de su viejo amigo sir Craigh Barnet con aire apresurado. El hombre al cargo de Scotland Yard está sentado en una confortable butaca, con las piernas cruzadas y junto a un cálido fuego. Luce una cómoda bata de terciopelo sobre su elegante chaleco, pantalones oscuros y camisa de recio cuello blanco anudado con una hermosa corbata.

—No he acudido a la oficina porque me dijiste que preferías verme aquí —dice el anfitrión.

—Sí, sí —contesta Bradbury dejando su sombrero y su guantes a la criada.

—¿Has desayunado ya?

—Sí, por supuesto.

—¿Brandy?

—No vendrá mal.

La criada desaparece y sir Craigh hace los honores. Ambos amigos alzan sus copas. Mientras el dueño de la casa paladea el coñac francés, Bradbury apura el contenido de la copa de un trago. Es evidente que está muy nervioso.

—¿Hay novedades? —pregunta Barnet.

—No, lo que te conté en el mensaje que te envié con mi mayordomo —contesta Bradbury—. Después del ataque a mi mujer y a mi hija, simulé haberme asustado y no denuncié pese a la insistencia del médico de la familia.

—Bien hecho.

—Luego recibí una esquela en mi despacho. «En una semana en los muelles de St. Katherine», decía.

—¡Bien hecho, son nuestros! Caerán como moscas.

—Pero… ¿y si logran hacer llegar las fotografías a manos inadecuadas?

—No podrán, créeme. En cuanto los tengamos cantarán de pleno y desarticularemos su red. Tenemos gente muy convincente en el Yard. Son capaces de hacer confesar el robo de una patata a la mismísima reina.

—¿Estás seguro?

—Seguro. Esos tipos van a desaparecer de la circulación, lo haremos con discreción pero con la máxima contundencia. Ese Mr. Davis creerá que se le ha venido el mundo encima. Nadie se mete con una familia británica de postín y sale indemne, lo juro.

—Dios te oiga, amigo.

—No te quepa duda, Henry.

—Ya, ya, pero es que lo que me juego no es poco. Hablamos de siglos de historia, de mis antepasados, de lo logrado durante muchos y muchos años de lucha, de servicio a Inglaterra.

—Por eso mismo pondré a mis mejores hombres en esto, no tengas cuidado.

—Te lo agradezco mucho, Craigh.

—Es lo menos que puedo hacer, como inglés y como amigo.

—Aun así, mil gracias.

—No hay de qué.

—Y ahora, si me disculpas, tengo que acudir al Parlamento.

—Claro, claro —dice sir Craigh Barnet despidiendo a su amigo en la puerta de la biblioteca.

Cuando queda a solas, se sirve otra copa de coñac, se sienta y paladea el líquido opalescente.

—Que el cielo me perdone —murmura lamentando haber engañado a su amigo.

Es probable que el honor de la familia Bradbury se vea

comprometido al detener a los cabecillas de la operación. Ya lo habrán dejado todo dispuesto para hacer el mayor daño posible en caso de ser capturados. Se siente mezquino al sacrificar a una familia tan significada por una operación policial, pero órdenes son órdenes. El Imperio es una dama exigente no hay duda. Y él es un servidor del mismo.

Afuera, sir Henry Bradbury sube a un coche negro de caballos.

Dentro, le espera Mr. Davis:

—¿Ha ido todo como dijimos?

—Sí —dice Bradbury, sumiso—. Se lo ha tragado. Cree que el barco desembarcará en Londres.

—Perfecto, querido amigo. Le aseguro que no se arrepentirá.

Clara

Clara Alvear, vestida como un pilluelo y con el cajón de limpiabotas bajo el brazo, se sitúa en una esquina desde donde puede observar el 14 de Chestow Villas. Es una zona residencial realmente agradable, apacible, con viviendas unifamiliares, cerca de una estación de tren y de la iglesia de St. Stephens. Los jardines de Kensington están a apenas un paso y las casas son hermosas y están bien cuidadas.

Clara observa la vivienda donde, se supone, reside Bárbara Miranda. No teme que la reconozca, pues va vestida como un pilluelo, el pelo muy corto y el rostro lleno de hollín. Ni siquiera su propia madre sería capaz de reconocerla así. Cuando salvaron la vida a Víctor o en el encontronazo que tuvieron con él la noche de la detención del encargado de Cornelius Hall, Ros no supo reconocer a su propia esposa, así que se tranquiliza al respecto y decide dejar pasar el tiempo.

Después de atender a un par de clientes, su corazón da un vuelco. Una dama se ha acercado al ventanal en la casa de Bárbara Miranda. Aprovechando que no hay clientes a la vista, se mete las manos en los bolsillos y camina con aire despreocupado por la acera para poder aproximarse un poco y ver mejor.

Sí, es ella. Luce un vestido color crema con las mangas ajustadas. Es hermosa. Morena, de inmensos ojos castaños. Nadie diría que esa mujer es, en realidad, un hombre. Parece que lee un libro con aire relajado junto al hermoso ventanal. Como una dama más. Clara sabe que es, en realidad, un monstruo. Una asesina despiadada, capaz de cualquier cosa, como demostró cuando Víctor la detuvo en Barcelona. Al menos allí, desde la acera, la tiene vigilada. Entonces recuerda a Eduardo y a Víctor: ¿tendrá suerte su marido y podrá encontrar el rastro de Cornelius Hall para llegar hasta el escondite de Aldanza en Hampstead? Quizá debió quedarse en Madrid y no poner en riesgo la vida de su propio hijo. No sería justo haberlo sacado de las calles de Barcelona, darle una vida y una educación, para hacerlo terminar sus días así, entregándolo a un enfermo como Alberto Aldanza. Siente miedo por él.

De pronto, vuelve a la realidad al observar que un tipejo con aspecto miserable baja de un coche de alquiler. No parece normal que un tipo así, de aspecto tan andrajoso, pueda usar esa clase de transporte.

Anda encorvado y se acerca a la vivienda de Bárbara que, al verlo llegar, deja la lectura y acude a abrirle ella misma. Los dos se pierden en el interior de la vivienda.

4

Víctor

Víctor llega a Kingston y baja del tren sin tener una idea aproximada de por dónde empezar. Ha pasado la noche y casi todo el día viajando. Una huelga y una rotura en una vía, más la distancia que separa Kingston de Londres, le han hecho llegar más tarde de lo que querría. Entonces, cruza la calle y entra en la primera taberna que ve. Pide algo caliente y, tras ponerse de acuerdo con la camarera, le sirve un té con un chorrito de whisky. Como hace frío, le sienta bien. Al no tener claro por dónde seguir, se queda pensativo por unos instantes. Está como bloqueado.

La joven, una rubia bastante guapa que limpia la barra, le dice:

—¿Qué, mal de amores?

Él sonríe y contesta:

—No, no, es que soy detective y he venido a buscar a una persona.

—¿Aquí, en Kingston? —Se ha interesado al escuchar la palabra «detective».

—Sí, una joven irlandesa, muy guapa, pelirroja.

—Ah, claro. Emma Sanders.

—¿Cómo? —dice Víctor arqueando las cejas. No puede creerlo. Parece que la rubia la conoce.

—Sí, es la novia del hijo mayor de los Leicester, Paul.

—Perdone, ¿está segura?

—Claro, hombre, aquí nos conocemos todos. Y con esa descripción que usted hace no puede ser otra que la buena de Emma Sanders, una muchacha noble y discreta como ella sola.

Víctor intenta disimular. Es evidente que él imaginaba a la joven prostituta de otra manera, una chica más dura. De lo contrario, no habría podido sobrevivir en Whitechapel y más siendo prostituta.

—¿Y dónde vive esa familia?

—Junto a la iglesia que hay al fondo de la calle. El padre, el señor Leicester, es pastor.

«¡Pastor!», piensa Víctor para sí. Una prostituta de Whitechapel en la casa de un pastor. Paga rápidamente y sale a la calle para dirigirse a la vivienda de los Leicester. No le extraña que Emma Sanders se haga pasar por una joven educada y discreta. Si tiene como novio al hijo del pastor del pueblo, debe de haber ocultado su verdadero oficio. No puede creer que haya resultado tan fácil dar con ella. ¡Ha encontrado a Emma Sanders! Quizá ahora pueda averiguar el paradero de Cornelius Hall.

Decidido a ser prudente, Víctor llama a la puerta de una vivienda hermosa, con un cuidado parterre repleto de flores rojas en la entrada y una valla blanca que parece recién pintada.

Le abre una señora de aspecto cándido que le dice:

—Buenos días, ¿en qué puedo ayudarle?

—Buenos días, busco la residencia de los Leicester.

—Aquí es, buen hombre.

—Intento encontrar a una joven, es por un asunto de herencias —miente—. Se llama Emma Sanders.

—¿Emma? —Víctor cree ver cierto atisbo de duda en su mirada—. ¡Ian, sal, que tenemos visita!

Al momento se encuentra en el salón familiar, repleto de tapetes de ganchillo, degustando otro té, esta vez con leche. Sentados enfrente, el matrimonio Leicester parece expectante.

—Hace dos semanas que no la vemos —dice el pastor.

Víctor no pierde ripio observando su rostro.

—Se trata de un asunto muy importante. Es por un tío suyo que falleció en Irlanda. Tengo que hacerle llegar una buena suma de dinero. Una herencia, ya saben ustedes.

La pareja intercambia miradas de desconfianza. Es evidente. El pastor hace un gesto disimulado a su mujer y ésta, de repente, se excusa diciendo:

—Tengo algo en el horno, si me disculpan.

Víctor retoma su discurso:

—Como le decía, hablo de una buena suma de dinero.

—Emma nunca nos habló de ningún tío. No tiene familia.

—Excepto su tío Percival. Volvió de América hará unos dos años. Se fue de Irlanda muy joven, ella ni había nacido.

Víctor mira de reojo y ve que la señora Leicester pasa a toda prisa junto a la ventana sujetándose el sombrero y atándose a la vez una capa de color negro. Es evidente que va a avisar a alguien. El pastor, pese a ser hombre de iglesia, parece interesado en el asunto del dinero.

—¿Y de qué cantidad hablamos? —pregunta.

—De una renta de unas quinientas libras anuales.

—No le vendría mal.

—A nadie le vendría mal esa cantidad. Porque ella... ¿A qué se dedica?

—¿No lo sabe? ¿Mr...?

—Ros, me llamo Víctor Ros.

—Ella es costurera en Londres, trabaja para una casa muy buena, unos marqueses. Libra un día a la semana en que viene aquí a ver a mi hijo. Los domingos asiste también a los oficios. Es una joven muy educada y muy religiosa.

Víctor no sale de su asombro. Debería estar siguiendo a la señora Leicester, pero no puede. Quizá debería cortar la conversación y salir de allí.

—Bueno, pues si me permite…

—No, no, no se vaya —dice el pastor—. Yo estaba preparando mi sermón del domingo, pero siempre viene bien conocer a gente de fuera. ¿Es usted italiano?

—No, español.

—Cálido país, de gente de sangre caliente.

—Sí, eso dicen.

Víctor no sabe cómo escapar de allí.

—Si me dice usted que Emma no se encuentra en el pueblo, tendré que continuar con mi búsqueda. —Ros piensa en que la joven se le va a escapar si es avisada por la señora Leicester.

—¿Y qué debería hacer ella para hacer efectiva la herencia? —pregunta el pastor, muy interesado en el asunto.

—Pues para eso estoy yo aquí, firmar tan sólo unos papeles.

—No lleva usted cartera.

—Es usted observador, padre. No sabía si la iba a encontrar. Telegrafiaría a mi bufete a la City para que me los trajeran.

Él parece pensárselo, pero le mira con desconfianza.

—Yo creo que sí, que podría ponerle en contacto con… —comienza a decir el pastor cuando se ve interrumpido.

—¡No sabemos nada de ella desde hace dos semanas! —exclama un fuerte vozarrón desde el umbral de la puerta. En ella han aparecido dos jóvenes altos y recios, acompañados por la señora Leicester.

—Perdón. —Víctor se pone de pie—. ¿Y usted es?

—Paul, el novio de Emma.

—Ya.

—Hijo, este señor trae una herencia para Emma —tercia el pastor.

—¿Y le has creído, papá? ¡No seas ingenuo! Sabíamos que vendrían con algún subterfugio. ¡Es un truco para hacerte hablar! ¿No te das cuenta?

Víctor sonríe.

—¿Vendrían? ¿Quiénes? —pregunta Ros.

—¡Eso a usted no le importa! Emma no está aquí y punto.

Víctor echa un vistazo alrededor y mira a un butacón, hay dos labores de ganchillo sobre el mismo. Una es un pequeño cuadro que dice: «Dios bendiga a esta casa»; el otro, unas flores de muchos colores. Es evidente que en esa casa han bordado dos mujeres, y hace poco de ello pues no han guardado su labor.

Entonces Víctor deja que pasen unos segundos y dice:

—Miren, si no quieren decirme dónde la esconden, lo entiendo. Pero es evidente que ella está aquí. Ahí veo que borda en compañía de la señora Leicester. —Saca su placa—. Soy policía, español. Trabajo en colaboración con Scotland Yard, pueden telegrafiar y confirmarlo. Si yo he averiguado que está aquí, esas personas que la buscan harán lo mismo. Ellos no se andan con chiquitas. ¿Qué les ha contado Emma?

—No sabemos nada —dice Paul.

—Corre peligro. Y ustedes también.

Los cuatro miembros de la familia se miran, como dudando. Paul parece firme.

—Entonces, ¿lo de la herencia no es verdad? —pregunta el cabeza de familia muy desencantado.

María y Blázquez

María Fuster y don Alfredo salen de su posada de Kent algo desanimados. No parece que las deducciones de Víctor fueran demasiado acertadas y el tiempo corre en contra de la investigación.

—Apoyándose así en ese bastón y con ese hematoma en la cara, desde luego parece usted un *Ecce homo* —dice la joven.

—Y gracias a su intervención no estoy peor aún, hija.

—No fue nada, don Alfredo.

Éste se queda parado por un instante y mirando a la chica con extrañeza pregunta:

—¿Dónde ha aprendido a pelear así?

Ella, visiblemente azorada, responde:

—Crecí en Whitechapel, ¿recuerda?

—Ya —asiente el policía jubilado, que comienza a sospechar que la joven esconde algo.

Muchos hombres no serían capaces de pelear de ese modo y la muchacha es capaz de desenvolverse como pez en el agua en mitad de una riña tabernaria. Decididamente no es normal que una joven traductora, alta, rubia y distinguida, vaya por el mundo con un estilete en la manga del vestido y repartiendo sopapos de aquella manera. Quizá deba de consultar con Víctor al respecto.

—Mire, don Alfredo, ¿probamos suerte? —dice María al ver que acaban de pasar frente a un cartel que reza MICHAEL PRIOR, DOCTOR EN MEDICINA.

—No perdemos nada.

En un momento se encuentran en el interior de la consulta, una coqueta vivienda unifamiliar encajada en mitad de una veintena de residencias similares. En la sala de espera sólo aguarda un paciente y cuando, al cabo de una hora, les recibe el doctor comprenden por qué. Es un médico joven, recién llegado de la City con su esposa, que hace las veces de enfermera.

—Ustedes dirán —dice invitándoles a tomar asiento. Es alto, guapo y parece amigo del aire libre y la vida sana por su aspecto.

—Verá —dice la joven—. Participamos en una investigación, aquí don Alfredo es policía en España y yo hago de traductora. Colaboramos con Scotland Yard —miente— y nos han enviado a descubrir el paradero de un tal Olson, un tipo que murió en una refriega con la policía y que podía venir por Kent. Era diabético, por cierto.

El joven doctor Prior les mira con la boca abierta.

—¿Cómo? —dice—. No entiendo. No puedo desvelar datos de un paciente. Además, este señor no tendrá jurisdicción aquí. Por cierto, ¿alguien le ha revisado esa herida?

—No, no, ayer en la posada… —dice ella.

—¡Caramba! —exclama el joven médico—. No se habla de otra cosa en el pueblo, así que son ustedes. Todo el mundo dice que una joven alta y hermosa despachó a esos tres borrachos. ¡Menuda aventura! Ande, siéntese en la camilla, caballero, que veremos qué se puede hacer con esa herida.

Don Alfredo, que poco a poco va comprendiendo algo el idioma, hace lo que le dicen.

—¿Saben? Yo boxeaba en la universidad y, no crean, me vi metido en alguna que otra trifulca. Ay, esas noches de farra… Ya saben, cosas de jóvenes.

María comprende que el otro siente una corriente de simpatía hacia ellos y decide ahondar en el tema. Tiene que sacar ventaja de aquello.

—La verdad, no sé cómo lo hice. De pequeña crecí con siete hermanos varones y si no espabilaba me zurraban de lo lindo.

Blázquez mira a la joven, asombrado por su capacidad para mentir.

—Lo comprendo, lo comprendo —dice el joven médico aplicando yodo al pómulo de don Alfredo, que resopla por el escozor.

—Y ese Olson que buscan tiene relación con esos tipos?

—No, no —responde ella—. Ese Olson sí que era peligroso de veras; cayó de un balazo en la cabeza en una refriega con el compañero de este señor.

—¡Vaya! —exclama el joven galeno que, claramente, vive aburrido y ávido de aventuras.

—Fue impresionante. Estos amigos están aquí investigando un robo muy importante en su país. Les ayuda el Yard. Si quiere telegrafíe y pregunte por Roberts, sargento Martin Roberts.

—¡No, hombre, no es necesario! —dice el médico poniendo un apósito al sufrido don Alfredo—. Yo no he atendido a ningún Olson, pero bien es verdad que yo no tengo muchos pacientes. Además, tenemos aquí un especialista en diabetes, el doctor Phillips.

—¡Vaya! —exclama la joven—. ¿Un especialista en diabetes, dice usted?

—Sí, viene gente incluso de la City para verle. Tiene su consulta tres calles más arriba. Esperen, que le escribiré unas letras para que les atienda.

—Gracias, muchas gracias —dice María ayudando a don Alfredo a incorporarse.

—¿Qué debemos por la consulta? —farfulla en inglés el viejo policía.

—¡Por amor de Dios, nada! Sólo vengan otro día y cuéntenme en qué quedó todo esto.

Don Alfredo y María Fuster entran en la consulta del doctor Phillips, que les atiende amablemente tras leer la esquela de recomendación que les ha proporcionado el joven doctor Prior.

Phillips es un tipo pasado de peso que debe de rondar los sesenta, de enormes mofletes y amplias patillas. Su rostro, muy colorado, demuestra que debe ser un buen amigo de la botella.

—Vaya, vaya, un caso policial. ¡Qué interesante! Pero tomen asiento y digan, digan.

—Buscamos a un tipo noruego, alto y muy delgado, muy rubio y con el pelo largo, recogido en una coleta. Se llamaba Olson, aunque puede ser un nombre falso. Era diabético y sospechamos que debía tener una novia por aquí —dice María Fuster, que no tiene mucha confianza en que Víctor haya acertado al respecto.

—Sí, claro —dice el médico girándose para extraer una carpeta de unas inmensas cajoneras que hay tras su mesa—. Está resuelto.

—¿Cómo? —Fuster, sorprendida.

—Sí, sí, aquí lo tengo: Ingmar Olson, noruego, lo llevaba visitando dos años. Venía por aquí a ver a su novia Mary.

Blázquez mira a María Fuster con aire divertido y le dice:

—¿Ve?

—Sí, sí —dice ella—. Pero ¿no sabrá por casualidad en qué trabaja esa joven?

—En una taberna, el Dragón de Oro; está a un paso de aquí.

Fuster mira a Blázquez y apunta:

—Su amigo se equivocó, don Alfredo. Es una taberna y él dijo que trabajaría en una fábrica de cerveza.

El doctor Phillips se incorpora un poco en su asiento y dice:

—Disculpen, si no es molestia... en el Dragón de Oro fabrican su propia cerveza, llevan haciéndolo desde generaciones y es conocida en muchas millas a la redonda.

Blázquez sonríe y murmura con retintín:

—Se lo dije; no sé cómo lo hace, pero Víctor nunca falla.

5

Eduardo

Eduardo intenta una vez más zafarse de las ataduras que le sujetan a la silla. Le tienen retenido en un sótano y sabe que debe escapar como sea. Aldanza es un monstruo y no dudaría en torturarlo por pura diversión. El joven se siente culpable por haberse dejado capturar; sabe que es una baza a favor de Alberto Aldanza y que éste le puede utilizar para hacer daño a su padre.

Al fin, un ruido de cuerdas que se rasgan le hace comprender que lo ha conseguido. Lleva horas raspando las ataduras con un movimiento hacia arriba y hacia abajo que le quema las muñecas, pero ha merecido la pena. Ahora debe esperar. Cuando uno de sus captores baja las escaleras con una bandeja con su comida en las manos, aguarda su oportunidad.

Entonces, da un salto y empuja la bandeja contra el rostro de aquel tipo, que cae hacia atrás. Toma una jarra de arcilla que ha caído al suelo y descarga un golpe brutal contra la cara de su captor que hace que éste caiga desmayado al instante.

Rápidamente, Eduardo registra al sicario y se hace con un revólver para encarar a toda prisa las escaleras.

Éstas terminan en una puerta que da acceso a un amplio salón donde se encuentra con un gigantón, un tipo inmenso con el cráneo rapado que se abalanza sobre él. El crío no lo duda y hace fuego. El otro se dobla tras recibir dos disparos en el estómago. Eduardo, que sabe que no debe perder un segundo, corre hacia un ventanal atravesándolo con estruendo para caer rodando a un cuidado jardín. Dos tipos aparecen tras la esquina pero el chaval, que se ha puesto de pie de un salto, hace fuego provocando que tengan que volver atrás. Eso le da unos segundos para lanzarse a la carrera entre unos setos que dan acceso a un jardín laberíntico.

Eduardo corre todo lo que dan sus piernas mientras que escucha voces. Hay varios hombres que le persiguen y dicen que se sellen las salidas. Sabe que dispone de poco tiempo. Ha llegado al bosque y corre entre los árboles. Entonces escucha crujidos y el ruido de disparos. Son las ramas que se rompen por las balas, que zumban sobre él como moscardones. ¡Están haciendo fuego!

Al fondo, al fin, se ve la valla. Al otro lado de la misma hay antorchas encendidas; le esperan. Tiene que pensar algo rápido. No le quedan balas. Tira la pistola al suelo. Se le acercan por detrás. Está acorralado.

Roberts

—Pase, pase, Martin —dice sir Craigh Barnet con un tono quizá demasiado amable.

Roberts es un perro callejero y desconfía.

—Usted dirá, señor.

—Tome asiento, tome asiento.

—Gracias.

—Veamos... —dice Barnet ojeando un memorando—. Parece ser que ayer protagonizó usted cierto incidente con miembros del servicio secreto.

—Si se me permite decirlo, no fue exactamente así.

—¿Y cómo fue, si puede saberse?

—Pues me hallaba yo siguiendo una pista en Hampstead...

—¿En Hampstead?

—Sí, señor.

—¿Un asunto oficial?

—Por supuesto.

—Lleva usted dos sumarios nuevos, según me dice su supervisor. ¿De cuál se trataba?

—De un asunto, ya sabe, papeleos, comprobaciones...

—¿El del robo de la joyería de Great Russell Street?

—No, señor. —Parece que Barnet ha hecho los deberes, sabe a qué se está dedicando Martin.

—¿El de la estafa de Lombard?

Roberts, como un niño descubierto en una travesura, niega ladeando la cabeza.

—¿Entonces? —dice el hombre al cargo del Yard.

—El asunto de Cornelius Hall.

—¿Sí?

—Sí, busco la casa del hombre que, creemos, le hizo desaparecer.

—¿Ese asunto no lo lleva Cooper?

—Cooper no lo siguió hasta el final, cree que Hall se fue con una mujer.

—Pero el caso sigue en sus manos, ¿no?

Roberts, muy a su pesar, contesta:

—Me temo que sí, señor.

—¿Entonces? ¿Qué diantres hacía usted allí? Está usted investigando un caso que no es suyo.

—Ayudo a un amigo.

—Al detective español.

—El mismo.

—Podemos decir entonces que no se encontraba usted investigando un caso oficial, ¿no?

—Era en mi tiempo libre.

Sir Craigh Barnet se inclina hacia delante y fulmina a Roberts con la mirada:

—Martin, ¿me está usted tomando por gilipollas?

El sargento da un respingo en su silla. Que un tipo del nivel de Barnet recurra a ese lenguaje no puede deparar nada bueno.

—Perdone, señor, no le entiendo.

—¡Me entiende perfectamente!

—Sí, señor.

—¡Tengo una queja nada menos que del gabinete del Secretario de Estado! Se le advirtió que se dedicara usted a sus propios asuntos, ¿entendido? Si alguien vuelve a decirme que le han visto por Hampstead, le juro por mis antepasados que termina usted de guardia urbano en Calcuta, ¿entendido?

—Sí, señor.

—Es su última oportunidad. Ese asunto no es nuestro, hay intereses superiores que atender. No moleste. El servicio secreto se ha hecho cargo de ese caso y punto. Ni se acerque. Es su última oportunidad, Roberts, no voy a volver a perder el tiempo en hablar con usted personalmente. Y ahora, salga.

Roberts se excusa y sale del despacho inclinando la cabeza. Decididamente aquel negocio es muy grande. ¿Cómo podrá ayudar a Víctor? Quizá ha llegado el momento de hacerse a un lado. Entonces, cuando va a abandonar el despacho del ayudante de Barnet, escucha a éste gritar a su secretario diciendo:

—¡Avíseme a Leadenhall! Tengo que hablar con él de lo de Bradbury.

¿Ha dicho Bradbury?

Sí, lo ha dicho.

Roberts baja las escaleras hacia su despacho pensando en ello. No cree en casualidades. ¡Ha dicho Bradbury! Esta mañana ha comprobado personalmente que el servicio secreto vigila a ese lord, Bradbury, y ahora, acaba de escuchar que su jefe lleva un asunto relacionado con él. Debe de tratarse de algo importante, sin duda. Tiene que hablar con Víctor y, a ser posible, con Leadenhall.

Víctor

La casita en que la familia Leicester oculta a Emma Sanders está situada a las afueras de Kingston. Es una modesta vivienda enteramente rodeada de maceteros de flores de vivos colores. Se nota la influencia de la cándida mujer del pastor que, al parecer, disfruta cultivando petunias. Cuando entran en el pequeño salón, la joven prostituta se pone de pie de un salto. No esperaba a nadie, está claro. Está bordando junto a la chimenea. Es una joven menuda, pecosa y con el pelo del color del fuego. Apenas si parece una adolescente. Viste con mucho recato: una chaquetilla de terciopelo negro y una falda discreta de color pardo. Lleva una suerte de cofia de color negro. La estancia es reducida y muy acogedora. Una vez más, aparecen tapetes de ganchillo aquí y allá y hermosas figuras de porcelana.

—Hola, querida —dice Paul Leicester—. Éste es Víctor Ros, un policía español que quiere decirte algo.

—¿Cómo? ¡Os dije que no revelarais a nadie que estaba aquí! —exclama ella levantando la voz de muy malos modos. Los miembros de la familia se miran entre sí. Víctor repara en que parecen contrariados.

Ella se da cuenta de que ha metido la pata y toma las manos de Paul, deparándole su mejor sonrisa.

—Perdona, estoy asustada.

—No temas, querida. Hemos comprobado que trabaja en

un caso junto a un detective de Scotland Yard. Hemos telegrafiado y nos lo han confirmado. Dice que corres peligro.

—Sólo quiero hacerle unas preguntas, Emma —dice Víctor.

—¿Cómo me ha encontrado?

—A través de su amiga, en la taberna.

—Ya, era previsible.

Víctor ve caras de extrañeza en los Leicester al oír hablar de una taberna y añade:

—¿Les importaría que hablara con ella a solas? —Entonces hace un gesto muy disimulado con las cejas a la joven, que entiende:

—Déjenme a solas con él, por favor. No teman —dice ella.

Los cuatro miembros de la familia del pastor salen de la pequeña casita y la joven invita a Víctor a tomar asiento junto a la chimenea mientras le sirve un té.

—Con una nube de leche, por favor —dice él. Es su tercer té de la mañana pero no se atreve a decir que no.

—Gracias por no delatarme —apunta ella.

—Supuse que había ocultado su verdadera dedicación a la familia de Paul.

—Así es. Ha supuesto usted bien, habrá visto que mi prometido es nada menos que el hijo de un pastor, así que gracias por no decir nada, señor Ros.

—Era lo menos que podía hacer.

—¿Y bien? Usted dirá.

—Busco a Cornelius Hall.

—Está muerto.

—¿Cómo?

—Sí, que sospecho que lo habrán matado.

—¿La mujer?

La joven sonríe con amargura:

—¡No! ¡Qué va! Ese tipo…

—¿Su antiguo jefe?

—El mismo. Cornelius decía que era un tipo muy peligroso.

—¿Recuerda su nombre?

—Me dijo que usaba varios, pero que en sus días de Sudamérica se le conocía como Aldanza.

—Alberto Aldanza.

—Exacto.

Víctor repara en que, desde que comenzó con aquel caso, es la primera vez que ha podido confirmar que Alberto Aldanza está vivo. Emma Sanders conoce al jefe de Cornelius como Alberto Aldanza, ya no hay duda.

—Cornelius tenía mucho miedo. Pensaba que su vida corría peligro. Me dijo que, sin querer, se había convertido en el eslabón que podía llevar hasta su jefe y que éste andaba metido en algo grande. «Aldanza no es amigo de dejar cabos sueltos», me dijo.

—Sí, Cornelius recibía unos pedidos de ozono que debía hacer llegar a Aldanza, a Hampstead, ¿sabe usted adónde?

—No, nunca me habló de ello. ¿Ese tipo vive en Hampstead?

—Creemos que sí.

—Vaya, pues siento no poder ayudarle.

—¿Por qué piensa que Hall está muerto?

—Porque estaba preocupado y temía que podían eliminarle.

—¿No pudo fugarse? Ya sabe, poner pies en polvorosa.

—No, me habría llevado con él.

—¿Y Paul?

—No he dicho que yo le hubiera acompañado, que quede claro; pero Cornelius estaba muy encaprichado conmigo. Suele sucederme, mi aspecto aniñado les excita mucho. En el fondo son todos unos cerdos.

—¿Qué edad tiene, Emma?

—Veintiséis, pero como ve puedo pasar por una de dieciséis. No sabe la de veces que hemos vendido mi virginidad... ¡Idiotas!

—¿Y no cree que pudieron ser la mujer y el encargado de Hall?

—No, en absoluto. Le digo que él esperaba lo peor. Si hubiera decidido escapar me habría propuesto ir con él. A mí me iba bien con Cornelius. Mientras que un tipo así, de posibles, te mantiene, no tienes que hacerte seis o siete tíos por día. Y eso te puede salvar la vida, ya sabe usted, la sífilis. Así que yo estaba contenta. Me tenía como una reina y yo ahorraba para mi dote y mi ajuar. Me caso en mayo.

—Vaya.

—Así que yo intenté estirar lo de Cornelius todo lo que pude: me lo trabajé bien y le daba lo que quería. Él llevaba una doble vida; estaba aburrido después de una juventud de correrías y necesitaba una expansión de vez en cuando. Me advirtió que estaba en peligro y que si ese tipo, Aldanza, sabía de mi existencia vendría a por mí. Un buen día Cornelius no se presentó y acudí a su almacén, compré ginebra y pregunté por él haciéndome la despistada. Supe de su desaparición. Pasé por los comercios de la calle y allí me contaron todos los detalles, que iba en camisón y que se había detenido al encargado que se acostaba con la mujer. En fin, que tuve claro que Aldanza había ido a por él. Me temo que está muerto desde el primer momento. Luego me enteré de que había tipos preguntando por mí en Whitechapel y para colmo aparecieron ustedes por casa de Martha buscándome.

—¡Qué ingenuos fuimos! Y pensar que la tuvimos delante de nuestras narices.

—Sí, amigo, así fue. Decidí esfumarme y me vine aquí.

—¿Qué les ha contado? A los Leicester, digo.

—Ellos son muy ingenuos. Les dije que había un problema con unas deudas de mi padre en Irlanda, que murió debiendo dinero. Que sus ex socios me buscaban. Una mentira inmensa pero se la creyeron. No tienen ni idea de a qué me dedico.

—Ya. ¿Seguro que Cornelius nunca habló de la casa de Hampstead? No sé, algún detalle, un dato que pueda ayudarme.

Ella pone cara de hacer memoria y niega con la cabeza:

—No, nunca habló de ello. Iba a veces a la costa.

—¿A la costa?

—Sí, me dijo que se reunía allí con Aldanza por no sé qué asunto. Algo de un barco.

—¿Un barco?

—Sí.

—¿Dónde? ¿En qué lugar se reunían?

—No tengo ni idea. Que yo sepa, fue al menos tres veces.

—Ya.

—Y siempre traía algo que le encantaba, empanadilla de carne y patatas.

—¿Empanadilla de carne y patatas?

—Sí, le encantaba. ¿No la ha probado? Se llama *Cornish pasty*.

—¿Cómo?

—Es una empanadilla típica de Cornwall, creo. Tiene forma de «D» mayúscula y va sellada por un lado. A mí no me gusta. El relleno es de trozos de carne de ternera picada cruda y lleva colinabo o nabo, patata y cebolla. Le ponen pimienta, que no me agrada.

—¡Muy bien, Emma! Es buen dato. *Cornish pasty.* Creo que puede serme de ayuda.

—No sé más, me gustaría poder ayudarle, de veras.

Entonces los dos se quedan en silencio por unos momentos. Sanders, de pronto, dice:

—Ahora, que si usted me ha encontrado, los hombres de Aldanza también pueden hacerlo.

—Me temo que sí, Emma. Debe usted abandonar este lugar lo antes posible.

—Creo que no.

—No le entiendo. Hable con los Leicester y ponga tierra de por medio. Váyase con Paul.

—No puedo. Tendría que contarle la verdad, ponerle en peligro. Prefiero morir mil veces antes que partirle el corazón. Si supiera quién soy y a qué me he dedicado todos estos años, se moriría del disgusto. Él me quiere; prefiero la muerte antes que verle sufrir.

Víctor queda en silencio, mirándola. Le toma las manos.

—Emma, piénselo. La vida es algo valioso.

—No, aquí me han tratado como a una hija. Paul ha sido un novio respetuoso, me ama. Desde que nací, en Irlanda, sólo recuerdo penurias. Luego, aquí en Whitechapel, las calles, los hombres y el infierno. Prefiero morir mil veces aquí que volver a aquello. Prefiero que me maten aquí como una mujer decente a que mi novio sepa que he sido una puta. No me voy, lo haré por Paul.

Víctor ladea la cabeza y se levanta para despedirse de la joven.

—Aquí le anoto mi dirección. Si recordara cualquier detalle, por pequeño que sea, escríbame. Siempre con remite falso, claro.

—Descuide, si recuerdo algo lo haré.

—Gracias, Emma, y le deseo mucha suerte.

Cuando sale al exterior ya ha oscurecido. Paul Leicester se le acerca y ordena a su hermano que vigile la casa.

—¿Le importa si le acompaño a la estación? —pregunta.

—No, en absoluto, me vendrá bien un poco de compañía durante el paseo —responde Víctor algo apesadumbrado.

Cuando apenas llevan recorridos unos metros Víctor dice:

—Paul, tiene que sacarla de aquí. Cuanto antes.

—Lo sé.

—¿Lo sabe?

—Sí —contesta el joven muy resuelto.

—Pero…

—No se moleste, ha sido usted muy discreto y se lo agradezco, pues mis padres no saben nada. Es usted todo un caballero.

—Sus padres no saben nada ¿sobre qué…?

—De lo de Emma. Ya sabe, Whitechapel y «ese oficio».

—¿Cómo?

—No se moleste, lo sé todo, casi desde el primer día. La conocí en la estación, y me enamoré de ella perdidamente. Charlamos y me contó que venía a ver a una amiga. Yo me conjuré para verla a la semana siguiente. Me pasé por el hospital e hice mis averiguaciones: la amiga era una antigua prostituta que estaba muriéndose de sífilis. Hice todo lo que pude y me encargué de que nunca le faltara algo de fruta, carne y buenas sopas. Eso me hizo sospechar y aunque ella me había dicho que era costurera, a la semana siguiente la seguí. Se bajó en Whitechapel y vi dónde se alojaba. Contraté a un detective en la City y en pocos días lo supe todo.

—¿Y aun así siguió adelante?

—La quería, Ros. Hice como que creía sus mentiras y le ofrecí lo que nadie le había ofrecido en su vida: una casa acogedora, una familia, una vida tranquila y el refugio de la religión.

—Es usted un gran tipo, Paul.

—Lo tengo todo preparado. Mis padres no saben nada y nunca lo sabrán. Se han tragado la historia esa de las deudas de su padre y de unos facinerosos que quieren aprovecharse de una pobre huérfana. Mañana, a primera hora, mi padre nos casará.

—Pero ¿ella lo sabe?

—No, es una sorpresa, todo está preparado. Tengo los billetes para salir de aquí. Mi tío es pastor en Caracas y necesita un ayudante. Nos iremos a vivir allí, lejos de esto, de su pasado. Haremos ver que vamos a Edimburgo de luna de miel y mi familia dirá que nos ha gustado tanto que hemos decidido quedarnos a vivir allí. Lógicamente habremos ido en dirección contraria desde el primer momento.

—Bien hecho, joven.

—Le estoy muy agradecido por su discreción, Víctor. Ella no debe saber nunca que conozco su secreto.

—Descuide, amigo. Me temo que este que viene es mi tren. ¿Le importa si le estrecho la mano? No todos los días se conoce a alguien como usted, un hombre bueno de los pies a cabeza.

Eduardo

—Pero ¿quién es usted? ¿Qué es esto? ¿Dónde estamos?

—Eso son muchas preguntas, me temo —contesta el tipo que ha tirado de él desde detrás de un inmenso brezo para introducirle en una suerte de tubo de desagüe—. Además, joven, habla más bajo o tus perseguidores nos oirán. ¿Por qué te persiguen?

—Tiene usted razón. Perdone. Me llamo Eduardo Ros, mi padre es detective.

—¿Eres extranjero?

—Español. Hemos venidos desde España persiguiendo a un tipo que robó mucho oro al Gobierno.

—Vaya.

—Yo llegué a esta casa buscando a ese tipo, pero me cogieron.

—¿Cómo se llama?

—Aldanza.

El salvador de Eduardo estalla en una violenta carcajada.

Luce una prominente barriga y viste ropas andrajosas. Lleva una suerte de torniquete en la pierna izquierda y tiene la cara llena de moretones.

—¿Está usted herido?

—Sí, me dispararon cuando intenté escapar. No puedo saltar la valla y no hay otra forma de salir de aquí.

—¿Lleva mucho tiempo retenido?

—Sinceramente, perdí la cuenta de los días hace tiempo ya. Me tuvieron varios días en el sótano de esa casa, querían saber si había contado algo a la policía. Sé que les valgo lo mismo muerto que vivo, así que decidí escapar. Un disparo me alcanzó, estaba oscuro y creí que me desangraba. Debí desmayarme junto a ese gran arbusto. Vi este enorme tubo que queda oculto y me refugié aquí. Me hice un torniquete y a la noche intenté huir, pero apenas si puedo arrastrar la pierna. Tú serás mi salvoconducto para escapar, tú podrás saltar la valla.

—Ahí fuera hay un montón de tipos buscándome.

—No digo ahora.

—¿Cuándo?

—Tendrás que esperar a que se alejen, mejor a primera hora de la mañana. He sobrevivido comiendo ratas, ¿sabes? Creo que mi herida se ha infectado, me parece que tengo fiebre. No dispongo de mucho tiempo.

—Descuide, yo saltaré esa valla y mandaré aviso. Por cierto, ¿cómo dice que se llama?

—Hall, Cornelius Hall.

6

María Fuster y Blázquez

Don Alfredo y María esperan en la taberna a que llegue la novia de Olson. Son las nueve de la noche, la hora en que la joven comienza su turno. Mary es rechoncha y rubia, como una campesina o una moza de fonda de las de novela. Ambos se presentan y le dicen que quieren hablar a solas.

—¿Para qué? Tengo trabajo.

—Es sobre su novio, Olson. Trabajamos para la policía —dice Blázquez chapurreando como puede en inglés.

—¿Qué quieren? ¡No sé dónde está!

—No, no entiende —añade María Fuster—. Somos nosotros los que tenemos noticias. Y no son buenas.

El rostro de Mary se transforma y pide unos minutos a su jefe para llevar a los dos desconocidos a un cuarto aparte. Toma asiento y dice:

—¿Qué ha hecho ahora?

María Fuster toma las manos de la joven y le explica:

—Me temo que su novio, Ingmar, se vio envuelto en un incidente. Un ataque a dos policías que están investigando un caso aquí, españoles. Yo misma estaba delante.

—¿Y?

—Está muerto.

—¿Cómo?

Se hace un silencio. La joven está intentando asimilar lo que le cuentan. Una lágrima rueda por su mejilla.

—Se lo dije, muchas veces. Insistí en que acabaría mal, pero él no hacía caso. No era malo, pero frecuentaba malas compañías. Yo quería que se viniera aquí a trabajar. De hecho la semana pasada vino a verme, durmió atrás, en el almacén.

—Donde fabrican ustedes la cerveza.

—Sí, ¿cómo lo sabe?

—Cosas nuestras. Pero me temo que él no le hacía caso.

—No, le gustaba el dinero fácil, ya me entienden.

—Estamos buscando al hombre que le pagaba.

—Sí, Aldanza.

Fuster y Blázquez se miran el uno al otro como sorprendidos.

—¡Cómo! —exclama la traductora—. ¿Le conoce?

—Hablaba mucho de él. Decía que era un tipo admirable y que pagaba bien. Que no se andaba con chiquitas y que era como hay que ser: «Si uno quiere una cosa la coge, y punto», decía. Creo que fue la causa de su perdición. ¿Dónde está Ingmar?

—¿Su cuerpo? En Scotland Yard. ¿Quiere usted reclamarlo?

—¿Yo? ¿A ése? ¡Ni hablar! Ya me hizo sufrir bastante en vida.

Se hace un tenso silencio y María vuelve a tomar la palabra:

—Mary, estamos buscando a ese hombre, Aldanza. Sabemos que tiene una casa en Hampstead, ¿no sabría usted dónde?

—No, Ingmar nunca hablaba de eso. De hecho, quitando la última semana, estuve casi un mes sin verle. Estuvo enfermo.

—¿Enfermo?

—Sí, cayó en un estanque y pilló un buen constipado. Se le

complicó a pulmonía y de pocas muere. Pero era fuerte y logró sobrevivir.

—¿En un estanque? ¿Dónde?

—Ni idea, todo esto me lo contó cuando volvió a aparecer. Llegué a pensar que se había vuelto a Noruega o que había muerto.

—Ya. ¿No recuerda nada más?

—No. Bueno, sí. Hizo un par de viajes a la costa.

—¿A la costa? ¿Para qué?

—No lo sé, creo que a la zona de Cornwall. Pero la verdad, no sé si era por su trabajo. Igual tenía a otra allí.

Fuster y don Alfredo se levantan dando la entrevista por terminada, quieren despertarse temprano para volver a Londres a primera hora.

Clara

Clara abre los ojos y ve a Víctor mirándola. Sigue pensando que tiene los ojos más bonitos del mundo.

—Ya te has despertado —dice él con una sonrisa en los labios.

—Intenté esperarte despierta.

—Se me hizo muy tarde, cariño.

—¿Tú nunca duermes? —pregunta ella sonriendo.

—Cuando estoy en un caso difícil, sabes que me cuesta hacerlo.

—¿Tuviste suerte?

Víctor asiente.

—¿Sí? —dice ella—. ¿Sabes dónde está Aldanza?

—Encontré a Emma Sanders y cree que Cornelius Hall está muerto desde el primer momento.

—Vaya. —Clara, muy triste.

Víctor le cuenta a Clara su conversación con la joven prostituta: su historia con Hall, su futura boda con el hijo de los Leicester y el asunto de las visitas de Cornelius a un pueblo de la costa.

—Empanada —dice ella.

—Sí, ya podemos empezar a investigar dónde la hacen buena.

Ella sonríe. Está realmente bella pese a llevar el pelo corto, como un chico.

—¿Y tú? ¿Qué tal? ¿Vigilaste a Miranda?

—Todo el día. Y no hay duda, es ella. Recibió una visita de ese tipo repugante…

—El Rata.

—Sí, estuvo una hora larga en la casa. Deben de seguir buscándote.

—Miranda es de ideas fijas, no va a rendirse nunca. ¿Qué más hizo?

—No salió durante todo el día. A eso de las cinco, se abrió la puerta y salió un tipo de su casa. Debe de vivir con ella, será un amante.

—¿Un tipo?

—Sí, delgado, de buen porte, moreno, llevaba sombrero.

—Un momento, un momento… —dice Víctor con cara de alarma—. Después de eso, ¿volviste a verla a ella?

—Pues ahora que lo dices, no.

—¿Te aseguraste de que no te seguían hasta aquí?

—Sí, Víctor, tuve cuidado.

El detective queda pensativo por un instante. Es evidente que algo le preocupa.

—¿Qué pasa, querido?

—Nada, nada, tonterías mías —contesta él—. Aún tenemos un ratito hasta el desayuno —añade atrayendo a su mujer hacia él.

Eduardo tiene hambre y frío, pero se ha negado a comer esas ratas que captura Hall. Cojea ostensiblemente pero allí abundan los roedores, así que aquel tipo las coge y las estampa contra las paredes del enorme tubo de desagüe. Al fondo hay una reja que impide el paso hacia la casa; debe de llevar justo debajo de ésta.

—No debes salir aún. Se les escucha pasar, oigo sus voces.

—¿Cuándo lo haré?

—Veremos más tarde. No creo que aguante mucho más, hijo —dice mordisqueando un repugnante muslo de rata cruda. Eduardo da gracias a que, allí dentro, apenas se ve nada.

—¿Cómo llegó usted aquí?

—Fueron a por mí, a mi casa. Escuché un sonido que tenía convenido con Aldanza, de mis días en Sudamérica. Supe que había vuelto de España. Mal asunto si se exponía a venir a verme, y más a esas horas. Bajé a mi almacén con una vela encendida, iba en camisón. Lo vi, estaba allí. Le acompañaban tres tipos. No les resultó fácil hacerse conmigo, peleé como pude pero ya no soy el de antes. Malditos hijos de puta. En mis tiempos los hubiera despachado de un plumazo.

—Vaya, lo lamento, señor Hall.

—Lo demás ya lo sabes, me trajeron aquí. Yo no daba un penique por mi vida.

—Pero Aldanza querría saber si usted había dicho algo del asunto del ozono.

Hall levanta la cabeza sorprendido:

—Caramba, ¿sabes eso?

Eduardo sonríe.

—No debe usted temer. Mi padre le anda buscando, y mi padre nunca falla.

Roberts

Leadenhall apura una pinta en el Duende, a apenas dos calles del Yard, cuando ve aparecer al viejo Martin Roberts frente a él.

—Hola, Mike. ¿Cómo andas?

—¡Dichosos los ojos! Siéntate, anda. Últimamente no tienes un minuto para los amigos.

—Ando liado, sí, y tú otro tanto.

Ambos sonríen. Roberts hace un gesto al camarero y le traen una pinta. Los dos amigos entrechocan las jarras y sonríen.

—Por los viejos tiempos.

—Por los viejos tiempos.

Los dos detectives quedan, por un segundo, mirándose.

—Parece que fue ayer, ¿eh? —dice Leadenhall.

—Y que lo digas, dos imberbes uniformados en Whitechapel. Aún hoy día no me explico cómo no nos comieron por los pies.

—Yo pienso lo mismo. De algún modo supimos salir adelante. ¿Cómo vas?

—Como siempre, Mike, de culo. Llevo varios asuntos en danza y algún lío que otro. Intento ayudar a un amigo, un policía español.

—¿Y eso?

—Un robo de postín, en España. Mucho oro.

Martin nota cómo el otro se pone a la defensiva.

—Me temo que tu visita no es algo casual, ¿no?

Martin suelta una carcajada.

—Sé que es inútil intentar engañarte. Sí, es cierto, he venido a verte porque tengo que hablar contigo.

—Ya sabes, amigo, lo que quieras.

—Se trata del caso de mi amigo español. Un tipo listo robó

una gran cantidad de oro a los españoles y estamos intentando localizarle en Londres. Una pista me llevó a Hampstead.

—Y te acercaste a la casa, ¿no?

—Sí, eso es.

—Y te diste de bruces con el servicio secreto.

—Sí, Barnet me ha advertido. No me quieren husmeando en el asunto.

—Y para arreglarlo te vienes a verme a mí.

Roberts sonríe.

—Sí, no te falta razón. Pero sabes que puedes confiar en mí.

—¿Y cómo sabes que puedo tener algo que contarte al respecto?

—Porque escuché a Barnet que decía a su secretario que te avisara por el asunto de Bradbury.

—¿Y cómo sabes lo de Bradbury?

—Seguí a un tipo del servicio secreto, un pelirrojo.

—Wells, se llama Wells.

—Bueno, pues el caso es que lo seguí hasta un domicilio que vigilaban. Era el de la familia Bradbury.

—Ya. Veo que has hecho los deberes.

Los dos quedan en silencio.

—¡Dos más! —grita Leadenhall.

—¿Qué puedes contarme?

—¿Cuánto puedes callar?

—Seré discreto, Mike.

—Sabes que te debo una, Martin.

—No, eso lo hice porque quise, era lo correcto. Nunca te pediría...

—Estoy en deuda contigo, diantres.

—Sabes que no.

—Sólo te pido una cosa, amigo. Que seas discreto. Ésta es una operación muy grande y no puede saberse que yo he sido tu fuente, ¿de acuerdo?

—Como en los viejos tiempos. Puedes estar tranquilo al respecto.

—¿Qué quieres saber?

—Lo que puedas contarme. ¿Qué pasa en la casa? ¿Está allí Aldanza?

—Supongo, si es que se llama así. No podemos acercarnos, el asunto es del servicio secreto. Lo llevan todo desde arriba. Sir Craigh Barnet me puso al servicio de esta gente. No creas, no dicen mucho. Te diré lo que sé: parece que ese tipo, el que vive en la casa, es un americano, Chester Davis, y está haciendo chantaje a lord Bradbury, ¿me sigues?

—Perfectamente.

—El otro es comisionado de Aduanas y pretende que le ayude a pasar algo, digamos, grande.

—¿Grande?

—Un barco.

Martin Roberts emite un silbido de admiración.

—Sí, un barco. Hasta donde sé, la honra de la familia Bradbury está en juego. Si el comisionado no hace lo que dice ciertas fotografías serán liberadas.

—¡Pero él está colaborando con vosotros!

—Así es.

—Y si detienen a ese tipo, el americano, supongo que Aldanza, lo habrá dejado todo previsto para que esas fotografías salgan a la luz.

—En efecto, amigo. Es lo lógico.

—¿Y aun así Bradbury colabora?

—Le han mentido, le han hecho creer que todo está controlado.

—Hijos de puta.

—Los asuntos del Imperio nos superan a todos, amigo. No hay familia, sujeto, animal o cosa que escape al bien mayor.

—Ya. ¿Y dónde entras tú en todo esto?

—Como los del servicio secreto no tienen suficiente gente, nos necesitan en el muelle de St. Katherine, para sorprender al barco cuando llegue y hacernos con él. Se detendrá a ese Davis.

—Aldanza.

—Como sea que se llame.

—Y la ruina de los Bradbury se hará efectiva.

—Eso a los de arriba les da igual.

—¿Sabes qué contiene ese barco, Mike?

—Oro, has dicho tú, ¿no?

—Mira, amigo, ese Davis, o Aldanza, como le conoce mi amigo Víctor Ros, es un tipo muy peligroso y audaz. Hará algo más de un mes dio un golpe en Madrid, se hizo con dos tercios del oro del tesoro español que estaba escondido en un banco que nadie esperaba.

—¿Cómo supo eso?

—Ni idea, pero es evidente que está aquí y quiere hacer entrar el oro en Inglaterra.

—Sí, eso parece.

—Y ahora viene la pregunta importante…

—¿Sí?

—¿Para qué quiere la Secretaría de Estado hacerse con ese oro? ¿Para devolvérselo a los españoles?

—Eso no es asunto mío.

—Sí, sí, pero ¿está la Embajada de España al tanto?

—Ni idea, pero me da que no.

—Si así fuera, amigo Mike, ¿no estaríamos robando el oro de los españoles?

—«Quien roba a un ladrón…»

—Sí, sí, ese Davis es un ladrón. Pero nos estaríamos apropiando de una gran cantidad de oro que, en realidad, pertenece a otro país.

—¿Y?

—¿Seguimos siendo corsarios?

—¿Hemos dejado de serlo alguna vez, Martin?

Los dos amigos quedan en silencio. Ahora es Roberts el que pide dos cervezas más.

—Veamos, Mike. Sabemos que ese Davis robó a los españoles y que el servicio secreto espera el barco para hacerse con el oro y detenerlo. Nada les importa el destino de los Bradbury ni que el oro no sea nuestro.

—Sí, es más o menos lo que dices. Pero el Imperio también tiene sus cloacas, tú y yo sabemos mucho de eso.

Roberts mira a la pared, como ido.

—No creo que pueda contar esto a mi amigo Víctor Ros.

—Yo tampoco lo creo, Martin.

Roberts se pasa la mano por la cara.

—Vino a Londres a pedirme ayuda. Él es un gran tipo, en el pasado me ha sacado de algún que otro apuro.

—Ya, bueno, es normal entre amigos.

—Pero entenderás, Mike, que esto me coloca en una situación muy delicada.

—Es evidente.

—De un lado, la lealtad a mi amigo, y de otro, mi país.

—Yo no lo resumiría mejor.

—¿Y qué hago?

—Pues no lo sé, Martin, pero hagas lo que hagas, recuerda que yo no puedo aparecer para nada en esto.

—Descuida, Mike. —Entonces, pensativo, añade—: Creo que necesito una buena pinta de ginebra.

7

Tenemos que ponernos al día, Alfredo —dice Víctor muy serio mientras su amigo devora uno de los bollos de la señora Smith.

—Perdona —responde Blázquez con la boca llena—. Pero acabamos de llegar de Kent y apenas hemos podido desayunar.

—¿Y María Fuster?

—Me ha dejado aquí con el coche de alquiler y ha acudido a su casa, quería ver a su madre.

—Encontré a Emma Sanders.

—Y nosotros a la novia de Olson.

—Entonces tenemos muchas cosas que hablar.

—Sí, pero antes quiero comentarte algo que me preocupa —dice Blázquez.

—¿María Fuster?

—Vaya, Víctor, siempre te adelantas.

—Hace tiempo que sospecho que no es una simple traductora.

—A mí me ocurre otro tanto.

Entonces Blázquez cuenta a su amigo lo ocurrido en la taberna de Kent.

—Vaya —dice Víctor—. Pero no me sorprende, cuando los

hombres de Aldanza nos atacaron aquí mismo observé que llevaba un estilete bajo la manga, el que luego utilizó en Kent.

—Sí, el mismo. Ella insiste en que creció en Whitechapel y que sabe defenderse por eso, pero créeme, pelea mejor que muchos hombres que he conocido. Además, recuerdo que un día, refiriéndose a los ingleses, dijo: «Esta gente es muy práctica». Me llamó la atención, yo le dije: «¿Esta gente? Si tú eres inglesa». Y me pareció que se azoraba.

—Vaya, buena deducción, Alfredo.

Los dos amigos quedan en silencio.

—¿Qué piensas, Víctor?

—No sé, quizá trabaje para Aldanza.

—Si es así, ese tipo irá siempre por delante de nosotros.

—O para Bárbara Miranda, aunque esto último me parece menos probable.

—¿Qué hacemos, entonces?

Víctor se toquetea la barba. Al momento, se pone de pie:

—Vamos a su casa.

—¿Cómo?

—Sí, que vayamos a casa de su madre. Sospecho que no existe.

—No te sigo.

—Deja ese bollo y coge el sombrero, nos vamos.

—¿Y cuándo nos ponemos al día, Víctor?

—Luego, cuando volvamos.

Víctor y Blázquez

Víctor y Alfredo llegan al número 15 de Belitha Villas, un conjunto de viviendas adosadas, de dos en dos, donde reside María Fuster. Tras tocar a la puerta les abre un señora rubia, entrada en carnes y de unos sesenta años.

—Buenos días, queríamos ver a su hija —dice Víctor tocándose el ala del sombrero.

—¿Cómo? —dice la mujer que parece no entender.

—Sí, queremos hablar con María.

—¿María?

Víctor y Blázquez se miran con cara de pocos amigos.

—Perdone, señora, debe de haber un malentendido. ¿No vive aquí una joven llamada María Fuster?

Entonces se escucha una voz de hombre que viene desde el final del pasillo:

—¿Quién es, Sandra?

—¿Cómo? —dice Víctor—. ¿Está usted casada? ¿Es usted la señora Fuster?

—No sé de qué me hablan, caballeros. Esa joven que dicen no vive aquí.

—¿No es su hija?

—Mi marido y yo no tenemos hijos. Lo siento, tengan ustedes buenos días —responde la señora cerrándoles la puerta en las narices.

Víctor y Alfredo se quedan de pie, sobre las escaleras, mirándose como dos idiotas.

—María nos ha mentido —dice Blázquez.

—Sí, era previsible, Alfredo. Habíamos observado cosas que no cuadraban.

—¿Y ahora qué? ¿Para quién trabaja? ¿Para Aldanza?

—No, no, Aldanza envió a dos tipos para averiguar que yo estaba en Whitechapel y ella lo sabía.

—¿Entonces? ¿Para Bárbara Miranda?

—No, no, no tiene sentido.

—¿Y qué hacemos?

—Disimular, Alfredo, tendremos que ver por dónde nos sale.

—Pero ¿y si nos traiciona?

—Ella no sabe que sospechamos. Ésa es nuestra mejor arma. Mira, haremos lo siguiente: tú vete a casa de la señora Smith y me esperas allí. Si aparece le dices que espere, que tengo que hablar con vosotros. Yo creo que voy a pasarme por la Embajada. Roberts dice que la enviaron desde allí al Yard para hacer traducciones. Quiero averiguar lo que pueda sobre ella, si es que saben algo, claro.

Eduardo

Cornelius Hall despierta a Eduardo, que se sobresalta al escuchar los ladridos de los perros.

—Hijo, date prisa, que vienen. Han debido de conseguir sabuesos. Nos van a encontrar.

El chico se levanta y tira a duras penas de Hall que casi no puede andar. Cuando salen al exterior, tras apartar el arbusto, la luz del día les deslumbra. Los ladridos se oyen cada vez más cerca.

—¡Vamos, vamos! —dice Eduardo.

En cuanto ha dado un par de zancadas, comprueba que Hall ha quedado atrás. Apenas si puede moverse. Sale sangre bajo su torniquete y cuando se acerca a ayudarle comprueba que la herida huele mal.

—¡No puedo casi apoyarlo! —se queja el mayorista de ginebras con ojos febriles.

Los ladridos se hacen más audibles. Casi están encima de ellos.

—¿Qué hago? —dice el crío.

—¡Corre tú, hijo! Avisa.

Eduardo sale corriendo sin mirar atrás. Corre entre los árboles a todo lo que dan sus piernas y escucha el sonido de sus propios pasos sobre la hojarasca. Le escuece la garganta. Escucha ladridos y los gritos de Hall: le han alcanzado. Ve la valla y cree poder conseguirlo. Intenta tomar impulso pero escucha gruñidos y pasos acelerados. Toma impulso y da un salto. Cuando se ha encaramado a la valla, nota que le tiran del pantalón hacia abajo. Más gruñidos, los perros le han alcanzado.

Blázquez

Don Alfredo disfruta de un buen bollo en el salón de la señora Smith cuando aparece María Fuster.

—¡Hombre, María! ¿Qué tal? —pregunta intentando disimular.

—Bien, bien, he pasado por casa a cambiarme y a echar un vistazo a mi madre. Se quiera o no, ya tiene una edad y he estado un par de días fuera. A veces me culpo por no dedicarle el tiempo que necesita.

—Claro, claro —responde don Alfredo avivando sus sospechas.

La joven propone retomar las lecciones de inglés y eso hacen durante una media hora hasta que suena la campana y aparecen Víctor y Clara en el hall de la vivienda. Víctor presenta a su mujer a María y tras pedir a la señora Smith que prepare té, se sientan en la amplia mesa del salón donde Víctor despliega unos planos y todas sus notas.

Alfredo Blázquez arquea las cejas señalando a Fuster. ¿Cómo se le ocurre a su amigo compartir su información con esa mujer? ¿Y si trabaja para Aldanza?

Víctor sonríe y guiña el ojo a don Alfredo como diciendo que no pasa nada. Alfredo supone que su amigo lo tiene todo controlado, pero ¿quién es esa joven?

—Veamos —dice Víctor—, hablé con Emma Sanders, que a estas horas debe de encontrarse muy lejos de aquí.

—¿Sabe dónde está Hall? —pregunta Fuster.

—No. Cree que ha muerto —responde Víctor que, a continuación, relata a sus amigos su encuentro con los Leicester y la prostituta irlandesa.

—Vaya. ¡Menuda historia! —exclama Blázquez—. Ese Paul la quiere de verdad. Hay que amar mucho a una persona como para que no te importe su pasado hasta ese punto.

—Me temo que así es. Un joven extraordinario y de fuerte personalidad. Sabe lo que quiere.

Entonces miran a Fuster y ven que tiene los ojos acuosos.

—No se rían, soy una romántica, ¿de acuerdo?

Todos ríen la ocurrencia de la joven.

—Tenemos que localizar un pueblo pesquero, con un puerto capaz de acoger un buque de buen calado y donde hagan una buena *Cornish pasty* —dice Clara.

—¿Se dan ustedes cuenta de la de pueblos pesqueros que hay en este país? —comenta Fuster—. ¡No sé si han notado que esto es una isla!

—Sí, sí —responde Víctor—. Seamos realistas, esto va a ser como buscar una aguja en un pajar.

—Aunque, curiosamente, la novia de Olson nos habló también de un puerto, un pueblo —dice Fuster.

—¿Dijo el nombre? —Víctor, esperanzado.

—No, pero dijo que estaba en la zona de Cornwall —apunta don Alfredo.

—Eso es algo, ¿no? —pregunta Víctor mirando a María Fuster.

—Es mejor que nada, sí. Ese tipo de empanada es típico de Cornwall. Tendremos que preguntar. *Cornish pasty*... qué locura.

—Bueno —añade Víctor preparándose para tomar notas—. Contadme vuestra conversación con ella, al detalle. Por cierto, ¿acerté en lo de la cerveza?

Blázquez mira a María sonriendo y le indica que comience el relato.

Mientras la joven cuenta su encuentro con la novia del noruego, Clara y su marido desgranan la información tomando notas, apuntes e inciden en este o aquel punto.

Cuando la joven traductora termina de hablar todos quedan en silencio.

—Y ahora, ¿qué? —dice Clara—. Sólo sabemos que la casa está en Hampstead y que preparaban algo en un pueblecito de Cornwall.

—Sí, es evidente que el desembarco del oro va a ser allí —dice Víctor—. Pero necesitamos saber dónde está la casa de Hampstead. Tienen a Eduardo y estamos como el primer día. Sólo sabemos que la casa está ubicada en aquella zona.

—¿Y Roberts? —pregunta Blázquez atacando, cómo no, un nuevo bollo—. ¿Ha dado señales de vida?

—No sé nada de él. Y es raro, pero sospecho que no debe haber averiguado dónde está la casa, me habría avisado al instante.

Entonces María Fuster se queda mirando el mapa fijamente.

—¿Estará bien? —dice María, que parece vivamente preocupada por el inglés.

—¿Te preocupa Martin? —pregunta Víctor con cierto retintín.

Ella cambia el gesto y contesta enfadada:

—¿A mí? ¿Ése? No, no, era por el caso.

—Seguro que Roberts ha estado husmeando por la zona, me dijo que lo haría en su tiempo libre —añade Blázquez.

Fuster sigue con la vista en el mapa.

—Voy a acercarme al Yard a hablar con él.

Los tres amigos se miran y sonríen.

—No, no, no es lo que piensan.

Clara se percata de que María Fuster ha dado con algo, o eso o se ha quedado absorta.

—¿María?

—¿Sí?, dígame, Clara.

—¿Pasa algo?

Entonces ella queda en silencio. Parece pensar de nuevo. De pronto, se atreve a decir muy resuelta:

—Sé dónde está la casa.

—¿Cómo? —preguntan los tres al unísono.

—Sí, aquí —dice la joven señalando con el dedo un punto del mapa.

—¿Hampstead Ponds? —pregunta Víctor.

—En efecto. ¿Recuerda usted, don Alfredo, nuestra conversación con la novia de Olson?

—Claro.

—Ella dijo que estuvo tres semanas sin verlo, que él pasó una temporada sin ir a visitarla desde Hampstead.

—Sí, porque estaba enfermo, pulmonía o pleuresía o algo así.

—¿Y cayó enfermo por...? —dice María como si fuera una maestra preguntando la lección.

—¡Porque cayó a un estanque! —exclama don Alfredo extendiendo el índice.

Víctor mira el mapa:

—Sí, sí, debe ser ahí. Hampstead Ponds. Voy a ver a Roberts. Preparaos, en dos horas salimos.

Roberts

Martin espera en el Duende a su amigo Víctor. Juguetea con su pinta de ginebra con la mirada perdida, mientras se debate entre lo que él entiende su deber oficial y su moral. Es un miembro activo de Scotland Yard, el mejor cuerpo policial del mundo, y como tal, una pieza más de un complejo e inmenso engranaje que constituye ese ente que es el Imperio Británico. Le han dado órdenes muy claras y entiende que ha de cumplirlas. No debe acercarse a la casa de Hampstead, no debe interferir. Ese asunto está en manos que no son las suyas. El destino de Bradbury y su familia no importan a nadie y el asunto del oro lo ha complicado todo.

Su amigo Víctor está allí para recuperar una gran parte del tesoro de su país que fue robado por un facineroso. Los superiores de Martin han puesto sus ojos en ese botín. Hacerse con él no sólo engrosaría de manera suculenta las arcas de la Corona sino que supondría asestar un golpe definitivo a un país que anda a la greña con Estados Unidos, una potencia emergente con la que Inglaterra mantiene ya lazos muy férreos. Además, las relaciones con los españoles nunca fueron buenas.

Por otra parte está el asunto de Eduardo. Es probable que el chico esté cautivo en esa mansión de Hampstead y Víctor tendría derecho a saberlo. Si Roberts le cuenta lo que sabe, Ros dará al traste con la operación por salvar a su hijo. Adiós al oro para los británicos. Pero si Martin oculta esta información a su amigo y algo ocurriera a Eduardo, no se lo perdonaría nunca. ¿Qué hacer? Le gustaría poder huir, escapar de allí. De pronto se sorprende pensando en María Fuster. En sus ojos y en su pelo. Ella le odia, ¿para qué pensar en eso? Decididamente, se hace viejo.

—¿Qué te pasa, amigo?

Levanta la vista y allí está Víctor Ros, con su traje de mezclilla, su bombín y su bastón. Lleva un abrigo marrón oscuro que parece confortable.

—Aquí, delirando.

Víctor mira la ginebra y le mira a él. Pide un té con leche. Roberts sabe lo que está pensando el detective español. Sabe qué análisis va a llevar a cabo. Observará sus ojeras, su corbata algo ladeada y deducirá que algo le preocupa mucho. Entre sabuesos es difícil engañarse.

—¿Te encuentras bien?

—Sí, no tengas cuidado, últimamente no duermo mucho.

Ros espera a que traigan el té. Se añade azúcar y dice:

—Tenemos que actuar ya. Creo que he localizado la casa.

Roberts, sin pensar, dice:

—En Hampstead Ponds.

—¿Cómo lo sabes?

—Estuve allí.

—¿Tú?

—Sí, lo sé todo.

—¿Localizaste la casa? ¿Desde cuándo lo sabes?

—Hará un par de días, más o menos.

—Pero, Martin, ¿cómo no me avisaste?

—No tenía todos los datos, Víctor, no estaba seguro. Me ordenaron que no me acercara... Estoy sentenciado si me meto en este asunto.

—¿Te «ordenaron»?

—Sí, localicé la casa más o menos de casualidad, dando un paseo. Debí pensarlo: es un paraje natural hermoso, con árboles alrededor, un buen lugar para esconderse. Ya sabes, lejos de miradas indiscretas.

—¿Y?

—Me salieron varios tipos al paso. Vigilaban la casa. Me dijeron que no era asunto mío. Me tuve que alejar.

—Servicio secreto.

—¿Cómo lo sabes?

—Un poco de suerte y algo que he averiguado esta misma mañana.

—Al día siguiente el jefe supremo me llamó a su despacho,

me dio órdenes explícitas de no meterme en el asunto. O eso, o me mandan a Afganistán.

—Ya. Lo siento, amigo.

—¿Lo sientes? ¿Qué sientes?

—Haberte metido en problemas, ya sabes, ponerte en un compromiso.

—Tú no has hecho nada malo, Víctor.

—Comprometerte. ¿Te parece poco?

—¿Qué vas a hacer, Víctor?

—Entrar allí. Aldanza tiene a Eduardo.

—¿Y Miranda?

—Clara la ha estado vigilando pero le dio esquinazo.

—¿Cómo?

—Ya te lo explicaré. Ésa no es mi prioridad ahora.

—Mis superiores me han colocado en una difícil situación, Víctor. He averiguado cosas.

—Ya veo, y según tus ojeras, nada bueno.

Martin mira al infinito como sopesando las consecuencias de sus actos.

—¿Vas a entrar allí? La casa está vigilada y Aldanza tendrá gente armada.

—Me cambiaré por Eduardo.

—Pero ¿estás loco? Serás hombre muerto si haces eso.

—No se discute, es lo que tengo que hacer y punto. Salvar a Eduardo es lo primero ahora.

Roberts deja caer la cabeza sobre sus manos y suspira.

—¡Qué diantres! Es mejor que te cuente todo —exclama—. Mira, Víctor, seguí a uno de esos tipos, Wells, un pelirrojo del servicio secreto. Parece al mando. Tenían un dispositivo de vigilancia sobre la casa de un hombre acaudalado, lord Bradbury.

—¿Y?

—Mr. Davis, o como tú le conoces, Alberto Aldanza, está

chantajeando a ese tipo con unas fotografías de su hijo llevando a cabo ciertas prácticas, digamos, poco habituales.

—¿Por qué chantajea a Bradbury?

—Porque es el hombre que controla las Aduanas y le necesita para introducir el barco con el oro en los muelles de St. Katherine. Lo harán pronto, quizá esta noche o quizá mañana. Han solicitado la ayuda del Yard para capturarlos a todos.

—Ya, por eso sería inoportuno que yo apareciera por allí, ¿no?

—Evidentemente.

Los dos vuelven a quedarse en silencio.

Víctor habla muy resuelto:

—Eduardo va primero.

—Estoy de acuerdo, amigo.

—Además, no temas, confía en mí —dice Víctor—. No vamos a estropear nada.

—A estas alturas me da igual. He descubierto que mis superiores, la propia Secretaría de Estado quiere hacerse con vuestro oro. Va a confiscarlo, por decirlo de manera suave.

—No lo harán público, claro.

—No, y Aldanza se llevará por delante a Bradbury y a su familia.

—Feo asunto.

Los dos amigos permanecen callados unos segundos.

Víctor mira a Roberts y dice:

—Eres un buen tipo, Martin. Has hecho un buen trabajo, lo has averiguado todo a la perfección pese a la oposición de tus superiores.

—Ya, ¿y de qué me sirve?

—No debías habérmelo contado y lo has hecho, amigo.

—Sí, es cierto. No debería haberte dicho nada.

—Te estoy muy agradecido.

—Lo he hecho por tu hijo.

—Te aseguro que me encargaré de que nada de esto te salpique. Muchas gracias, Martin, nunca lo olvidaré —dice Víctor poniéndose de pie y arrojando unas monedas sobre la mesa.

—Un momento, un momento —dice el inglés—. ¿Adónde crees que vas?

Víctor, que ya se iba, se gira y responde:

—Voy a Hampstead, a salvar a mi hijo.

—¿Y crees que lo vas a hacer sin mí? Si no te ayudo no tendrás ninguna posibilidad.

El Rata se acerca a un tipo bien vestido que le hace señas con la mano.

—Vaya, ¿es usted? No la conocía. Pasaría usted perfectamente por un hombre.

Bárbara Miranda, vestida con un elegante traje azul marino, con cuello duro, corbata y bombín negro, le mira con mala cara.

—Ese Ros me encontró, no sé cómo. Ayer observé que un limpiabotas no me quitaba ojo, vigilaba mi casa. Debieron de seguirte.

—¿A mí? ¡Imposible!

—Tuve que vestirme de hombre, cosa que detesto, y salir de casa. No me reconoció. Di la vuelta a la manzana y le pude seguir. Era la mujer de Víctor Ros. Hija de puta. Debió seguirme desde España. Él está ahí dentro, en el Duende, con ese tipo, Roberts. Te juro que esta vez no va a escapar.

—¿Y qué hacen ahí dentro?

—Mira, Rata, en España tenemos un refrán que dice: «Reunión de zorras, perdición de gallinas».

El Rata se carcajea. Ha cogido el sentido de la frase a la perfección.

Miranda vuelve a tomar la palabra:

—Esta vez no va a escapar, lo juro.

—¿Aviso a la gente de Tao, señora?

Ella se gira con la cara llena de odio y responde:

—No vuelvas a llamarme así, estropeas mi cobertura, ¿entendido?

El Rata percibe que un escalofrío le recorre la espalda y asiente.

—¿Aviso a Tao, entonces? —insiste.

—No, te contaré otro dicho que tenemos en España: «Si quieres asegurarte de que algo se hace, hazlo tú mismo».

—Entendido, señor —contesta el Rata, que comienza a preocuparse por la conducta de aquella loca que le paga. Quizá vaya siendo hora de desaparecer y alejarse de ella. Aquello no puede terminar bien.

8

Los hombres de Wells que hacen guardia alrededor de la casa de Hampstead ven venir un coche de caballos desde la zona de la estación. Se miran unos a otros alarmados. ¿Qué es eso? ¿A quién se le ocurre aparecer por allí? De pronto, el carruaje se gira y deja el camino. De él descienden tres tipos. Wells, el pelirrojo, observa con unos prismáticos. Uno es, claramente, Roberts; el otro, que cojea, es ese Blázquez, y el tercero, con su característico bombín, no es otro que Víctor Ros. No hay duda.

—¡Malditos hijos de puta! —exclama el hombre al mando—. ¡A por ellos! Van a estropearlo todo.

Más de quince hombres, casi todos caracterizados como cocheros, barrenderos o simples transeúntes, surgen de aquí y allá. Van armados y corren tras los tres amigos, que caminan por el bosque en dirección a la casa desde el sur.

—¡Alto en nombre de la Reina! —grita Wells apuntándoles con un revólver.

El que parece Víctor Ros se gira y se quita el bombín. ¡Es una mujer! Roberts y Blázquez sonríen. Llevan una cesta de picnic.

—Perdonen, íbamos de merienda —dice la dama, que lleva el pelo corto como un chico.

—Me temo que nos la han jugado —dice Wells con cara de pocos amigos.

Víctor

Víctor y María Fuster aguardan en el interior de un coche en el extremo norte del terreno que circunda la mansión de Hampstead.

—¿Ha venido tu gente? —dice Víctor a Fuster.

—No, aún no están en Inglaterra —contesta ella.

—Bueno, vigila si me siguen. No digas nada a los demás, será nuestro secreto.

—¿Estás seguro de entrar ahí?

Víctor asiente y baja del carruaje. Va vestido con ropas negras, una vieja chaqueta y botas. Toma carrera y se encarama a la valla. No hay nadie alrededor. Parece que la maniobra de sus amigos ha despistado a la vigilancia.

Una vez dentro de la propiedad corre hacia el sur. Acierta a entrever la casa entre los árboles y avanza en esa dirección. Cuando está a una veintena de metros se esconde tras un inmenso fresno. Desde allí tiene una buena visión de la puerta de atrás de la casa. Junto a ella hay dos carruajes con cocheros en el pescante. Parece que vayan a partir inmediatamente. Hay idas y venidas. Dos hombres suben y bajan maletas a los coches de caballos.

—Aldanza se va —musita Víctor.

La puerta de la casa se abre y aparece el tipo que asaltó la casa de la señora Smith, el acompañante de Olson; lleva el brazo en cabestrillo y le acompañan dos tipos.

—Nos vamos ya, hay movimiento alrededor de la puerta principal. Saldremos por la parte trasera de la verja —ordena—. Tú, encárgate de que esté abierta.

Uno de los esbirros sale corriendo por el sendero que lleva al sur.

Víctor siente un vuelco en el corazón cuando ve aparecer a Alberto Aldanza; va armado y lleva a Eduardo sujeto por el hombro. Tras él va un tipo al que sujetan dos esbirros; lleva la pierna derecha empapada en sangre y parece medio inconsciente. Apenas si se tiene en pie.

Comprende que no dispone de mucho tiempo y sale de su escondite caminando hacia ellos con decisión.

—¡Aldanza! —grita a la vez que extiende los dos brazos.

Lleva un revólver en cada mano y comienza a hacer fuego. Una, dos, tres veces. Siente los latidos del corazón en las sienes y todo parece irreal. Apenas si oye entre el estruendo de sus propios disparos. Uno de los cocheros cae abatido y el otro salta del pescante para ocultarse. Corren como conejos. Otro de los tipos que acompaña a Aldanza cae con la cara reventada. Eduardo se lanza al suelo y Aldanza se aparta entre fragmentos de ladrillo que salen despedidos en todas direcciones ante los disparos de Víctor, que no para de caminar hacia ellos. El esbirro que queda en pie dispara con una escopeta de postas y no hace blanco. Víctor siente los aguijonazos de los perdigones pero sabe que apenas si son rasguños. Con el revólver de la diestra apunta, y abre fuego haciendo caer al agresor hacia atrás.

De pronto, en mitad de aquel estruendo, comprueba que sus armas ya no funcionan. Se ha quedado sin balas. Hay cuerpos alrededor y el tipo al que sujetaban los esbirros está en el suelo.

Una carcajada de Aldanza le hace comprender que está en un aprieto.

—¡Vaya, vaya! Víctor, te has quedado sin balas. Tira las armas o te vuelo la cabeza —dice el dueño de la casa apuntándole con un arma.

El cochero que queda vivo le apunta también con una escopeta saliendo de detrás de un carruaje.

—Maldito hijo de puta. Deja a mi hijo —dice Ros tirando las pistolas al suelo.

—Siempre cometes el mismo error, hijo. No eres consciente de tus limitaciones. Te pierde ese afán que tienes por ser el héroe de la historia.

—Yo no soy su hijo.

—Sigues sin reconocer que yo te enseñé lo que sabes.

—Usted no me enseñó nada.

Aldanza mira al tipo con el brazo en cabestrillo que al parecer también se había ocultado. Lleva un arma en la izquierda. Se nota que es diestro pues la mueve con cierta torpeza. Víctor toma nota.

—Romero, encárgate de él. No te lo tomes a mal, Víctor, pero no estoy en condiciones de perderme en rifirrafes contigo. Afuera están los ingleses y yo sigo con mi plan. El barco con el oro entrará en Inglaterra pese a sus torpes internos de impedírmelo. Tengo que irme ahora mismo, hijo. Me hubiera gustado que comprendieras todo esto, pero hace años que entendí que eres un pobre imbécil, una gran decepción.

—Usted mató a Lola la Valenciana.

—Una puta —dice Aldanza con desprecio.

—Va a morir por ello, lo juro.

Aldanza mira a Ros sonriendo y contesta:

—¿Otra vez? Se supone que ya fallecí en Madrid, ¿recuerdas? Te digo que tengo prisa, no me interesas ya. Hasta siempre, Víctor.

Víctor se queda quieto, sin saber qué hacer, mientras el cochero sube al pescante para sacar a su jefe de allí. Aldanza, con un pie en el carruaje, se gira y dice a Romero:

—Mátalos a los tres.

El coche de caballos sale a toda prisa de allí y Romero se

acerca a Víctor arma en ristre. Eduardo observa cómo su padre le hace un gesto para que corra hacia el bosque, para que se ponga a salvo, mientras que el tipo de la pierna herida permanece tumbado en el suelo convulsionando por la fiebre. El crío parece paralizado. Aparece un tipo en la puerta de la casa. Víctor intenta evaluar la situación: dos matones, Eduardo, el enfermo en el suelo y él, sin armas. El recién llegado se encamina hacia el herido. Romero le mira y le hace un gesto. Entonces, el otro apunta a la cabeza del moribundo y hace fuego sin mediar palabra. El hombre convulsiona una vez y queda exánime.

—¿Ése era Cornelius Hall? —pregunta Víctor.

Eduardo asiente.

El detective lamenta haber llegado tarde. Ha estado buscando a Hall desde que llegó a Londres y no ha podido salvarle por muy poco.

—Sí, estaba vivo, y mira para qué le ha servido. Te tengo ganas, Ros, por este regalito que me hicisteis en el brazo —dice Romero apuntando a Víctor a la cabeza.

Justo cuando Romero amartilla su arma se escucha un grito:

—¡Quieto! ¡Es mío! —grita una voz desde el bosque.

Todos se giran y ven a un tipo con traje oscuro que apunta al esbirro de Aldanza con un arma. Es elegante, moreno, delgado y guapo.

Es Bárbara Miranda.

—¿Tú? —pregunta Romero.

—Sí, yo —dice ella.

—Olvidaba que eres, en verdad, un hombre. ¿Cómo has llegado aquí? Has seguido a este idiota, claro.

—Ros es mío. Ni se te ocurra tocarlo.

Romero da un paso atrás sin dejar de apuntar a Víctor.

—Ronald, ven aquí —ordena al otro tipo que se acerca hacia él.

Romero no deja de apuntar a Ros y el sicario apunta a Miranda. Bárbara tiene en la mirilla al sudamericano.

Eduardo no se atreve a moverse.

Entonces se escucha un graznido, como de un cuervo, y Víctor sonríe.

—Vaya, Bárbara —dice el detective para ganar tiempo—. Me has seguido hasta Londres.

—Sí, pero tu mujercita y ese enano no te van a salvar esta vez.

—¿Sigues obsesionada?

—¿Obsesionada? ¿Con qué?

—Con vengarte de mí.

—No me sirves, Víctor. En Oviedo fue tu mujer quien te salvó. Lo vi claro. Mi rival natural, mi rival de verdad es ella. Los hombres sois seres inferiores.

—Totalmente de acuerdo, pero fallas en un pequeño detalle.

—¿Cuál?

—Tú eres un hombre, como yo.

—¡Calla!

Se escuchan dos graznidos, vienen del bosque. Víctor ha comprendido la señal, así que sigue hablando.

—Estás loco y lo sabes. Yo te descubrí en Barcelona, te detuve y acabé con tu entramado. De hombre a hombre.

—¡Soy una mujer!

—Eres un pobre loco que, tras una sesión de espiritismo se creyó poseído por el espíritu de Erzsébet Báthory, ¿recuerdas?

—¡Mientes!

Víctor mira hacia atrás con disimulo y hace una seña a su hijo.

—No eres nadie, no eres Bárbara.

—¡Soy Bárbara!

—Eres un loco, lo sabes.

—¡Vas a morir! —grita Miranda fuera de sí.

—¡Basta! Mi jefe me ha dicho que elimine a Ros y lo voy a hacer. Es mi trabajo —grita Romero.

—¡Ros es mío! —exclama Miranda.

—¿Qué más te da? —insiste Romero—. Lo quieres muerto, ¿no?

Entonces, Víctor, hace algo extraño. Levanta la voz interrumpiendo a los dos esbirros y dice:

—¡Miranda, tú vas a ser la primera en caer!

—¿Cómo? —pregunta Romero mirando al detective como si se hubiera vuelto loco.

Todos se vuelven hacia Víctor sin dejar de apuntarse los unos a los otros. Romero y Miranda a Ros y el otro tipo, Ronald, a Miranda.

Eduardo permanece quieto a unos pasos del cuerpo de Cornelius Hall.

—Sí, Miranda, has oído bien —dice Víctor.

—Decididamente eres un imbécil —espeta la asesina sin dejar de apuntarle—. Te voy a matar aunque ese imbécil me dispare.

—Nunca aprendes, ¿verdad? —dice Víctor mirando a su enemiga—. Me has seguido hasta aquí para morir en Inglaterra. Una pena. Eras mi Némesis, pero ahora lo es Aldanza, de nuevo.

—¡No!

Se oye otro graznido y Ros sonríe para decir:

—Vas a caer, Bárbara Miranda, y lo vas a hacer en uno, dos y ¡tres!

Un disparo hace volar la cabeza de la mujer vestida de hombre que llega a hacer fuego derribando a Romero. En ese momento, Víctor salta hacia Ronald, el sicario que ha disparado en dirección a Miranda, que se encuentra con que el detective le ha clavado un puñal en el cuello de un brutal zarpazo.

Tocándose la herida, cae de rodillas gorjeando mientras se ahoga en su propia sangre.

María Fuster, vestida con cazadora color caqui, pantalones de caza y botas altas de montar, se ha plantado con un arma humeante ante Romero, que yace herido en el pecho por el disparo de Miranda.

—Esto, por lo de mi mano —dice la joven rubia disparando a la cabeza del sudamericano sin piedad.

Eduardo, que había rodado por el suelo, se abraza a su padre intentando comprender lo que ha ocurrido en apenas un segundo. Mientras tanto, María Fuster se acerca al cuerpo de Bárbara Miranda que yace exánime. Lo mueve con un pie y comprueba que está, en efecto, muerta. Sonríe al advertir que su certero disparo le ha volado media cabeza. La gran rival de Víctor, una mente preclara para el crimen, un alma extraviada años ha, ha desaparecido de este mundo. Son muchos los que dormirán más tranquilos.

—¿Y ése? —pregunta a Víctor señalando el cuerpo de Cornelius Hall.

—Nuestra última esperanza de saber adónde iba Aldanza y el oro. Cornelius Hall está muerto.

—¿Ha escapado Aldanza?

—Sí, me temo que sí, y será difícil encontrar su rastro. Por cierto, María, gracias.

—No hay de qué. Vi a Miranda saltar la valla tras de ti y la seguí.

Entonces se oyen voces al otro lado de la casa.

—Son los ingleses —dice ella—. Han debido escuchar los disparos y han entrado en la finca. Tenemos que irnos. ¡Rápido!

—Veamos, Roberts, ¿de verdad pretende que me crea eso? —dice muy molesto sir Craigh Barnet.

El sargento del Yard ladea la cabeza. Está sentado frente a su jefe dentro de un coche Hansom. Junto a él, Wells, el pelirrojo del servicio secreto, que fiscaliza la conversación. Son las tres de la madrugada y hace frío junto a los muelles de St. Katherine.

—Sí, señor, es la pura verdad.

—¿Quiere hacerme creer que iban ustedes de picnic?

—Sí, así era, ya vieron ustedes la cesta y los manteles.

—¿Con la mujer de Ros vestida como él?

—Ya se lo he dicho: una mujer española, Bárbara Miranda, vive obsesionada con matar a Ros. Su mujer, Clara, lo supo en Madrid y la siguió hasta aquí. Habrán podido ustedes observar que lleva el pelo corto para parecer un hombre y poder seguirla.

—¿Y dónde está esa Bárbara Miranda ahora?

—Ni idea, debe de haberse esfumado.

—¿Y Ros?

—Se lo he contado. —Roberts con fastidio—. Desapareció hace días después de que se produjera un ataque en su pensión. Intentaron matarle varias veces y se quitó de en medio, creo que debe estar sumergido en Whitechapel buscando a esa puta irlandesa, la novia de Cornelius Hall.

—Cornelius Hall está muerto —dice de pronto Wells.

—¿Cómo? —Roberts.

—¿Está seguro de que Ros no entró en aquella casa de Hampstead? —pregunta Barnet.

—No sé dónde está Ros.

—¡Aquello fue una maniobra de distracción, por amor de Dios! —exclama Wells—. ¿No sabe que hubo un tiroteo en la parte de atrás de la casa?

—Se lo he repetido. Sí, es cierto, mis amigos querían inspeccionar Hampstead. Sólo quedaba esa zona, los Hampstead Ponds, y temí que descubrieran la mansión. Como ustedes me habían dado instrucciones al respecto y el interés nacional estaba por delante, se me ocurrió la idea del picnic. Quise hacerles creer que por allí no hay nada. Sólo bosques. Les llevé por la zona que queda más alejada de la casa.

—¿Y por qué no nos avisó?

—No tuve tiempo.

—¿Sabe que hay varios muertos en la casa?

—No, no lo sé. Estaba casi a una milla de allí, ¿recuerdan?

—Cornelius Hall, una herida infectada en la pierna y un tiro en la cabeza. El lugarteniente de Davis, Romero, un disparo en el pecho y otro en la cabeza. Un tipo moreno, delgado, bien vestido, parece español o sudamericano. Disparo en la cabeza. Y tres de los esbirros de Davis tirados aquí y allá. Evidencias de un tiroteo monumental. Balas perdidas, marcos de las puertas astillados y armas por el suelo —dice Wells—. Víctor Ros estuvo allí.

—No he visto a Ros desde hace días. ¿Le han visto ustedes acaso?

Barnet mira a Wells como reprobándolo y el otro se ve obligado a admitir:

—No, no lo vio nadie. ¡Pero porque ustedes nos distrajeron!

Roberts suspira y parece sopesar lo que va a decir.

—Miren, reconozco que metí la pata acercándome por allí, pero ojo, la primera vez. En esta ocasión hice lo que haría un patriota: alejar a mis amigos de aquel lugar con la excusa del picnic y dejarlos tranquilos creyendo que por allí no había nada. Quise enmendar mi primer error. No sabemos lo que pasó allí, esa gente lleva negocios turbios e igual tuvieron un ajuste de cuentas con otra banda, qué sé yo. No comprendo de dónde se sacan que Ros estuvo allí.

Wells y Barnet miran a Roberts con cara de pocos amigos.

El jefe de Scotland Yard toma la palabra:

—Mire, Roberts, no sé exactamente qué pasó allí, pero nos vimos obligados a entrar y eso puede haber estropeado toda la operación. Bradbury nos asegura que Davis le ordenó que avisara a su gente para esta noche porque el barco llega a St. Katherine. Insiste en que Davis no ha suspendido la operación.

—¿Ven? Si Ros hubiera estado allí Davis habría abandonado. Yo creo que se trata de una disputa entre ladrones.

—En eso tiene usted razón. Si Davis sigue adelante es que no nos ha detectado —dice sir Craigh—. Pero sé que no está usted limpio, ándese con cuidado. Wells no le va a perder de vista. No se pase de listo conmigo. De momento le aviso, va usted a ser trasladado.

—No será necesario, voy a solicitar una excedencia.

—¡Vaya! —exclama Barnet—. Parece que no está usted muy contento.

—Pues sí, esto que están haciendo es indigno. Ese oro no es nuestro.

—¿Y cómo sabe usted eso?

—¡Soy policía, por amor de Dios!

Un agente toca en el cristal del coche y dice:

—El barco está entrando.

Desde el lugar en que están situados tienen una estupenda panorámica de los muelles. Un barco grande y oscuro se acerca a uno de los pantalanes. Lo esperan una docena de hombres. Detrás, ocultos en las amplias naves, hay más de cuarenta policías dispuestos a intervenir.

Todos esperan en silencio a que el barco quede amarrado. Cuando concluye la operación y desde arriba tienden una pasarela hasta el pantalán, los silbatos comienzan a sonar y los muelles de St. Katherine quedan ocupados por un mar de uniformes oscuros. Los hombres que esperan el barco se quedan quietos y en un momento más de veinte agentes han subido al mismo.

—¡Vamos! —dice sir Craigh Barnet, que sale del coche revólver en ristre.

Todos corren hacia el barco. Está oscuro y los *bobbies* esposan a los hombres de Davis aquí y allá. Un funcionario de aduanas les indica:

—Por aquí, señores.

Barnet, Wells y Roberts atacan la pasarela y suben a cubierta. Enseguida se ven encaminados hacia una oquedad que baja a la bodega. Varios de los hombres de Wells alumbran unas cajas de madera que otro revienta con una palanca. Wells arrebata una linterna a unos de sus compañeros y echa un vistazo al interior. Barnet y Roberts hacen otro tanto:

—¡Patatas! —exclama Wells—. ¡Patatas! ¡Nos han engañado! Traigan a Bradbruy. ¡Ahora!

QUINTA PARTE

El fin del mundo

1

¿Que Bradbury ha desaparecido? —dice Blázquez que, como siempre, está atacando un bollo de la señora Smith.

En la inmensa mesa del salón están reunidos María Fuster, Roberts, Clara, Eduardo, Blázquez y Ros.

—Yo sabía que el barco del oro no llegaría a St. Katherine, Aldanza es listo y no se dejaría engañar. Ha escapado y Bradbury lo habrá preparado todo para que el verdadero barco pueda desembarcar en un puerto discreto con el botín.

—En Cornwall —dice Clara.

—En Cornwall. —Víctor.

Martin Roberts toma la palabra mientras María le mira muy atentamente.

—Es evidente que tiene a Bradbury en sus manos. Ese lord se ha buscado la ruina por salvar a su familia; supongo que no ha pensado con claridad. Cuando vuelva a aparecer lo detendrán y sufrirá el oprobio de su defenestración.

—Quizá prefiera eso a que se sepa lo de su hijo —dice Clara.

—Pobre hombre —apunta Blázquez—. Ha quedado en las manos de un monstruo. Aldanza no se para ante nada y ante nadie.

—Pues lo voy a cazar —dice Víctor.

—Y a recuperar el oro. —Blázquez.

—Sí, pero... ¿por dónde empezamos? —pregunta Martin Roberts.

Víctor lo piensa y dice:

—Necesito echar un vistazo al cuerpo de Cornelius Hall. Igual podemos encontrar algo, o quizá en sus ropas, como ocurrió con Olson. ¿Es posible?

—Creo que sí, pero deberíamos ir ya, antes de que las cosas se estabilicen. Ahora mismo hay mucho lío en el Yard. Están como locos. Barnet y Wells están enfadadísimos con Bradbury. Creo que eso me ha salvado. Aun así, no creáis, sé que irán a por mí.

—¿Y qué harás? —Fuster, tuteándolo.

—De momento, pedir una excedencia. Quiero ir a España.

—Allí nos tienes a nosotros. Tienes casa y en caso de que quieras, trabajo —dice Víctor.

—Gracias, amigo —continúa Roberts—. En el Yard están fuera de sí. Aldanza se ha reído de ellos y Bradbury se la ha jugado. No tienen ni idea de dónde está el oro, que dicho sea de paso, era lo único que importaba a la Secretaría de Estado.

—Ese oro es nuestro —observa Clara, que acoge en su hombro a Eduardo.

—Lo sé, Clara —dice Roberts.

—Bien, pues esto es lo que haremos —anuncia Víctor—. Martin y yo examinaremos el cuerpo de Hall. Mientras tanto, vosotros, preparadlo todo. Nos vamos a Cornwall y decidiremos sobre el terreno.

—Al menos nos hemos deshecho de Bárbara Miranda —dice Clara Alvear—. Nunca pensé que resultara tan fácil. Esa mujer parecía indestructible.

—Ha dado con dos damas más duras que ella. Primero tú, amor, y luego María. Creo que le perdió su obsesión por matarme. En el peor momento escuché un graznido, era la señal que María me había prometido hacer si debía ayudarme. Al segundo graznido supe que ella estaba lista y al tercero dije en voz alta lo que esperaba que hiciera. Teníais que haberla visto. Me salvó la vida y despachamos a aquellos tipos gracias a ella.

—¿Una traductora? —dice Blázquez.

Víctor le mira con cara de pocos amigos y da por zanjado el tema. ¿Qué sabe de ella? Si fuera peligrosa no la mantendría a su lado. Pero ¿quién es, en verdad, María Fuster?

—Vamos al Yard, Martin. Os veo aquí en un par de horas.

En el depósito del Yard, Roberts y Ros se encuentran frente al cuerpo sin vida de Cornelius Hall. Está desnudo y cubierto con una sábana blanca hasta el pecho. Junto a ellos, Jones, un forense amigo de Roberts que les ha permitido el acceso y prometido hacer la vista gorda.

—No había nada en sus ropas. Creo que se las dieron sus captores —dice Jones.

—Sí, cuando se lo llevaron de su casa iba en camisón. —Ros.

—¿Qué buscamos? —Roberts, levantando la sábana.

—Creo que nada en concreto —dice Víctor—. Algo que nos dé una pista sobre qué lugar de Cornwall es el que visitaba. Pero a estas alturas no puede quedar en su cuerpo ningún rastro de eso.

—Fue torturado —dice el forense—. Hematomas, uñas rotas y sufrió un disparo en una pierna. Nadie lo curó y se le fue gangrenando.

Víctor recorre con la mirada el cuerpo del muerto. Levanta su pierna y mira y remira con una lupa. Observa el pecho, su boca e inspecciona la inmensa cicatriz con que el forense le abrió en canal.

—¿Algo de importancia en sus órganos internos?

—No —dice Jones—. Iba a morir de septicemia. Como le digo, tenía una herida muy fea en la pierna, infectada. Un disparo en la cabeza fue la causa del deceso. Por lo demás, nada remarcable. Una hipertrofia del ventrículo izquierdo y el hígado un poco castigado por la bebida. Poco más.

—Ya. Martin, ayúdame a darle la vuelta.

Hall era un tipo grande y los dos amigos tienen que ser ayudados por Jones:

—Un momento, un momento, ¿qué es eso? En el hombro izquierdo —dice Ros.

—Un tatuaje. —El forense.

—Sí, no es muy llamativo —dice Ros.

—No es muy grande —apunta Roberts—. Es como una especie de círculo o algo así, ¿no?

—¿Una «o»? —Jones.

—No, es un símbolo. Debe de tener algún significado. Dejadme un papel, voy a dibujarlo —responde Ros que, mientras dibuja, sigue hablando—: Martin, tienes que llevarme a algún tatuador que conozcas. Igual saben de qué se trata.

El pequeño local es un antro situado en Plumbers Row, en Whitechapel.

—Tiene mal aspecto, sí, pero Mark Fields es el mejor tatuador de la ciudad. Dicen que un artista.

—Espero que tengas razón.

Cuando entran se encuentran con una estancia minúscula con un sillón y una silla. Un marinero con el brazo estirado, tumbado en el sofá, se somete a Fields que, sentado en la silla, le está tatuando un inmenso MARY de color azul oscuro. Unas estanterías lo ocupan todo y están repletas de papeles. Huele a polvo y a alcohol.

—¡Vaya, Roberts! —dice un tipo con aspecto abandonado que lleva unas gafas de gruesos cristales.

—Mark.

—Supongo que vienes buscando a alguien, ¿no?

Roberts mira a Víctor y dice:

—He cogido a unos cuantos gracias a Mark. Muchas veces un tatuaje es la mejor de las maneras de identificar a un tipo y entre la gentuza que pulula por estos muelles, raro es el que no va tatuado.

El marinero, visiblemente molesto por el comentario del policía, les mira con cara de pocos amigos.

—¿En qué te puedo ayudar, Martin?

—No se trata de un tipo, se trata de un tatuaje que, igual, nos puede llevar a alguien.

Víctor le tiende el dibujo.

Fields niega con la cabeza.

—No he hecho ese trabajo en mi vida.

—¿Tienes idea de qué se trata? —Roberts.

—No sé, parece algún símbolo de esos ancestrales, ¿no? Cosas de celtas. Ahí tenéis un montón, en esas carpetas. Id echando un vistazo que estoy ocupado.

Roberts y Víctor se enfrascan en la búsqueda. En unas carpetas de cartulina, Fields tiene guardados multitud de dibujos hechos en tinta negra. Son motivos varios que la gente suele tatuarse y que debe de haber ido consiguiendo aquí y allá.

Víctor pasa página tras página pero no encuentra nada. A Roberts le ocurre otro tanto.

—No tengo ni idea de qué puede ser, parece una letra «o». Es algo de Cornwall.

El marino levanta la cabeza.

—Yo soy de Cornwall —dice.

Víctor se pone de pie y se acerca al tipo.

—Vaya —dice—. Quizá usted podría ayudarnos, amigo.

Igual podríamos hasta pagarle unas pintas, ya sabe. ¿Le suena esto?

El marino sonríe mirando el dibujo que le tiende el detective:

—Pues claro que me suena, soy de New Mill. Eso es el Mên-an-Tol.

—¿Cómo?

—Sí, está en Cornwall. Es un símbolo, dicen, de fertilidad. Son dos menhires y en medio ese otro, el que tiene un agujero en el centro. Si una mujer pasa siete veces por él se queda embarazada. Cuentan que si pasas por el agujero se te curan los problemas de espalda.

—¿Y dónde dice que está, amigo? —pregunta Roberts.

Sir Craigh Barnet permanece enfrascado en un mar de papeles cuando Wells aparece en su despacho con cara de pocos amigos. Aquel tipo y su maldito servicio secreto le están suponiendo un auténtico quebradero de cabeza. Bastante tiene con las legiones de ladrones que pululan por la ciudad más importante del mundo como para tener que andarse con esas conspiraciones de alto nivel:

—Hemos encontrado a Bradbury —dice el pelirrojo.

—¡Gracias a Dios! ¿Dónde?

—En una posada en Falmouth.

—¿Y qué dice? Menuda le espera.

—Está muerto.

—¿Cómo? —Barnet se pasa la mano por los cabellos—. ¿Dónde?

—Se lo he dicho, en una posada, en su habitación. Ahorcado.

—¿Se mató? —Barnet maldice por lo bajo. No ha podido evitarlo. Bradbury ha terminado mal—. ¿Seguro?

—No sé, igual lo mataron. Iremos a echar un vistazo.

—¡Dios mío! Qué tragedia.

—Sí, sí, pero tenemos que movernos con rapidez. El oro debe de estar a punto de llegar.

El hombre al mando del Yard levanta la mirada y observa a Wells; es un ser despreciable.

El pelirrojo sigue hablando.

—Es evidente que ayudó a Davis a engañarnos, a llevarnos hacia un señuelo. Maldito cabrón. Ahora le habrá acompañado a algún puerto, donde habrá ordenado a sus hombres personalmente que no se inspeccione ese barco. Una vez que ya no era necesario o le han eliminado o él mismo se ha matado porque no se atrevía a volver a Londres.

—Pobre familia.

—Sir Craigh, por favor, hemos de movernos con rapidez. Tenemos que ir a Cornwall y averiguar si llegó a la posada solo o acompañado.

—Tengo vigilados a Ros y a su gente, como usted pidió.

—¿Y?

—Están preparando un viaje, han comprado billetes. ¿Y sabe usted para dónde?

—Para Cornwall.

—Exacto.

—Pues ya sabemos algo, el barco está por allí.

Después de dejar los carruajes en el camino, tras diez minutos a paso vivo, Víctor y sus amigos llegan al Mên-an-Tol. Una pequeña explanada en mitad del páramo en la que destacan tres llamativas piedras colocadas allí por el hombre en épocas pretéritas. Una de ellas, la de en medio, es circular y tiene un agujero en el centro. Las otras dos son alargadas. Aquél es un lugar perdido y en cierta medida, mágico, y se nota en el ambiente. El día es gris, como casi siempre allí y Eduardo y Clara se acercan a tocar las inmensas rocas. Hace mucho frío.

—¿Y ahora qué? —dice Roberts.

Blázquez, al fondo, se apoya en su bastón y en María Fuster.

—No lo sé, la verdad —responde Víctor mirando las inmensas piedras.

A lo lejos se ven unas ovejas y, junto a él, su pastor.

—Preguntémosle a él —dice Martin.

Víctor y Roberts se acercan hacia el hombre, que viste de forma sencilla. Va muy abrigado para protegerse de la humedad de aquellas tierras.

—Perdone —dice Víctor.

Él se gira y les da los buenos días.

—Poca gente por aquí, ¿no? —pregunta Roberts.

—Sí, estos parajes son solitarios —dice el hombre—. A veces viene gente a ver las piedras, pero poca cosa.

—En las fiestas sí que estará esto lleno de gente, ¿no? —pregunta Víctor.

—Sí, eso sí, es tradición —corrobora el hombre, que se apoya en una vara recia y alta.

Entonces, Víctor entrando en materia se atreve a decir:

—¿Sabe usted si es habitual entre los mozos de la zona tatuarse ese símbolo?

El hombre los mira y responde:

—Pues ahora que lo dice sí, hay quien cree que da suerte.

—¿Y dónde podríamos tatuarnos el Mên-an-Tol por aquí?

—Ah, muy fácil, en Pendeen; pregunten por Thomas.

Víctor y Roberts se miran sonriendo, ha sido sencillo. Seguro que eso no les lleva a nada, pero no pierden nada por intentarlo.

Apenas si tardan quince minutos en llegar al lugar. Un

pequeño pueblecito, pintoresco y con las casas de piedra. No les cuesta mucho encontrar al tal Thomas, que se gana la vida como carpintero, barbero y al parecer, hace tatuajes.

Clara espera fuera con Eduardo y María mientras los tres hombres entran en la taberna donde, se supone, su hombre pasa las mañanas enteras.

Es un tipo menudo, de gruesas patillas, con cejas pobladas y cara de pocos amigo. Es evidente que no está muy acostumbrado a los forasteros pero en cuanto ve que los recién llegados le invitan a una pinta de cerveza les pide que se sienten a la mesa con él. La taberna es oscura y las bancadas y mesas parecen añosas.

—Ustedes dirán.

—Hace usted tatuajes. —Roberts.

—Sí, hago muchas cosas para ganarme la vida.

—¿El Mên-an-Tol? —Víctor

—Por ejemplo.

—¿Se lo hacen muchos hombres por aquí? —pregunta Roberts mientras Blázquez hace esfuerzos por seguir la conversación. Parece que, al fin, va entendiendo algunas cosas.

—Sí, bueno, antiguamente. Las tradiciones se pierden. Decían que daba suerte.

—¿Hizo usted uno similar a un tipo llamado Cornelius Hall? —pregunta Víctor.

—Claro —responde el otro.

Los tres amigos se quedan callados. No pueden creerlo.

—¿Cómo? ¿Conoce usted a Cornelius Hall?

—Claro, nació dos pueblos más allá, en Botallack.

—¿Y le hizo usted un tatuaje del Mên-an-Tol?

—Sí, en aquel entonces empezaba yo. Aprendí en la marina y cuando volví a casa comencé a tatuar a los jóvenes pescadores.

—¿Y era de...?

—De Botallack. Pero se fue muy joven a Mousehole. Allí hay más movimiento, de barcos, ya saben.

Los tres recién llegados se miran asintiendo.

—¿Y eso cuándo fue?

—Hace un montón de años. Luego se embarcó y creo que volvió a Londres, donde vivía del comercio. Hace unos meses lo vi.

—¿Lo vio? —Víctor, asombrado.

—Sí, allí en Mousehole, me dijo que venía a menudo.

Roberts pone unas monedas encima de la mesa y sentencia:

—Nos vamos, ése es el sitio.

2

Víctor envía a Eduardo y a Clara por delante mientras ellos esperan en una posada a las afueras de Mousehole. Van vestidos de pilluelo para evitar llamar la atención de los hombres de Aldanza.

Es evidente que aquel pueblo es el lugar elegido para el desembarco: la *Cornish pasty*, Cornwall y el pueblo donde vivió Cornelius Hall. Todo encaja. Y además, sus continuos viajes a un puerto alejado de Londres y la treta para hacer creer a las autoridades que el barco con el oro entraría por St. Katherine.

Bradbury se ha suicidado, Roberts se ha enterado. Quizá lo quitaron de en medio tras asegurarse que daba las órdenes pertinentes a sus agentes de aduanas para que el barco no fuera inspeccionado. Es probable que el desembarco se haya producido ya y es lo primero que pretenden averiguar Clara y Eduardo. Nadie en el muelle ha visto entrar un barco de ese calado en las últimas semanas. Sólo se ven barcos pesqueros, muchos. Es un pueblo precioso, un lugar maravilloso donde vivir con el mejor clima de Inglaterra. Un puerto pequeño, con dos inmensos espigones que dan acceso a un abrigo natural donde amarran multitud de barcos de pesca. No es el lugar ideal para la llegada de buques de gran calado. Las calles son estrechas y parece un lugar tranquilo. Las casas son de piedra, algunas de ellas pintadas de blanco y con tejados oscuros, todas con flores de vivos colores en sus puertas. Una población idílica donde nadie esperaría encontrar a un tipo como Alberto Aldanza. El lugar perfecto para que el oro entrara en Inglaterra y no un lugar como St. Katherine, puede que el muelle más concurrido de Europa.

Después de confirmar que no se ha producido la llegada del buque, recorren las posadas buscando a Aldanza y sus hombres. No les resulta difícil sobornar a las fregonas y aprendices para obtener la información que buscan. En la tercera posada que visitan averiguan lo que querían saber.

Jane, una sirvienta que trabaja allí desde la infancia, les dice que hace tres días llegó un caballero muy elegante acompañado por tres hombres de aspecto fiero. Su descripción coincide con la de Alberto Aldanza, así que deciden quitarse de en medio y acudir al encuentro de Víctor. Deben proceder con cautela.

Es probable que su hombre no sepa que le han seguido la pista desde Londres gracias a los comentarios de Olson y Cornelius Hall sobre un puerto y la *Cornish pasty*. Víctor hiló muy fino con el asunto del tatuaje. Aldanza ha prescindido de Bradbury y ha engañado al servicio secreto inglés y a Scotland Yard. Se encuentra muy cerca de alcanzar su objetivo.

Antes de abandonar el puerto se informan sobre el inspector de aduanas, Brad Rankin, que tiene tres ayudantes para hacerse cargo de toda aquella embarcación que entra o sale de Mousehole. Víctor y sus amigos tendrán que hablar con él, si es posible.

A apenas un kilómetro de Mousehole, a las afueras de Sheffield, un coche de caballos aguarda a un lado del camino. Dos marineros que caminan a paso vivo se acercan al mismo y entran en él. Dentro esperan sir Craigh Barnet y Wells.

—¿Y bien? —pregunta el segundo a los recién llegados, que van llenos de mugre e incluso huelen a pescado.

—Hicimos bien en seguirlos. Ros y su gente han dado con el puerto en cuestión. Hemos averiguado que Bradbury habló con el agente de aduanas y el práctico del puerto. Luego se fue.

—Y lo mataron —dice Barnet.

—El barco llega esta noche. Hay un carbonero de pequeño tamaño que llegó ayer, cosa poco habitual aquí. Está fondeado junto a los espigones, pero no es nuestro barco, no hay duda. El de Mr. Davis se espera hoy —sigue contando el espía disfrazado de marinero—. Hay más de veinte tipos contratados para descargarlo nada más llegar. Esta gente no hace ascos a un buen trabajo con el que ganar unos chelines y sólo hay que pasarse por la tabernas para saber que esta noche entra una embarcación de cierto calado.

—Tendremos que montar un dispositivo lo más discreto posible —dice Wells—. Y vigilar a Ros y a su gente para que no entorpezcan. Lo pueden estropear todo en el último momento.

—¿Qué pueden estropear, detener a Mr. Davis? —Barnet, visiblemente molesto.

—El oro. Queremos el oro, ¿recuerda? —Wells.

El comisionado de Scotland Yard mira a su interlocutor con cara de pocos amigos.

—¿Qué somos, Wells? ¿Vulgares ladrones?

—No me venga ahora con ridiculeces sobre el honor. ¡Es un asunto de Estado! Por cierto. —Mira a sus hombres—. ¿Está Martin Roberts con ellos?

—Sí.

—Me encargaré personalmente de que ese tipo termine sus días en Afganistán —sentencia Wells.

—Al menos él tiene pelotas —dice Barnet, recordando sus días en el ejército donde se sabía quién era, de verdad, el enemigo.

En Parade Hill Street, algo hacia el norte, hay una pequeña explanada que se asoma al mar. Allí, varias sombras furtivas se esconden en los arbustos. Llevan catalejos y observan el horizonte. Desde allí hay una buena panorámica del acceso al puerto.

—¿Cómo lo harán? —dice Víctor vestido, como sus amigos, enteramente de negro.

—Se acercarán a los dos espigones y tendrán que bajar el cargamento en botes. El puerto no tiene suficiente calado.

—Eso nos dará tiempo para actuar —dice María Fuster.

Es de noche, hace frío y la brisa marina parece cortar el rostro de los tres amigos.

Clara, Eduardo y Alfredo están apostados en su habitación de la posada del Tuerto, situada justo en el puerto. Desde sus habitaciones gozan de una panorámica excepcional del teatro de operaciones.

Antes de contratar la habitación se aseguraron de que Aldanza no se hospedaba allí.

De pronto, en la explanada, unos pasos les hacen girarse. Es Eduardo.

—¡Aldanza acaba de llegar! Ha bajado de un carruaje. Viene acompañado de tres hombres armados y hay una veintena de estibadores con dos botes preparados. Han llegado dos carruajes más, suponemos que para transportar el oro. Don Alfredo y mamá solicitan instrucciones.

Martin mira a su amigo y pide explicaciones:

—¿Cómo haremos para llevarnos el oro, Víctor? No podemos contar con la policía y sólo estamos tú y yo; Blázquez cojea y se ha puesto gordo. No tenemos posibilidades.

—Y yo... ¿qué? —Fuster, muy ofendida.

—Tranquilos, todo saldrá bien —dice Víctor—. Eduardo, vuelve a la posada y mantennos informados de cualquier novedad, cualquier cambio, si llega alguien nuevo o alguien se va, ¿entendido?

—Sí, papá —contesta Eduardo saliendo a toda prisa.

Entonces, Roberts exclama:

—¡Mirad!

Es noche de luna llena y en el horizonte se perfila la silueta de una embarcación con el velamen desplegado.

—Es el barco, sin duda —afirma Ros mirando con sus prismáticos.

—Víctor, no sé qué hacemos aquí, deberíamos estar en el puerto. Se nos van a escapar. Desde aquí no vemos nada.

—Vemos lo que necesitamos.

Martin se gira y dice:

—María, ¿verdad que...?

Y de pronto se queda boquiabierto. María Fuster ha desaparecido.

—¡Víctor, Víctor!

—¿Sí? —El detective español, con fastidio, sin dejar de mirar con sus prismáticos.

—¡María ha desaparecido!

—¿Y?

—¡Que no está!

—Sí, amigo. No soy sordo, te escuché a la primera.

—Pero... ¿y te quedas ahí? ¿Tan tranquilo?

—Tenemos otras cosas que hacer.

—¡Se ha ido! ¡No está! —Roberts, absolutamente histérico.

—Tranquilízate y ten fe en mí, todo saldrá bien.

El barco se acerca cada vez más. No es demasiado grande ni demasiado pequeño, lo suficiente como para transportar el cargamento de oro que Aldanza robara en Madrid.

—Víctor, ¡María nos la ha jugado!

—Deja eso ya y mira.

—¡No te puedo creer! Tú siempre lo preparas todo milimétricamente. ¿Qué haces ahora? ¿Lo dejas todo en manos del destino? ¡No podremos hacernos con el oro! Somos pocos, no podemos avisar a mi gente y María… ¡María se ha ido!… Teníamos dudas sobre ella, sí. Pero yo la quiero y pensé que…

Víctor deja de mirar con su catalejo y dice:

—¿Cómo?

—¿Qué?

—Repite.

—¿El qué?

—Lo que has dicho.

Martin hace una pausa:

—Que la quiero.

—Bien, amigo, bien dicho. Pues aguarda que todo saldrá bien. ¡Mira!

En ese mismo momento una inmensa nube de humo negro comienza a surgir del pequeño barco carbonero que hay anclado a la entrada del puerto.

—¡Está ardiendo! ¡El carbonero! —exclama Roberts.

El cargamento de carbón parece prender como una tea generando una humareda monumental que en unos minutos hace desaparecer de la vista el acceso al puerto.

—¿Qué es eso? —exclama Martin señalando tres pequeñas embarcaciones que han surgido desde los pies del lugar en que se encuentran.

La humareda no deja ver nada. Desde el puerto de Mousehole ya no se distingue el mar:

—¿Qué diablos es eso? —pregunta Aldanza contrariado.

—Ese carbonero está ardiendo —dice el agente de aduanas.

—Dígame algo que yo no sepa, imbécil. ¿Cómo es que ha empezado a arder? ¿Cuándo llegó ese barco? ¡No vemos el nuestro! Esto es una trampa —dice Aldanza mirando a su alrededor.

Comienzan a escucharse campanas.

—Avisan a los bomberos. El carbón arde que se las pela —apunta el agente de aduanas.

—Jones, Black, ¡conmigo! —grita Aldanza fuera de sí—. Es una trampa. ¿Y el barco?

—¡No lo vemos! Nos la han jugado.

Los hombres vienen y van portando cubos de agua y Alberto Aldanza no sabe qué hacer, la enorme pantalla de humo impide ver el mar y están a oscuras.

—Esto es cosa de Ros —sentencia.

Por unos segundos, su mente intenta evaluar la situación. ¿Y el barco? Decididamente aquello es una trampa. Él, como Ros, no cree en casualidades. ¿Quién podría quemar un barco entero? ¿Serán los ingleses? ¿Qué hacer? Sus hombres le miran esperando órdenes.

Entonces se gira y les dice:

—No tenemos tiempo, hay que esperar unos minutos por si el barco se acerca. Si es así, cogemos un bote y nos subimos a él para huir con mi oro. Si no aparece, tendremos que salir de aquí cuanto antes. Id allí y preparad una embarcación. Y esperadme. ¡Rápido!

El tercer hombre, Wilkins, se queda con don Alberto y los otros parten raudos a cumplir sus órdenes.

Aldanza sabe que es cuestión de minutos.

—Pero ¿qué está pasando? —pregunta Martin Roberts fuera de sí.

—Calla y mira —dice Víctor señalándole su catalejo.

Los tres botes cargados de hombres vestidos de negro se acercan rápidamente al barco que, ante la humareda que envuelve el puerto, parece estar virando el rumbo.

En el bote del centro, el más adelantado, se ve a una figura de pie, en la popa, ordenando a los hombres que remen más deprisa. Su pelo flota al viento y mira hacia el frente, sin perder de vista el barco de Aldanza.

—¡Es María! —grita Roberts.

Víctor estalla en una monumental carcajada.

—Pero ¿de qué te ríes, Víctor? ¿Acaso estás loco?

—Tranquilo, amigo —dice Ros.

Martin Roberts mira al español y luego echa un vistazo de nuevo hacia los botes.

Vuelve a mirar a Ros.

Parece no dar crédito a lo que está pasando.

—Pero ¿quién es María Fuster?

—Ten confianza, amigo.

—La van a matar.

Víctor niega con la cabeza.

Entonces, Roberts sale corriendo cuesta abajo por aquella empinada ladera y sin dar explicación alguna.

—¡Martin! ¡Martin! —grita Víctor sin conseguir que aquel loco le escuche.

El barco ha disminuido notablemente su velocidad para poder virar y salir de allí lo antes posible. Eso lo hace vulnerable al abordaje de los tres botes que, con María Fuster a la cabeza, se le echan encima.

—¡Fuego! —ordena Fuster revólver en mano.

Antes de que los escasos tripulantes se puedan dar cuenta, varios hombres han caído al agua heridos por los disparos.

Como si todo estuviera minuciosamente estudiado, los botes se amarran al casco y los asaltantes lanzan unos cabos con garfios en el extremo.

María Fuster es la primera en llegar a cubierta, no espera a nadie.

Accede al barco con el revólver en la diestra y su cuchillo en la izquierda.

Despacha de dos disparos a un marino que se le viene encima y se dirige hacia el timón. El capitán, sin saber bien qué está pasando, se gira para caer desplomado de un certero tiro en la frente.

Un tipo que sale desde la derecha arrastra a María, que logra zafarse para no caer por la borda a la vez que lanza un zarpazo con su estilete. El atacante está muerto antes de siquiera llegar al agua.

Los disparos que se oyen tras ella le hacen saber que sus hombres han llegado a la cubierta.

—¡Al fin! Cada día os veo más lentos.

Aquellos desgraciados, una tripulación contratada por Aldanza, no tienen nada que hacer ante su gente, un equipo de gente bragada que ha luchado en las selvas de Cuba, Filipinas o en los desfiladeros del Magreb.

—¡Ruiz! ¡Cójame el timón! Nos vamos de aquí.

Roberts rema desesperadamente hacia su amada. Oye disparos, se gira, pero apenas ve nada. Sólo la mole inmensa del barco que cada vez está más cerca. No sabe lo que hace, no piensa, sólo actúa. La sola posibilidad de que ella pueda estar en peligro le aterra. Más disparos. Ve caer a hombres por la borda.

De pronto, comienzan a oírse silbatos. Esos sonidos vienen del puerto. La policía. Wells.

Los deben de haber seguido.

Se gira y ve cómo dos remolcadores intentan, desesperadamente, alejar el carbonero en llamas de los espigones para sacarlo a mar abierto.

De pronto, una gran explosión hace que tiemble todo.

Apenas si acierta a agacharse.

¿Qué ha pasado?

Intuye que una bola de fuego que ha venido por su espalda ha debido inundarlo todo. Se levanta como puede tras haberse tirado al suelo del bote. Ha visto pasar fragmentos de madera sobre su cabeza, rocas y astillas.

Cuando acierta a mirar atrás ve que el carguero ha reventado. Parte de la popa se hunde y los hombres corren en todas las direcciones por los espigones. Pero ¿qué está pasando allí?

Víctor Ros ha contemplado la inmensa deflagración desde su atalaya. Ve a los hombres correr de aquí para allá, como minúsculos seres sumidos en el caos. Sólo ve los dos espigones pero el desorden y el pánico son notorios. El carguero de carbón es historia y la humareda ha comenzado a despejarse. El humo que ha surgido ahora, más claro, se traslada por efecto del viento hacia el interior del puerto. A lo lejos, el barco del oro parece virar.

Entonces se gira y ve a Eduardo al fondo, en la calle que baja al puerto. Hace la señal convenida y dice:

—Ahora.

Alberto Aldanza se levanta medio mareado. ¿Qué está pasando? Los silbatos que sonaban alrededor y la irrupción de más de cincuenta agentes le había hecho pensar que habían caído en manos de las autoridades inglesas, pero el incendio, primero, y la explosión, después, le hacen ver que hay más invitados en aquella función. ¿Qué está pasando? Ése no es el estilo de Ros.

En medio de aquella confusión acierta a levantar un catalejo. Parece que la barrera de humo negro comienza a disiparse y acierta a ver, no sin alarma, que su barco gira para cambiar de rumbo y escapar de allí.

Gracias al catalejo logra ver que hay movimiento en la cubierta. Esa mujer, la rubia, Fuster, va de aquí para allá vestida de negro, con un arma en la mano y dando órdenes a diestro y siniestro. Le han robado su barco en sus propias narices. Oye gritos marciales y ve a una compañía de infantería entrando en el puerto. Comprende que tiene que salir de allí. Entonces, guiado por su instinto, se gira y mira directamente a una de las posadas que hay justo en el puerto. Tras una inmensa cristalera ve movimiento, luz de velas y algo que brilla. Es demasiado tarde.

Roberts ya está casi al lado del barco.

—¡María! ¡María! —grita colocando las manos alrededor de su boca para hacerse oír.

Ella, medio suspendida sobre el mar. Con un pie en la barandilla y otro colgando, agarrada a un cabo que sujeta el velamen y con el pelo al viento, mira hacia él.

—¿Martin?

—¡Sí!

—¿Qué haces ahí?

—He venido a salvarte —dice él dándose cuenta de lo ridículo que suena.

Ella lo mira con sorpresa.

Pasan unos segundos. El barco vira despacio pero se va. No hay tiempo.

—Nos vamos a España.

Martin sigue sin comprender. ¿«Nos vamos»? ¿Qué dice? ¿Quiénes? ¿Quién es realmente María Fuster?

Aquella dama ha dirigido un golpe perfectamente planeado para robar un barco en las mísmísimas narices de las autoridades británicas. No comprende.

—Subo —se escucha decir.

—¿Qué? —ella, incrédula.

—Subo, voy contigo —grita el detective del Yard.

—¿Estás loco?

—Nunca estuve más cuerdo. ¡Llévame contigo!

—¡Te mandarán a Australia!

—Estoy de excedencia, ¿recuerdas?

Ella sonríe, da un salto y desaparece.

Al momento, un cabo cae de la cubierta y Martin se aferra a él. No piensa soltarlo jamás en su vida

—Ahora, es la señal —dice Clara, que ve a Eduardo en la calle y agitando un pañuelo.

Don Alfredo, sentado en una silla del revés y apoyando el ánima de un fusil de precisión Krag-Petersson en el respaldo, mantiene la mira en su hombre como en sus días en Marruecos, cuando era joven y vivió una guerra.

Ve a Aldanza girarse, confuso. Es obvio que está pensando, calibrando el alcance de lo ocurrido. Blázquez sabe que apenas si tardará unos segundos en salir de allí, es un tipo inteligente y será consciente de que ha perdido el barco, la partida, y que debe huir.

Está mirando hacia él, es el momento.

Blázquez abre fuego y aquel desgraciado se gira intentando agacharse; quizá lo ha intuido, así que la bala le atraviesa la espalda, casi a la altura del hombro izquierdo, derribándole como a un fardo, mientras los uniformes caquis de la infantería comienzan a cruzarse por la mira de Blázquez, inundándolo todo.

Víctor vuelve hacia la posada corriendo revólver en mano. Tiene que cazar a Aldanza en caso de que Blázquez hubiera fallado. Aquello está lleno de policías. El humo, las llamas de los fardos que había en el espigón y los soldados crean una confusión monumental. Esconde el revólver y mira aquí y allá.

—¡Allí! —señala Eduardo hacia un punto en que Aldanza es ayudado a levantarse por dos de sus secuaces.

Víctor mira hacia la posada y hace una seña hacia donde están don Alfredo y Clara para que éste haga fuego. Igual no tienen una buena vista, pues arrastran a Aldanza entre varios tras unas cajas para llevarlo hacia un coche de caballos. Víctor corre hacia allá, lleva el revólver en la mano, Eduardo va junto a él.

—¡Alto! —grita un guardia—. ¡Tire el arma!

Antes de que puedan darse cuenta, son arrollados por una decena de *bobbies* mientras don Alfredo dispara a la desesperada hacia el coche de Aldanza,

—¡Déjenme! ¡Déjenme! —grita Víctor sujeto por cinco hombres, al tiempo que ve con rabia que el hombre que asesinó a Lola la Valenciana se escapa en un coche de caballos a toda prisa.

—¡Hagan fuego! ¡Hagan fuego! —grita fuera de sí Wells mientras una compañía de infantes, colocados en dos filas sobre el espigón, dispara al barco que ha virado para escapar mar adentro.

Las balas apenas si llegan a su objetivo, dañando algún que otro cabo y las velas, pero los tripulantes, agachados, están consiguiendo poner tierra de por medio.

—¡Párenlos o les juro que van todos a Australia! —grita el pelirrojo lleno de rabia.

—¿No tenía usted un par de barcos preparados en alta mar por si las moscas? —pregunta sir Craigh Barnet no sin cierta sorna.

El otro se gira y le mira incrédulo.

—Pues no —contesta reparando en que ha cometido un error de principiante.

—Pues en el Yard esto no nos hubiera ocurrido —sentencia Barnet—. Pero, claro, ésta era una operación de la Secretaría de Estado y ustedes la diseñaron, no yo. Scotland Yard sólo ha aportado los guardias necesarios. Me temo que le han robado el oro en sus propias narices.

—Sí, pero ¿quién?

—¿Aún no lo sabe, querido amigo? Decididamente, parece un aficionado. Me vuelvo a Londres. Los días que va a pasar usted en los desfiladeros de Pakistán o en los barrizales de Nueva Zelanda serán un hermoso tributo a mi amigo Bradbury. Tenga usted muy buenas noches.

Epílogo

Madrid, dos semanas después

Clara, Blázquez y Eduardo aguardan en el Hotel de los Príncipes, en la Puerta del Sol, sentados en el café, cuando ven venir a Víctor acompañado de María Fuster y Martin Roberts.

—¡Al fin! —exclama don Alfredo poniéndose en pie para abrazar a la joven.

—¿Ha ido todo bien? —pregunta Clara.

—Sí, todo aclarado —dice Víctor—. Pero tomemos un café y unas porras, que vengo desfallecido.

Los recién llegados toman asiento y esperan a que acuda el camarero para ordenar el pedido.

Una vez a solas Clara toma la palabra:

—Venga. ¡Contad, contad!

María y Martin se miran sonriendo.

—Llegamos con el barco a Santander hace tres días —dice Fuster—. Tuvimos suerte, no había ninguna embarcación de guerra inglesa en la zona y no pudieron reaccionar; ni se lo imaginaban.

—Pero ¿qué es todo esto? —se queja Blázquez—. Víctor no suelta prenda desde que llegamos de Inglaterra... ¿Qué pasó? ¿Quién eres, María?

—No podía decir nada —se justifica Ros—. Hasta que el

oro estuviera a buen recaudo. Recibí órdenes bien claras al respecto.

—¿Y lo está? —pregunta su esposa.

—Ya se encuentra en lugar seguro —dice Víctor—. Anoche llegó a Madrid en tren con un dispositivo de seguridad impresionante. A estas horas está en una caja fuerte.

—¿En cuál? —Eduardo.

—Eso no lo saben más que tres personas. —Ros.

—¿Tú lo sabes? —repregunta el crío.

Víctor se encoge de hombros como diciendo que quizá sí, quizá no.

—Bueno, pero ahora que todo está arreglado podrás contarnos... —dice Blázquez lleno de curiosidad.

Víctor mira a Fuster y a Roberts, que están sentados juntos dándose la mano como dos tortolitos. Sonríe.

—Sí, Alfredo, pregunta.

—¿Quién es ella, en verdad? —Eduardo señala con el índice a María Fuster.

—¡Eduardo! —le reprende Clara.

—No, no —responde la joven rubia levantando la mano derecha—. Es normal que pregunte, no fui del todo sincera con ustedes.

—Yo es que no me entero de nada —sentencia Blázquez.

—María trabaja para nuestro Gobierno —dice Víctor.

—¿Es una espía? —insiste Eduardo.

—Algo así, sí. —Fuster, sonriente—. Desde hace bastante tiempo.

—¿Cómo? —pregunta Blázquez.

—Alfredo, por Dios —dice Clara—. Después de lo ocurrido en Mousehole creía que había quedado claro. Tú viste como yo lo que hizo.

—Sí, sí —responde el policía jubilado—. Pero es que es un asunto raro de veras. ¿Y tú lo sabías, Víctor?

—Desde antes de entrar en la casa de los Hampstead Ponds, sí.

—¿Cómo lo supiste? —Blázquez.

—Comencé a sospechar tras el asalto de los hombres de Aldanza a la casa de la pobre señora Smith.

—¡Qué gran cocinera! —Blázquez, tocándose la barriga.

—Sí, y menos que mal que nos hemos vuelto, Alfredo, que si seguimos una semana más te hubieras puesto como un elefante —dice Clara provocando las carcajadas de todo el grupo—. Pero perdona, cariño, que te he interrumpido, sigue.

—El caso es que durante aquel asalto, cuando volví hacia el interior de la casa, reparé en que María llevaba oculto un estilete en la manga de encaje de su vestido.

—Vaya —dice Eduardo.

—Sí, y me pareció muy raro. ¿Por qué una joven traductora iba a llevar algo así encima? Luego, hizo un comentario a Alfredo muy extraño, sobre los ingleses, como si ella no lo fuera, y para rematar, cuando ambos volvieron de Kent, de seguir la pista de Olson, ella dijo que iba a casa de su madre. Alfredo y yo acudimos allí porque sospechábamos ya que había algo raro y comprobamos que ni vivía allí ni tenía madre en Londres.

—Su historia era una tapadera —afirma Eduardo.

—Exacto. Íbamos mal de tiempo, así que envié a Alfredo a casa de la señora Smith y acudí a la Embajada para pedir referencias. No en vano, la habían enviado desde allí para hacer traducciones en el Yard. Cuando llegué me quedé de piedra: María salía de nuestra legación en Londres. Me escondí tras un árbol y no me vio. Decía que iba a ver a su madre y en lugar de eso había acudido a la Embajada. ¿A qué? No me cupo duda, a despachar. Ahí comencé a imaginarme algo. Entré allí y amenacé con volverme a España si no me daban todos los datos. Entonces, tras telegrafiar a España y esperar la consiguiente autorización, me lo contaron todo. Me sentó mal, de veras. Pero comprendí que el Gobierno había hecho bien utilizando a los espías que tenía en Londres. Supe que María Fuster era nuestro mejor «hombre» allí, con perdón, una mujer que llevaba años sobre el terreno y que se hacía pasar por traductora para hacer trabajos en el Yard y en distintos ministerios. Su nombre real es Raquel Martínez Vera, nacida en Santander. Hija de militar, joven aventurera, periodista, aficionada a la caza y muy intrépida. Su madre, Inmaculada, ya hizo de espía cuando era joven. En fin, una joya para cualquier Gobierno.

—¡Que me lo digan a mí! —exclama Roberts.

Víctor sigue con su alocución:

—La llamaron al instante y le dijeron que me informara de todo. Supe que había estado cubriendo nuestras espaldas con la esperanza de averiguar el lugar del desembarco, y que tenía un equipo de asalto preparado para intentar recuperar el oro. Nuestro Gobierno sabía que los ingleses iban tras el botín, así que el asunto era peliagudo. Me ordenaron guardar el más absoluto de los silencios y trabajar en equipo con ella.

—Y así lo hicimos —dice la joven con una gran sonrisa.

—¡Estás guapísima! —asevera Clara—. ¡Qué bien sienta el amor, María!

—Raquel —la corrige Eduardo.

—Yo la llamo María, me gusta más —dice Roberts.

—Tú puedes llamarme como tú quieras, cielo —dice ella mirándolo embelesada.

—¿Y tú, Martin? ¿No temes que te envíen a las colonias? —pregunta Clara.

—No, no, cursé la solicitud pertinente antes de salir para Cornwall, cuando todo ocurrió yo estaba, oficialmente, de viaje en Italia. Un amigo del Yard compró incluso un billete a mi nombre.

—No creas —dice Víctor—. Que cuando me detuvieron me insistieron de lo lindo en que tú debías estar en Mousehole.

—Me extraña que te dejaran en liberta tan pronto, amigo —dice Roberts.

—¿A mí? —contesta Víctor sonriendo—. No tenían nada, ¿recuerdas? Yo soy un detective que había llegado hasta allí siguiendo la pista de un tipo que había cometido un delito en España, sólo eso. Ellos no podían ni siquiera hablar del barco, hubiera supuesto reconocer que iban a robar un oro que es español en lugar de colaborar con nuestro Gobierno y devolverlo. Eso habría provocado un gran incidente diplomático e Inglaterra habría quedado mal, muy mal.

—Sí, como una pandilla de mentirosos... —dice el crío.

Todos ríen la ocurrencia.

—Algo así, sí —continúa Víctor—. El caso es que nuestra Embajada se personó al instante reclamando mi puesta en libertad. Clara, Eduardo y Alfredo estaban en la posada como simples turistas. No tenían nada contra mí. En apenas doce horas salí y nos vinimos para España al instante.

—¿Y Aldanza?

—Me temo que escapó en plena confusión —dice Ros—. Supongo que debe estar oculto en algún lugar seguro.

—¿En Inglaterra? —pregunta María Fuster.

—No hay rastro. Yo, si fuera él, cambiaría de país —contesta Víctor con aire triste.

—La venganza no trae nada bueno, cariño —dice Clara.

—Lo sé, lo sé.

—¿Crees que volverá a actuar? —pregunta de pronto Blázquez.

Víctor hace una pausa y mira al infinito. Afuera, en la Puerta de Sol, el trasiego de paisanos, tranvías de sangre y coches de punto es impresionante.

—No, no creo. En primer lugar, la sífilis irá mermándole

mucho; en segundo, no sabemos si su situación económica es muy boyante. Si estuviera bien de fondos no habría llevado a cabo un golpe tan audaz. Creo que pretendía retirarse. Me temo que sin medios, sin hombres, y enfermo, poco podrá hacer ya.

Eduardo mira de soslayo en ese momento, parece preocupado por algo.

—¿No crees que preparó ese golpe para atraerte y medirse contigo otra vez? Ese hombre era inmensamente rico cuando lo conociste —pregunta Clara.

—No. Bueno, no lo sé, cariño —responde Víctor—. Me hubiera gustado vengarme por lo que le hizo a Lola, es cierto, pero ahora que estamos en casa veo que no tiene sentido. He recuperado el oro y todo vuelve a la normalidad. Espero que no volvamos a ver a ese tipo.

—Y mira el lado positivo —apunta don Alfredo—. Bárbara Miranda está fuera de juego.

Víctor sonríe y mira a María Fuster tomando sus manos.

—Ese sí que era un gran peligro para mí y para mi familia, estaba loca y vivía obsesionada con matarme. María me salvó la vida: me acompañó al interior de aquella finca y actuó cuando más la necesité.

—Raquel —corrige la joven.

—Raquel —repite Víctor asintiendo—. Un nombre hermoso para una mujer extraordinaria.

Adenda

Thurso, al norte de Escocia

La joven entra en la habitación con un cuenco de sopa.

—Tiene usted mejor cara —dice al enfermo, que está repantigado sobre una montaña de almohadas leyendo a Voltaire.

—Sí, desde que remitió la fiebre comienzo a ser persona, pero aún estoy un poco débil.

—Hoy hace un día despejado —comenta ella mirando hacia la ventana. Al fondo, el mar del Norte, oscuro como debe ser en el fin del mundo, parece más en calma que otros días. Están en el último extremo de Escocia. Lejos de la civilización, de Londres o Madrid—. Puede usted estar tranquilo, aquí no le encontrarán. Han pasado más de dos semanas, es evidente que le perdieron el rastro. Nadie viene por aquí nunca. Así llevo yo años y fíjese, tan tranquila.

—Gracias, hija, gracias —dice el enfermo incorporándose.

—¿Le duele la herida?

—Poco ya. ¿Es sopa de cebolla?

—Sí, le vendrá bien, don Alberto.

—Muchas gracias por cuidarme así en mis peores momentos, Lola, siempre fuiste un ángel.

El papel utilizado para la impresión de este libro
ha sido fabricado a partir de madera
procedente de bosques y plantaciones
gestionados con los más altos estándares ambientales,
garantizando una explotación de los recursos
sostenible con el medio ambiente
y beneficiosa para las personas.
Por este motivo, Greenpeace acredita que
este libro cumple los requisitos ambientales y sociales
necesarios para ser considerado
un libro «amigo de los bosques».
El proyecto «Libros amigos de los bosques» promueve
la conservación y el uso sostenible de los bosques,
en especial de los Bosques Primarios,
los últimos bosques vírgenes del planeta.

Papel certificado por el Forest Stewardship Council®

FSC
www.fsc.org
MIXTO
Papel procedente de fuentes responsables
FSC® C117695